# Eine Balinesin in Deutschland
und
# Ein Deutscher in Bali

von

Horst H. Geerken

A BukitCinta Book

Bibliografische Information der Deutschen Bibliothek:
Die Deutsche Bibliothek verzeichnet diese Publikation in der
Deutschen Nationalbibliografie; detaillierte bibliografische
Daten sind im Internet über http://dnb.dbd.de abrufbar.

© 2019 bei Horst H. Geerken, 53177 Bonn
Neuausgabe 2025

Alle Fotos, wenn nichtanders genannt © Horst H. Geerken
Lektorat: Michaela Mattern und Barbara Bode
Umschlaggestaltung, Layout & Design: Barbara Bode
Gesetzt in Adobe Garamond Pro
Verlag: BoD · Books on Demand GmbH, Überseering 33,
22297 Hamburg, bod@bod.de
Druck: Libri Plureos GmbH, Friedensallee 273, 22763 Hamburg
ISBN: 978-3-8192-2987-9

# Eine Balinesin in Deutschland
und
# Ein Deutscher in Bali

von
Horst H. Geerken

A BukitCinta Book

Dieses Buch ist allen lieben Frauen gewidmet, denen ich das große Glück
hatte, in meinem Leben zu begegnen,
und
Ayu, einer liebenswerten Balinesin mit samtener bronzefarbener Haut
und großen Mandelaugen,
die mich eineinhalb Jahre nach dem Tod meiner geliebten Annette
nochmals jung machte und meinen Schmerz über Annettes Verlust
teilweise vergessen ließ.

Von lieben Frauen umgeben zu sein, die immer freundlich sind und
lächeln, ist sehr wohltuend! Und in Indonesien – besonders auf Bali –
gibt es viele lächelnde Gesichter, die einem in Erinnerung bleiben.

# Inhaltsverzeichnis

# Dank

Mein ganz besonderer Dank gilt Ni Mang[1], einer liebenswerten und ehrlichen Balinesin. Seit nun gut 23 Jahren bin ich mit ihr eng befreundet. In unendlich vielen Gesprächen hat sie mir die balinesische Mentalität, den balinesischen Hinduismus und das harte Leben der balinesischen Frauen nähergebracht. Ohne ihre offene Art hätte ich nicht in die Intimsphäre balinesischer Ehen und Familien eindringen können, und viele Informationen, die nun in diesem Buch ihren Niederschlag fanden, hätte ich nicht erhalten.

Des Weiteren danke ich ganz herzlich meiner Freundin Ayu, die mich im Alter nochmals jung machte. Auch mit ihr hatte ich unzählige Gespräche über balinesische Sexualität. Durch sie erhielt ich einen anderen tiefen Einblick in das balinesische Familienleben außerhalb der großen Städte. Informationen von Ni Mang habe ich mit Ayus Angaben verglichen, und zum weitaus größten Teil gab es genaue Übereinstimmungen.

Ganz besonders danke ich meiner Tochter Regina, dass sie meine Freundschaft mit Ayu akzeptiert, obwohl diese zehn Jahre jünger ist als sie selbst. Das ist nicht selbstverständlich.

Ohne die Informationen der beiden Frauen Ni Mang und Ayu – die sich aus noch zu nennenden Gründen nicht persönlich kennengelernt haben – hätte ich nie so tief ins Innerste einer gänzlich fremden Kultur eindringen können. Beide haben mir ihre intimsten Lebenserinnerungen anvertraut.

Des Weiteren danke ich Michaela Mattern für ein Lektorat und Barbara Bode für ein weiteres Lektorat und die Erstellung des Buchblocks. Mit beiden arbeite ich seit vielen Jahren vertrauensvoll zusammen und beide berieten mich fruchtbar bei der Wortwahl sensibler Kapitel. Beide haben so manche Unebenheit geglättet.

Im Frühling 2019

---

1  Ni Mang ist ihr Rufname. Ihr richtiger Name wird hier aus Gründen der Diskretion nicht genannt.

# 1.0 Eine Balinesin in Deutschland

Vor über 55 Jahren kam ich das erste Mal nach Bali. Präsident Sukarno wünschte für Bali einen internationalen Flughafen, und ich sollte die dazu erforderliche drahtlose Telekommunikation, das Precision Approach Radar, die Empfangsanlagen etc. planen. Von Anfang an war mir Bali mit seinen liebenswerten Menschen und der zauberhaften tropischen Landschaft ans Herz gewachsen. Damals gab es noch keine Elektrizitätsversorgung. Man musste sich mit Petroleumfunzeln begnügen. In Kuta und in Ubud gab es noch keine Hotels. Die heute so belebte Monkey Forest Road in Ubud war damals ein matschiger Feldweg durch grüne Reisfelder. Auf beiden Seiten des Weges gab es noch kein einziges Haus. Nur Ibu Wayan, die heute das Restaurant Wayan betreibt, hatte an dieser Stelle einen kleinen Kiosk, an dem sie *Nasi Bunkus*[2] und Tee für die Bauern auf den Reisfeldern verkaufte.

Wie rasant hat sich Bali in der Zwischenzeit verändert! Aber in diesem Büchlein will ich vor allem über die balinesischen Frauen reden, nicht über Politik oder Religion, obwohl es auf diesen Gebieten auch viele dramatische Veränderungen gab.

War es bis vor etwa 25 Jahren kaum möglich, mit einer Balinesin ein Verhältnis zu beginnen, so haben viele Frauen in Bali heute die Sitten des Westens angenommen und vieles ist wesentlich lockerer geworden. Meiner Ansicht nach sind die guten Sitten von damals außer Rand und Band geraten. Immer öfter hört man nun von Balinesinnen, dass sie sich einen reichen Mann aus dem Westen angeln möchten. Sie denken, sie könnten sich dann alle Wünsche erfüllen und bis zum Lebensende ein gemütliches und faules Leben führen. Wie wir noch sehen werden, haben es die Frauen auf Bali nicht leicht, aber nun fallen sie in das andere Extrem. Sie wollen es einfach besser haben als ihre Mütter und Großmütter und nicht mehr Steine und Sand auf Baustellen schleppen. Sie wollen es nicht länger hinnehmen, von ihren balinesischen Männern ausgenutzt zu werden. Wollten die Balinesinnen früher nicht einmal für kurze Zeit ihre geliebte Insel verlassen, sind viele jetzt sogar bereit, mit einem *Buleh*[3] ins Ausland, in den Westen zu gehen. Nach balinesischer Auffassung liegt dort nämlich das Geld auf der Straße. Dass dies nicht so ist, birgt manche Enttäuschung.

---

2   In ein Bananenblatt eingepackter Reis mit ein paar kleinen Beilagen
3   Einem weißen Mann aus dem Westen

Ich beschreibe hier das Leben von zwei balinesischen Frauen, die nicht zu denjenigen gehören, die einen *Buleh* heiraten oder mit ihm ins Ausland ziehen wollen, und die – glaube ich – immer noch zur Majorität in Bali gehören. Aber unter der Oberfläche brodelt auf Bali ein Konflikt. Die westlichen Wertvorstellungen treffen auf jahrhundertealte Traditionen. Und viele balinesische Frauen wollen heute ihr eigenes, selbstbestimmtes Leben führen.

# 1.1 Ni Mang

Meine langjährige Lebensgefährtin Annette und ich lernten die Balinesin Ni Mang vor nun 23 Jahren in Ubud auf der Insel Bali kennen. Ni Mang ist in Mengwi aufgewachsen, einem Ort, der eine gute Autostunde westlich von Ubud liegt. Ihre Eltern hatten fünf Kinder, vier Mädchen und einen Jungen, der als letzter geboren wurde. Ni Mang ist das dritte Kind, wie schon ihr Name sagt.

Der oder die Erstgeborene auf Bali erhält immer Wayan oder Putuh als Vornamen. Je nach Kaste kann dieser Vorname auch Luh für weibliche oder Gede für männliche Kinder sein. Der oder die Zweitgeborene erhält Made als Vornamen, je nach Kaste kann es aber auch Kadek oder Nengah sein. Der oder die Drittgeborene heißen Nyoman oder Komang[4], der oder die Viertgeborene Ketut. Nach dem vierten Kind fängt es wieder von vorne mit Wayan an.

Meine Lebensgefährtin Annette und ich wohnten damals im Hotel Ubud Inn in der Monkey Forest Road in Ubud. Ubud liegt eine Autostunde nördlich des Flughafens von Bali in den Bergen. Annette plagten, wie so oft, Rückenschmerzen. Vermutlich hatte sie sich bei der Anreise mit ihrem schweren Koffer zu viel zugemutet. Annette hatte bereits zwei Behandlungen von sogenannten Masseurinnen in Ubud hinter sich, leider ohne Erfolg. Dies erzählten wir unserem alten balinesischen Freund Dewa, der uns dann eine junge Balinesin empfahl, die gerade auf der Massageschule in Denpasar eine professionelle Ausbildung als Masseurin abgeschlossen hatte. Sie hatte ihm selbst bei seinen Rückenproblemen sehr helfen können. Dewa telefonierte mit der Dame und verabredete für uns noch am selben Tag einen Termin. Sie kam am Nachmittag zu uns ins Hotel, und so lernten wir Ni Mang kennen. Damals war sie gerade 20 Jahre jung und frisch – und damals noch glücklich – verheiratet.

Vom ersten Tag an waren Annette und ich von Ni Mangs balinesischer Massagetechnik und ihren ,heilenden Händen' begeistert. Annette spürte bereits nach der ersten Massage eine Besserung ihrer chronischen Rückenschmerzen. Ni Mang beherrscht viele Massagetechniken, von der Reflexzonenmassage über die Thai Massage, die polynesische Lomi-Lomi Massage, eine Schwedische Massagetechnik bis zur Shiatsu-Massage. Sie macht auch Aroma-Therapie, also das volle Programm! Damals gab es nur wenige Masseurinnen in Ubud. Heute ist die Konkurrenz groß. An jeder Ecke befindet sich ein Massagesalon.

---

4  Kurz Ni Mang

Annette und ich hatten in den vergangenen zwei Jahrzehnten unzählige Massagen bei ihr. Wir probierten fast alles aus, aber immer wieder kamen wir zurück zur traditionellen balinesischen Massage. Sie gefiel uns am besten und tat uns auch besonders gut. Ich entspanne bei dieser Massagetechnik so sehr, dass ich während der Massage – bis heute – regelmäßig in einen Tiefschlaf verfalle. Im Laufe der vielen Jahre wurde Ni Mang eine gute Freundin von Annette und mir.

Im April 2015 ist meine liebe Annette verstorben,[5] und ich reise im Januar 2016 zum ersten Mal wieder nach Bali. Nun leider alleine. Im Gepäck hatte ich Annettes Asche, die ich auf Bali, entsprechend ihrem Wunsch, beisetzte.[6] Bei der Organisation und den Vorbereitungen der traditionellen hinduistischen Beisetzung, auf Bali *Upacara Ngaben* genannt, waren mir unsere Freunde Ni Mang und Dewa eine unersetzliche Hilfe. Viele alte Vorschriften und Regeln mussten beachtet werden.

Natürlich hatte ich weiterhin meine geliebten balinesischen Massagen bei Ni Mang. Auf Wunsch meiner Tochter Regina sollte Ni Mang täglich nach mir schauen, da ich gerade eine unangenehme Operation überstanden hatte und noch rekonvaleszent war. So bekam ich fast täglich eine Massage oder eine andere Behandlung wie Pediküre, Maniküre oder Gesichtspflege von ihr. Dabei wurde natürlich – wenn ich nicht gerade eingeschlafen war – immer viel geredet.

Ni Mang schaute früher oft zu, wenn Annette und ich neue Schritte und neue Figuren der lateinamerikanischen Tänze einübten. Tanzen war unsere Leidenschaft, und so ging ich nun auch alleine in das luxuriöse Restaurant INDUS in Ubud, wo ich früher mit Annette zwei Mal pro Woche tanzte. Salsa, Bachata und Cha Cha Cha waren unsere Lieblingstänze.

Nachdem ich einige Male alleine dort war, fragte mich Ni Mang: ‚Hast du gestern Abend im INDUS getanzt?‘ Ich erwiderte, ich hätte nur ein paar Mal getanzt, die andere Zeit hätte ich zugeschaut und der tollen Musik gelauscht. Das würde mir auch Spaß machen.

Bei der nächsten Massage erwähnte Ni Mang: ‚Wenn du willst, kannst du mir Salsa und andere lateinamerikanische Tänze beibringen. Ich könnte dann deine Tanzpartnerin sein, denn ich weiß ja, dass du gerne tanzt.‘ Ich war von so viel Zuneigung und Warmherzigkeit gerührt. Sie wollte mir

*Abbildungen S. 11:*
*Abb. 1.1-1: Ni Mang bei ihren Eltern zu Hause in Mengwi*
*Abb. 1.1-2: Ni Mang bei der Massage*

---

5   Horst H. Geerken, *Erinnerung an Annette*, 2015, ISBN 978-3-7347-8947-2
6   Horst H. Geerken, *Annettes letzte Reise*, 2016, ISBN 978-3-8370-8119-0

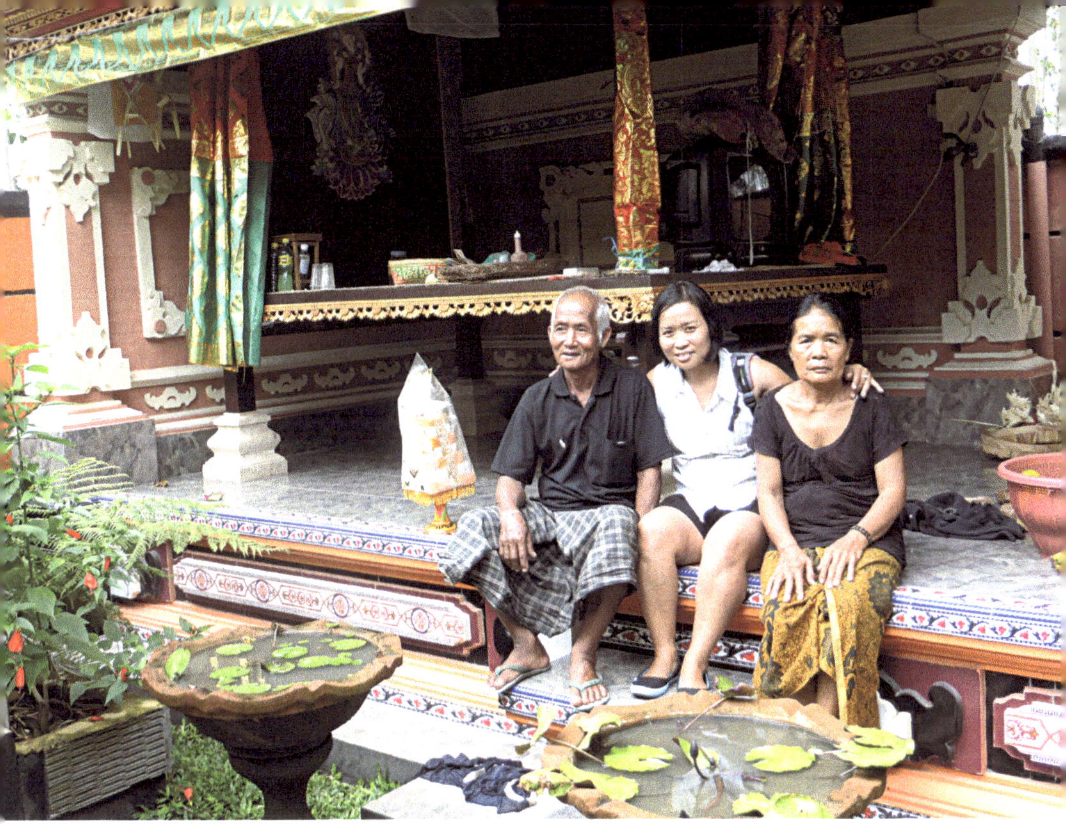

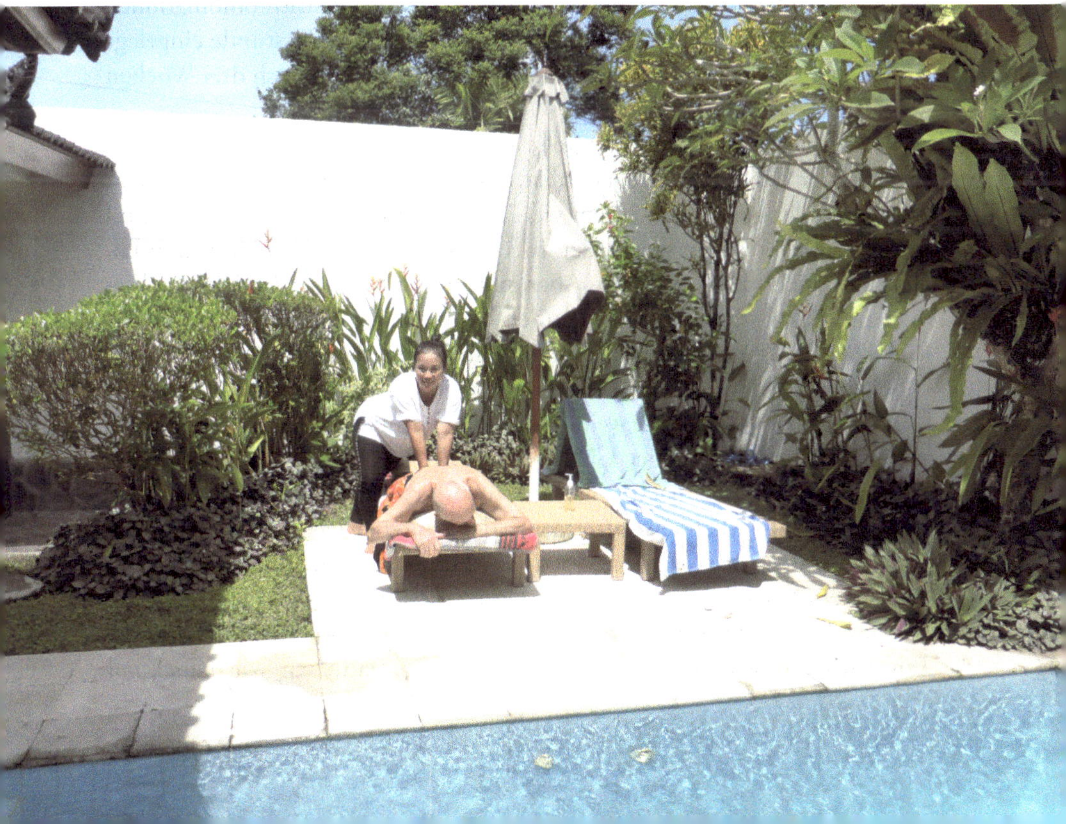

helfen, den Verlust von Annette besser zu verschmerzen. In Bali hat man noch eine vom Kindesalter an gelernte große Achtung vor dem Alter, eine Tugend, die leider in der westlichen Welt fast verloren gegangen ist. Die Menschen auf Bali haben ein angeborenes natürliches Taktgefühl. Von Jugend an werden sie zu Höflichkeit, Anstand und gutem Benehmen erzogen. Aber leider ändert es sich auch auf Bali zum Schlechteren. Kürzlich haben Schüler einen Lehrer verprügelt, weil er die Benutzung von Smartphones während des Unterrichts verboten hat.

Natürlich hatte ich zunächst große Bedenken. Eine Balinesin und lateinamerikanische Rhythmen? Eigentlich undenkbar! Das passt doch nicht zusammen! Ni Mang tanzte bisher nur traditionelle balinesische Tänze zu Gamelanmusik. Lateinamerikanische Musik, Rhythmen und Tanzschritte sind für traditionelle Balinesen eine ganz andere, für sie völlig unbekannte und neue Welt. Ob dies wohl klappen würde? Ich hatte zunächst große Zweifel! Andererseits wurde ich ermutigt, da es hier neben vielen europäischen Damen mittlerweile auch eine ganze Anzahl Salsa-tanzende Damen von den Inseln Bali und Java gibt. Dann muss es doch auch Ni Mang erlernen können!

Gesagt getan! Ich wollte es mit ihr versuchen. Schon nach den ersten Stunden, in denen wir nur die Grundschritte einübten, spürte ich, dass sie außergewöhnlich begabt ist und sich auch schwierige Schrittkombinationen schnell merken konnte. Nachdem wir täglich eine Übungsstunde eingelegt hatten, war Ni Mang bereits so weit, dass sie mich schon nach drei Wochen ins INDUS begleiten konnte.

Sie hatte natürlich zunächst große Hemmungen, mit mir öffentlich auszugehen. In Ubud kennt jeder jeden, und wenn eine Balinesin mit einem Ausländer, dazu noch mit einem viel älteren Mann, ausgeht, wird viel und schnell Schlechtes über sie geredet. In Thailand ist so ein Verhältnis normal. Dort stört sich niemand daran. Aber in Bali und besonders in Ubud achtet man als Frau – wenigstens nach außen hin – auf die Moral und auf seinen Ruf. Aber nur, wenn es sich um ein Verhältnis mit einem Ausländer handelt!

Seit über 16 Jahren waren Annette und ich Stammgäste im Restaurant INDUS, und ich kenne alle weiblichen und männlichen Beschäftigten dort, auch einen großen Teil der Gäste, die regelmäßig zum Tanzen kommen. Ni Mang wollte ja zunächst aus den zuvor erwähnten Gründen mit mir nicht in der Öffentlichkeit auftreten. In der Zwischenzeit hatte ich all meine Bekannten dort aufgeklärt, dass ich Ni Mang als meine Tochter betrachte und wir ein Vater-Tochter-Verhältnis hätten. Damit war alles klar. Ni Mang war nun bereit, mit mir mitzukommen und wurde auch freudig in unsere Tanzgruppe aufgenommen. Nur uns unbekannte Balinesen, wie manchmal

*Abb. 1.1-3: Tanzübungen mit Ni Mang zu Hause*

ein Taxifahrer, machten noch bissige und zweideutige Bemerkungen, die Ni Mang jedoch auf Balinesisch entkräften konnte.

Da Ni Mang anfangs die Tanzschritte noch nicht perfekt beherrschte, hatte sie – wenn dort nur wenige Paare tanzten – Hemmungen, auf die Tanzfläche zu gehen. Sie fühlte sich dann beobachtet. Aber auch ich selbst war noch nicht wieder perfekt in Form. Annette und ich waren ein einge-spieltes Team, aber nun hatte auch ich zwei Jahre lang nicht mehr getanzt. Ich war also auch aus der Übung und hatte die meisten Figuren vergessen. Nun, nach einigen Wochen, gab es keine Probleme mehr, nun ließen Ni Mang und ich im INDUS keinen Tanz aus. Für mich ist Tanz, und beson-ders Salsa, ein toller Sport für Körper und Geist!

*Abb. 1.1-4: Salsa mit Ni Mang im Restaurant INDUS*

Was mich aber störte war, dass ihr Freund immer wieder während des Tanz-abends anrief und auch oft stundenlang vor dem Tanzlokal auf Ni Mang wartete. Anscheinend war er sehr eifersüchtig. Ni Mang war daher immer unter Stress und fühlte sich von ihm unter Druck gesetzt. Ich bat Ni Mang, ihrem Freund zu verbieten, während des Tanzabends bei ihr anzurufen und zusätzlich ihr Handy und Tablet auszuschalten. Aber dass ihr Freund vor dem Lokal auf seinem Motorrad auf sie wartete, konnte ich ihr natürlich nicht verwehren. Es wunderte mich jedoch, dass immer wieder verschiedene Männer auf sie warteten. Es seien Männer aus ihrer Verwandtschaft, sagte sie. Komisch kam mir das doch vor!

## 1.2 Das Leben einer balinesischen Frau

Ni Mang hat ihr ganzes Leben immer hart gearbeitet, sieben Tage die Woche. Von ihrem Mann, einem Spieler und Frauenhelden, der nicht arbeiten will, hat sie sich schon lange getrennt. Oder er von ihr? Man weiß es hier nie so genau. Sie würde sich einerseits gerne scheiden lassen, aber ohne Einverständnis des Mannes geht das auf Bali nicht. Andererseits will sie die Scheidung auch wieder nicht, da selbst die Kinder ihr Einverständnis dazu geben müssten. Und bei einer Scheidung würden auf Bali ihre beiden Kinder auch automatisch dem Mann zugesprochen und dann von den Schwiegereltern erzogen werden. Ni Mang müsste das Haus verlassen. Daher ziehen die Frauen auf Bali die Trennung einer Scheidung vor. Ihr Mann verweigert außerdem eine Scheidung, weil Ni Mang immer noch seine Eltern finanziell und im Haushalt unterstützt und auch die Schul- und weitergehende Ausbildung der beiden gemeinsamen Kinder übernommen hat. Sie war zu der Zeit die Einzige, die für das tägliche Leben der Familie sorgte, und das wollte er auch weiterhin so gehandhabt wissen.

Ni Mang ist eine starke Frau, nicht nur psychisch, auch physisch. Sie ist mit ihrer geringen Körpergröße von nur gut 1,45 Metern ein kleines Kraftpaket, das nicht stillsitzen kann. Sie sucht immer eine Betätigung. Neben ihrem Beruf als Masseurin machte sie ab und zu den Kampfsport Karate. Annette und ich hatten sie vor einigen Jahren einmal bei einem Wettstreit beobachtet, bei dem sie fünf übereinanderliegende Lagen von Stangeneis mit der Handkante und einem einzigen Schlag zerbrach. Man muss es sich also zweimal überlegen, ob man sich mit ihr anlegen will.

Auf Bali leben die Männer im Paradies, auf Kosten ihrer Frauen! Die Frauen sind die Arbeitstiere, die von morgens bis abends schuften. Auf den Dörfern sieht man bis heute, wie der Mann auf dem Weg zum Markt voranschreitet und seine Frau hinter ihm geht, mit der schweren Last auf ihrem Kopf.

Die Frauen haben auf Bali generell kein einfaches Leben. Sie arbeiten hart und die Männer gehen meist aus dem Haus um Karten zu spielen oder ihre Kampfhähne zu streicheln, damit sie bei der Arbeit den Frauen nicht im Weg herumstehen! Was ja auch sehr aufmerksam ist! Viele Balinesen der jüngeren Generation leben nach dem Motto: ‚Hauptsache meine Frau hat Arbeit und ich habe ein gutes Leben!' Das Glücksspiel ist auf Bali – wie in ganz Asien – ein echtes Laster! Die Männer verpulvern das schwerverdiente Geld ihrer Frauen. Viele verspielten schon Haus und Hof. Dagegen müssen die Frauen kochen, das Haus versorgen, sie müssen ihren Männern zu Diensten sein, die Kinder gebären und großziehen. Nebenbei müssen sie oft noch arbeiten, damit sie ihren Mann, und meist noch dessen Familie, unterhalten können. Ni Mangs getrenntlebender Ehemann hat erst kürzlich ihren alten Familienschmuck gestohlen und verkauft, um Spielschulden bezahlen zu können.

Es gibt aber auch Ausnahmen. Ich kenne Balinesen, die wirklich hart arbeiten und es auch zu einem großen Vermögen gebracht haben. Auch die Reisbauern auf dem Lande müssen hart arbeiten, um die Familie ernähren zu können. Aber der weitaus größere Teil der Männer in den Städten ist faul und arbeitsscheu. Ni Mangs Mann sagt: ,Wofür soll ich arbeiten? Für was? *Tida ada guna* – das hat ja doch keinen Zweck. Davon wird man auch nicht reich!' Er macht lieber Schulden, liegt auf der faulen Haut und trinkt Bier auf Kosten seiner von ihm getrenntlebenden Ehefrau.

Als ich noch jung war, wurde mir von meinen Eltern immer wieder gesagt: ,Wenn dir eine Aufgabe gestellt wird, erledige sie so schnell wie möglich und so gut wie möglich'. Einen Aufschub auf den nächsten Tag gab es nicht. Das Sprichwort ,Morgen, morgen, nur nicht heute, sagen alle faulen Leute' wurde mir von meiner Mutter schon in die Wiege gelegt. Auch wenn wir Kinder jemanden sahen, der zum Beispiel etwas Schweres trug, mussten wir sofort unsere Hilfe anbieten. Das war für uns Kinder ganz selbstverständlich und diese Gewohnheiten haben wir auch im Erwachsenenalter bis heute beibehalten. Bei balinesischen Männern sehe ich aber meist das Gegenteil. Sie lassen die Arbeit so lange liegen, bis sie ein anderer – meist ihre Ehefrau oder ein anderer Dummer - macht. Dabei schauen sie ihr noch zu, ohne ein schlechtes Gewissen zu bekommen. Bei so einer Mentalität ist es kein Wunder, dass viele Familien am Existenzminimum leben. Ohne Kredite, und ohne die fleißigen balinesischen Frauen, wäre die paradiesische Insel schon längst pleite.

Schulden zu machen ist auf Bali kein Problem, da die Banken gerne an den Krediten verdienen und kaum nach Sicherheiten fragen. Mit einer Anzahlung von fünf Prozent und weniger kann man alles kaufen: Ein Motorrad, ein Auto, selbst ein Grundstück oder ein Haus. Ich glaube, es gibt keine balinesische Familie, die keine Schulden hat. Die vielen hinduistischen Zeremonien kosten Unsummen, und man kauft immer das neueste Modell eines Motorrads oder iPhones. Um die Rückzahlung der Kredite müssen die Balinesen sich meist ein ganzes Leben lang kümmern. Bekommt man von der Bank wegen zu großer Verschuldung keinen weiteren Kredit zu ,günstigen' zwei Prozent pro Monat, wohlgemerkt pro Monat, geht man zu einem sogenannten ,*Rentenir*', da bekommt man immer Geld, für 10 Prozent Zins pro Monat! Und der Zins muss monatlich bezahlt werden, oft durch einen

*Abb. 1.2-1:*
*Balinesische Frauen*
*auf einer Baustelle*

weiteren und noch teureren Kredit.

So ist das mit dem Paradies, von innen betrachtet ist es doch oft ein zweischneidiges Schwert. Uns kommt es auf Bali paradiesisch und sehr billig vor. Wenn man aber die Löhne der Einheimischen betrachtet, dann sieht es schon wieder ganz anders aus. Für uns Außenstehende sind die balinesischen Menschen ein friedliches und freundliches Völkchen. Aber Eifersucht, Streit, Lügen, Fremdgehen, zerrüttete Familienverhältnisse, Erbstreitigkeiten, Zerwürfnisse der Familien oder Geldprobleme gibt es hier genauso wie bei uns im Westen.

Wenn ich Ni Mang befrage, warum sie immer noch ihren faulen Mann und dessen Eltern unterstützt, antwortet sie, ihre alten und gebrechlichen Schwiegereltern würden ihr leidtun! Auf der anderen Seite hat Ni Mang auch Existenzängste. Wenn sie die Unterstützung einstellen würde, müsste sie das Haus verlassen und der Ehemann könnte ihr die Kinder wegnehmen. Mit einem Alter von 17 und 19 Jahren sind ihre Kinder jedoch keine Kinder mehr und leben schon ziemlich selbstständig. Sie können machen, was sie wollen. Für eine Mutter besteht jedoch eine emotionale Bindung zu ihren Kindern, in jedem Alter.

Aufgrund einer anderen, freizügigeren Auffassung bezüglich der Moral sind Familiendramen an der Tagesordnung. Besonders die Männer nehmen es mit der ehelichen Treue nicht so genau. Da viele die Arbeit scheuen, haben sie auch genügend Zeit, sich diesem Vergnügen hinzugeben. Andererseits sind die Balinesinnen sehr, sehr eifersüchtig und rächen sich an ihren Männern, indem sie sich dann ihrerseits einen Freund zulegen. Daher herrscht in balinesischen Familien oft ein großes undurchschaubares Durcheinander. Dazu kommt noch, dass im hinduistischen Bali – wenn man genügend Geld hat – auch die Ehe mit mehreren Frauen erlaubt ist, was aber nicht oft geschieht.

Schon im Kindesalter wird den Frauen eingeimpft: ‚Du musst heiraten. Du musst viele Kinder bekommen. Wenn du ledig bleibst, ist das eine Schande für die ganze Familie.' Wer in Bali eine Frau heiratet, heiratet gleich die ganze Familie mit, und mit der Heirat werden die Frauen unmündig. Im Haus des Ehemannes werden sie Besitz des Mannes, und oft – wie ich vielfach hörte – von der Schwiegermutter terrorisiert. Von den Frauen wird erwartet, dass sie passiv und bescheiden sind, und dass sie sich der Familie des Mannes unterordnen. Was für ein rückständiges Frauenbild! Und trotzdem stehen die Balinesinnen dem Leben irgendwie sorglos gegenüber, lachen viel und scheinen immer fröhlich zu sein.

Schon seit Jahrhunderten gibt es bei dem Stamme der Minangkabau im Westen Sumatras genau das Gegenteil, ein Matriarchat. Hier muss sich der Mann der Frau unterwerfen. Der Bräutigam muss nach der Hochzeit ins Haus der Braut einziehen, hier erben nur die Frauen und alle wichtigen Entscheidungen werden nur von den Frauen getroffen. Mit über drei Millionen Menschen ist dies heute die größte matrilineare Bevölkerungsgruppe der Welt. Indonesien ist vielfältig!

Bei einer Scheidung oder Trennung sind die balinesischen Frauen alleine und müssen für ihren Lebensunterhalt selbst sorgen. Die verlassenen Frauen sind nicht müßig, suchen sich ein neues Betätigungsfeld und brechen oft – falls sie noch jung genug sind oder die Chance dazu haben – in andere bestehende Ehen ein. Aber auch viele verheiratete Frauen sind für einen Seitensprung bereit, allerdings kaum mit Ausländern.

Seit vielen Jahren kenne ich eine balinesische Familie mit mehreren Kindern. Als ich mich mit der Ehefrau einmal alleine unterhielt, sprach ich dieses Thema an. Sie gestand mir freimütig, dass sie neben ihrem Ehemann noch zwei Liebhaber habe: ‚Einen etwas älteren Freund, der verheiratet ist und selbst Kinder hat, für die Liebe, und einen um 17 Jahre jüngeren ledigen Mann für das Vergnügen.' Familiendramen sind somit vorprogrammiert. Touristen, die nur zwei oder drei Wochen auf Bali Urlaub machen und keinen langjährigen, intensiven Kontakt zu balinesischen Familien haben, nehmen davon nichts wahr, zumal sich Balinesinnen bisher kaum mit ausländischen Männern eingelassen haben. Wie mir die zuvor erwähnte verheiratete Mutter erzählte, hat dieses ausschweifende Leben erst begonnen, als günstige mobile Telefone auf den Markt kamen. Da wurde es sehr viel leichter, Kontakte zu knüpfen und ein Rendezvous über Facebook und andere Medien zu vereinbaren.

Als ich mich mit Ni Mang über die Probleme in den Familien unterhielt, sagte sie, die Menschen aus dem Westen betrachten Bali nur aus der Ferne und idealisierten das Leben der Balinesen. Es sei wie mit den Bergen da drüben – und damit zeigte sie auf die Berge im Nordwesten der Insel –, sie sehen aus der Ferne ganz glatt und makellos aus. Betrachtet man sie aber aus der Nähe, dann sieht man auch die krummen und kranken Bäume. Genau so wäre es mit indonesischen Familienverhältnissen. Betrachtet man sie aus der Nähe, dann würde die Illusion vom Paradies auch schnell schwinden.

Die balinesischen Frauen haben meist eine große Last zu tragen. Bei einer Scheidung gehen sie vollkommen leer aus. Auch von den eigenen Eltern erben die Töchter nichts, nur die Söhne. Die Frauen müssen dann für ihren Lebensunterhalt selbst sorgen, und meist auch noch für den ihrer Kinder. Trotzdem strahlen alle eine Fröhlichkeit und Zufriedenheit aus, die einfach umwerfend und ansteckend ist, eine Freundlichkeit, wie man sie auf der ganzen Welt nicht mehr findet.

Aber ist das Lächeln, ist die Heiterkeit und das freundliche Gesicht der Balinesinnen nur eine Maske, die all diese Probleme überdeckt? Ist es eine Maske mit einem ewigen Lächeln wie in China oder Japan? Ich glaube nicht! Trotz aller Probleme im täglichen Leben kommt das balinesische Lächeln von Herzen. Das spürt man! Sie nehmen das Leben einfach so, wie es kommt. Sie sind tief verwurzelt in ihrer Religion, dem balinesischen Hinduismus. Da ist alles vorbestimmt!

Ni Mang hatte mit ihren jetzt 41 Jahren noch nicht einen einzigen Tag Urlaub gehabt, lediglich die freien Tage bei religiösen Festen. Das sind zum Glück nicht wenige. Nach meiner Ansicht sogar viel zu viele. Wenn sie arbeitet, arbeitet sie sieben Tage in der Woche. Sie hat keine höhere Schule besucht, aber durch Fleiß, Mut und Ausdauer hat sie sich erfolgreich durch das Leben geschlagen. Als sie mit 19 Jahren heiratete, musste sie – wie in Bali üblich – in das Haus ihrer Schwiegereltern einziehen. Hier gab es nicht einmal eine Toilette. Man ging zur Verrichtung seines Geschäftes mit einem Eimer Wasser aufs Feld. Da Ni Mang in ihrem Elternhaus in Mengwi zwei Toiletten hatte, wollte sie diesen für sie unerträglichen Zustand im Hause ihres Mannes verändern. Sie besorgte sich eine Schaufel und Bauholz, und schon bald war die mit ihren eigenen Händen anfertigte Toilette in einem kleinen Holzhäuschen im Garten fertig. Ihr Ehemann war auch damals schon ziemlich faul und lethargisch. Ni Mang musste in ihrer freien Zeit auf Baustellen Sand und Steine schleppen, um mit ihrem Einkommen ihren Mann und dessen Familie versorgen zu können.

Ni Mang hat schon in verschiedenen Berufen gearbeitet. Aber dass sie nach ihrer Hochzeit zum Überleben auf verschiedenen Baustellen schwere Lasten schleppen musste, ging ihrem Vater doch zu weit. Er hatte Mitleid mit ihr und schenkte ihr 50 frisch geschlüpfte kleine Entchen, damit sie mit einer kleinen Entenzucht beginnen könne. Ni Mang baute neben dem Haus einen Stall, den sie mit Holzbalken gegen den Regen abdeckte. Ihr Mann saß, Zigaretten rauchend, mit einer Flasche Bier in der Hand, daneben und schaute ihr bei der schweren Arbeit zu. Die Enten gediehen prächtig, bis bei einem starken tropischen Regenguss das Dach zusammenbrach und die schweren Balken alle Enten erschlugen. Nun musste Ni Mang wieder Sand auf den Baustellen schleppen. Am Abend schmirgelte und polierte sie Holzschnitzereien von einem Künstler in der Nachbarschaft für ein kleines zusätzliches Taschengeld.

Nebenbei erlernte sie die japanische Kampfkunst Karate. Diese Kenntnisse brachten ihr eine Arbeit als Bodyguard und Begleiterin einer superreichen Balinesin ein. Hier verdiente sie bei einfacher Arbeit gutes Geld und konnte sich eine Ausbildung zur Masseurin und Schönheitstherapeutin leisten. Nach ihrer Ausbildung arbeitete sie zunächst in den Schönheitssalons verschiedener Hotels, sieben Tage die Woche, bis sie ihren ersten eigenen kleinen Salon eröffnen konnte. Diesen erweiterte sie ständig. Heute besitzt sie in Ubud einen kleinen Schönheits- und Massagesalon mit fünf Angestellten, der sieben Tage die Woche von 10:00 bis 22:00 Uhr geöffnet hat. Die westlichen Touristen wollen auch an Sonntagen eine Schönheitsbehandlung haben. Ihren beiden Kindern ermöglichte sie damit eine gute Schul- und weitergehende Bildung.

Ni Mang beklagte schon immer, dass man in Indonesien für die Bildung hohe Gebühren bezahlen muss, von der Grundschule bis zur Universität. Bildung sei doch der wertvollste Schatz eines Landes, und der müsste doch auch den Armen offenstehen. Unter denen gäbe es viele hochbegabte Kinder, betonte sie mit Nachdruck.

Die sechsjährige Grundschulzeit[7] vom 6. bis zum 11. oder 12. Lebensjahr ist meist frei. Aber die Kosten für die obligatorische Schuluniform und die Lernmaterialien können von den ärmeren Bevölkerungsschichten nur

---

7   Primary School SD, *Sekolah Dasar*

schwer aufgebracht werden. Bei der nachfolgenden Mittelschule[8] und der Oberschule[9] fallen zusätzliche Gebühren von umgerechnet rund 250,- € pro Jahr an. Bei einem Monatseinkommen von nur 100,- € bis 150,- € ist das eine Menge Geld, das nur von der gehobenen Mittelschicht aufgebracht werden kann.

Ich bin immer wieder überrascht über die nicht geweckten Fähigkeiten, die in vielen Balinesinnen schlummern. Als Beispiel soll hier Ni Mangs schnelle Auffassungsgabe für lateinamerikanische Tänze dienen, einen Tanzstil, der in Bali wie ‚die Faust aufs Auge' passt. Ein größerer Kontrast als der zwischen lateinamerikanischen und balinesischen Tänzen ist kaum vorstellbar. Viele weitere Fähigkeiten von Ni Mang konnte ich später bei ihrem Besuch in Deutschland entdecken, über den ich noch berichten werde.

Die kleinsten Kinder sprechen auf Bali bereits mehrere Sprachen: Balinesisch hat drei Sprachebenen, dazu kommt noch Bahasa Indonesia. Infolge des Kastenwesens wird Balinesisch unterteilt in Hochbalinesisch, genannt *Singgih*, das auf der alten javanischen Hofsprache basiert, und Niederbalinesisch, genannt *Sor*, es wird von den *Sudras* gesprochen, der niedersten Kaste. Ungefähr 95 Prozent der balinesischen Bevölkerung gehört der Kaste der *Sudras* an. Da vielen *Sudras* die Gelegenheit fehlte, die Hoch- oder Hofsprache zu erlernen, entwickelte sich für den täglichen Verkehr untereinander ein Mittelbalinesisch, genannt *Lumrah*, ein Gemisch aus dem Hoch- und dem Niederbalinesisch, vermischt mit Worten aus der Bahasa Indonesia. Es ist eine sehr komplizierte Sprache. Im Gegensatz zu Indien führt das Kastenwesen nicht zu einer Trennung der Bevölkerungsgruppen. Ohne Problem sind heute sogar Hochzeiten von Paaren unterschiedlicher Kasten üblich.

*Abb. 1.2-2:*
*Buch über die Bahasa Bali (von 1977)*

8   Junior High School SMP, *Sekolah Mengenah Pertama*
9   High School SMA, *Sekolah Mengenah Atas*

Wie ich immer wieder mit Verblüffung feststelle, wechseln die Kinder sofort die Sprache, je nachdem, von wem sie angesprochen werden. Es ist wissenschaftlich längst bewiesen, dass diejenigen, die zwei oder mehr Sprachen sprechen, gegenüber mono-lingualen Menschen einen großen geistigen Vorsprung haben, und zwar ein Leben lang! Man ist mono-lingualen Menschen immer einen Schritt voraus. Laut Studien der University of California und von kanadischen Wissenschaftlern tritt bei mehrsprachigen Menschen die Krankheit Alzheimer im Durchschnitt fünf Jahre später auf als bei einsprachigen. Bei diesen Fähigkeiten ist es ein Jammer, dass durch das Schulgeld die weitergehende Ausbildung von Kindern aus ärmeren Schichten Balis gebremst wird.

Bali ist ein Frauenland, obwohl die Gesetze für Männer gemacht wurden. Die Frauen sind stärker und intellektuell freier als die balinesischen Männer. Sie regeln nicht nur die Geldgeschäfte, meist verwalten sie auch das Geld, sie sind die besseren Geschäftsfrauen, sie arbeiten auch in Bereichen, in denen im Westen fast ausschließlich Männer beschäftigt sind. Überall sieht man Frauen im Hoch- und Tiefbau, die schwere Lasten schleppen, man sieht sie in der Fischerei, in der Fortwirtschaft und in der Landwirtschaft. Sie arbeiten – im Gegensatz zu vielen Männern – schwer und hart, und trotzdem gelingen ihnen auch die feinsten filigranen Körbchen aus Palmblättern, die für die täglichen Opfergaben an die Götter zu flechten sind. Die Balinesinnen sind jedoch zu klug, um ihre Macht zu demonstrieren. Sie zeigen ihr Selbstbewusstsein auf andere Weise. Sie legen großen Wert auf Körperpflege und kleiden sich sorgfältig und geschmackvoll. Sie haben einfach Stil, die große Dame wie die Verkäuferin. Es ist die Erfahrung, die sie aus einer uralten Tradition und Kultur schöpfen.

Ich will sogar behaupten, dass die balinesischen Frauen sicherer und selbstbewusster sind als viele unserer Frauen im Westen, die oft in der Sorge leben, dass man sie trotz ihrer Reize sitzen lässt. In Bali ist das schon fast vorprogrammiert, weshalb es die Balinesinnen perfekt beherrschen, sich in Szene zu setzen und den Männern zu gefallen. Aber nach außen hin lässt die Balinesin ihrem Mann den Vortritt, sie bedient ihn und gibt sich ihm willig hin. Dennoch ist die balinesische Frau stärker als der Mann. Vielleicht deshalb!

# 1.3 Die Reisevorbereitung

2016 war ich dreieinhalb Monate auf Bali. Ni Mang hörte schon seit über 20 Jahren Erzählungen von Annette und mir über Deutschland. Mit großen Augen lauschte sie gespannt unseren Worten. Eisenbahn, Autobahn, Untergrundbahn, eine Geschirrspülmaschine, ein Backofen, Hochhäuser oder ein Heißluftballon waren ihr vollkommen unbekannt.

,Was, in Deutschland gibt es keine *Warungs?*', wunderte sie sich. *Warungs* sind in Indonesien kleine Kioske, die von Reis bis zu Zigaretten das Allernötigste, das man für das einfache Leben in Bali benötigt, vorrätig haben. Dass es in Deutschland keine *Warungs* gibt, konnte sie kaum glauben! Überall in Indonesien findet man sie an jeder Straßenecke. Ein *Warung* ist nie weit. Sie haben von früh bis spät in der Nacht geöffnet. ,Was,' fragte sie, ,in Deutschland kann man bei Nacht nicht einkaufen?' Viele Supermärkte und Mini-Markets auf Bali – und davon gibt es unzählige – haben sieben Tage die Woche rund um die Uhr geöffnet.

Das Modernste, was Ni Mang besitzt, sind ihr Motorrad und ihr Fernseher. Immer wieder fragte sie: ,Deutschland ist doch so ein modernes Land, warum kommt ihr nach Bali?' ,Wir suchen das einfache Leben unter lieben Menschen und die Wärme. Der Winter liegt mir nicht' antwortete ich. ,Ja, sind denn in Deutschland die Menschen nicht lieb? Und warum ist der Winter nicht schön?' sagte sie. ,Ich wäre froh, wenn es hier nicht so warm wäre! Und mein größter Wunsch ist, mal Schnee zu sehen.' Man liebt immer das am meisten, was man gerade nicht hat!

Eines Tages, in der Mitte meines Aufenthaltes, sagte Ni Mang während einer Massage: ,Ich würde gerne einmal das moderne Deutschland persönlich kennenlernen und Schnee sehen. Das ist ein Wunschtraum von mir.' Zunächst nahm ich an, dass die Aussage von Ni Mang, nach Deutschland reisen zu wollen, eher scherzhaft gemeint war. Aber als sie bei der nächsten Massage erwähnte: ,Ich habe auch schon kräftig für das Flugticket gespart und habe mir schon einen Reisepass besorgt', war ich doch sehr überrascht. Ni Mang hatte Bali noch nie verlassen! Alles, was sie von der Welt bisher kannte, war ihre kleine, paradiesische grüne Insel Bali, und selbst davon habe ich schon viel mehr gesehen als sie. Die Welt außerhalb Balis kennt sie nur vom Hörensagen und Fernsehen. Ich fand es schon sehr mutig, dass sie so einen Schritt ins Unbekannte wagen wollte.

Ni Mang meinte es wirklich ernst mit ihrem Besuch. Sie wollte unbedingt Deutschland kennen lernen. Meine Tochter und ihre Familie aus Australien, mein Bruder und seine Familie und viele Freunde aus Deutschland kannten Ni Mang bereits von ihren Besuchen auf Bali. Vom Ammersee in Bayern bis in den hohen Norden Deutschlands wurde sie bereits von der Familie und von Freunden eingeladen. Ich wunderte mich schon seit längerer Zeit, dass sie mich immer wieder ganz eifrig fragte, wie heißt denn dieses oder jenes Wort auf Deutsch. In der Zwischenzeit hat sie durch meine Hilfe schon einen ganz passablen Wortschatz gelernt. An jedem Gegenstand, Stuhl, Schrank, Fenster, Kühlschrank, Bett und so weiter brachte ich einen kleinen Aufkleber an, auf dem das deutsche Wort dafür geschrieben war. So konnte sie fast spielerisch ihren Wortschatz erweitern.

Als ich meiner Tochter Regina in Australien von Ni Mangs Plänen erzählte, war sie sofort begeistert. Seit einer Operation vor wenigen Monaten machte sie sich große Sorgen um mich. Ich sollte vorübergehend nicht mehr alleine in meiner Wohnung in Bonn sein. Sie bat Ni Mang bereits während ihres Besuches auf Bali im Januar, ja auf mich aufzupassen, was mir – ehrlich gesagt – etwas peinlich war! Ich fühlte mich nämlich schon wieder ganz fit!

Als ich Ni Mang vor Augen hielt, sie könnte doch ihre Angestellten in ihrem Massagesalon, dem ,Bamboo Bali Spa', nicht alleine lassen, räumte sie auch hier meine Bedenken aus dem Weg. Das hätte sie schon mit ihrem älteren Bruder und ihren beiden Kindern besprochen. Die würden nach dem Rechten sehen, sagte sie. Daraufhin versprach ich, dass ich sie einladen würde und dass sie während ihres Aufenthaltes in Deutschland mein Gast wäre.

Die Freude war nun auf beiden Seiten groß: Ni Mang würde etwas total Neues und Anderes erleben und ich konnte mich auf einige gemeinsame Wochen freuen und ihr meine Heimat näherbringen. Ni Mang ist eine ganz liebenswerte Person, die alles mit mir besprach und mir voll vertraute. Mit keiner anderen Person, Mann oder Frau, wollte sie ins Ausland reisen. Nur mit mir, sagt sie. Wenn das kein Vertrauensbeweis ist! Große Probleme machte allerdings ihr balinesischer Freund, der sie nicht gehen lassen wollte. Er fand immer neue Einwände: Das Flugzeug würde abstürzen, in Deutschland gebe es keinen Reis, das deutsche Essen würde ihr nicht bekommen, in Deutschland wäre überall Eis und Schnee und es sei viel zu kalt für sie. Er fand immer neue Argumente, um sie von ihren Reiseplänen abzubringen. Zu guter Letzt erpresste er sie sogar mit der Bemerkung, er würde die Verbindung mit ihr abbrechen. Aber Ni Mang blieb hart und meinte: ,Mir ist wichtiger, etwas Neues dazu zu lernen und meinen Horizont zu erweitern. Und diese Reise nach Deutschland ist doch dazu eine einmalige Gelegenheit! Dann soll er doch eine Neue suchen!' Sie ist eine starke Frau! Wie sich später herausstellen sollte, war sie doch nicht so stark wie ich dachte. Sie stand voll unter seinem Einfluss und war ihm total verfallen. Sie wollte ihn keinesfalls verlieren.

Natürlich drehten sich nun alle ihre Fragen um Deutschland, zum Beispiel, wie es denn wäre, wenn sie in Frankfurt mit einem Flugzeug ankommen würde. Sie ist natürlich noch nie geflogen und hat ihre Insel Bali noch nie verlassen! Ich sagte ihr, wenn sie in Frankfurt ankommen würde, wäre das eine Stadt, in der fast so viele Menschen wohnen, wie auf der ganzen Insel Bali. Dann müsste sie mit der Eisenbahn von Frankfurt nach Bonn fahren. Natürlich kennt sie auch keine Eisenbahn. Vom Hauptbahnhof in Bonn ginge es weiter mit der Stadtbahn und so weiter. Nach kurzem Nachdenken sagte sie: ‚Henry[10], das ist ja, wie wenn ich einen anderen Stern besuchen würde! Das ist ja alles ganz neu für mich! Da ist ja alles ganz anders!' Ja, so wird es für sie sein! Und ‚das ist ja alles ganz anders', wurde für sie ein geflügelter Ausspruch.

Schon mit der Währung fing es an: Ich hatte noch einen 500 Euroschein, den ich in Indonesische Rupiah umtauschen musste. Ich zeigte ihr den Schein und ließ sie schätzen, wie viele Rupiahs ich wohl dafür bekommen würde. Zögerlich fing sie an und überschlug: Für 500 vielleicht tausend Mal mehr, ‚Rupiah 500.000?' Ich sagte ‚Mehr'. ‚Eine Million?' Ich sagte wieder ‚Mehr'. Für einen einzigen Geldschein bekam ich 7.500.000 Rupiahs, 7,5 Millionen! Das waren fünf oder noch mehr Monatsgehälter in Bali. Und das für nur einen einzigen Geldschein! Da der größte Geldschein in Indonesien 100.000 Rupiahs, entsprechend 6,70 Euro ist, sind 7,5 Millionen ein ganz schöner Packen Geldscheine. Ja, es gab bereits viel zu bestaunen und zu bewundern!

Das nächste war, ein Besuchervisum für Ni Mang zu beschaffen. Das ist heutzutage gar nicht mehr so einfach. Wir fuhren gemeinsam zum Deutschen Konsulat in Bali, einem prachtvollen Bau in Sanur. An der Steinmauer prangt das deutsche Staatswappen und an der Fahnenstange wehte die schwarz-rot-goldene Flagge im lauen Wind des nahen Meeres. Jede Menge Papiere, Unterlagen und Dokumente wurden verlangt, selbst eine Einverständniserklärung des von ihr getrennt lebenden Ehemannes für die Reise. Und das von einer deutschen Behörde, dem Deutschen Konsulat! Ein unglaublicher Vorgang! Wenn solch eine Erklärung vom Iran oder Saudi-Arabien oder einem anderen totalitären Staat verlangt werden würde, könnte ich das noch verstehen. Aber von der Bundesrepublik Deutschland? Das ist doch eine eindeutige Diskriminierung der Frau!

---

10 In Bali werde ich von den Balinesen nach meinem zweiten Vornamen Heinrich ‚Henry' genannt, weil das für sie leichter auszusprechen ist als Horst.

Obwohl Ni Mang alle verlangten Papiere beibrachte, wurde das Visum von dem in ganz Bali als sehr unfreundlich, arrogant und nicht kooperativ bekannten jungen Deutschen Honorarkonsul abgelehnt. Der Vorgänger, sein Vater, war ganz anders. Leider ist er in den verdienten Ruhestand eingetreten. Besonders war uns dort eine balinesische Konsulatsangestellte mit ihrer unerträglichen frechen Arroganz gegenüber ihren eigenen Landsleuten und auch gegenüber deutschen Besuchern aufgefallen. War Ni Mang ein Opfer der deutschen Flüchtlingspolitik geworden? Haben wir bereits zu viele Ausländer in Deutschland? Tausende kamen ohne Reisepass, ohne gültige Papiere, ohne Geld nach Deutschland, Hunderttausende sind nicht einmal registriert! Und nun wurde das Visum einer Besucherin mit gültigem Reisepass, mit der Reservierung eines Rückflugtickets, mit mir als Bürgen, mit Einladungen von mir, von meinem Bruder mit Familie und anderen abgelehnt? Ni Mang hatte sogar eigene Finanzmittel angespart. Dies war ein Skandal und das ließ ich mir natürlich nicht bieten! Ich machte sofort einen Termin bei der Deutschen Botschaft in Jakarta.

In der Zwischenzeit erfuhr ich von mehreren Seiten, dass viele Balinesen und deutsche Bürger auf dem Deutschen Honorarkonsulat in Bali Probleme hatten, seit die Leitung von dem arroganten Sohn des bisherigen Honorarkonsuls übernommen wurde. Negative Erfahrungen machten auch mein Freund Horst aus Norddeutschland, ein Freund aus Perth in Australien, eine in Bali ansässige deutsche Ärztin, die Tochter von Freunden in Bielefeld, mein Freund Torsten aus Bonn und viele andere.

Die balinesische Mitarbeiterin auf dem Honorarkonsulat hatte meiner Ansicht nach eindeutig ihre Kompetenzen überschritten, indem sie von Ni Mang eine Bestätigung ihres getrenntlebenden Ehemannes verlangte, dass er keine Einwände gegen die geplante Deutschlandreise seiner Ehefrau hätte. Unglaublich! Ni Mang erhielt schon einen ersten negativen Eindruck von den deutschen Behörden.

Schon zwei Tage später flogen Ni Mang und ich nach Jakarta. Ich hatte sofort telefonisch einen Termin bei der Deutschen Botschaft bekommen. Ni Mang kam mit, falls noch ihre Anwesenheit für ein Interview oder eine Unterschrift erforderlich sein sollte. Nun ging Ni Mangs erster Flug nicht nach Deutschland, sondern zu der Nachbarinsel Java.

Die Insel Java hat ungefähr die Landfläche von Griechenland, das sind nur sieben Prozent der gesamten indonesischen Landfläche. Aber auf Java leben rund 60 Prozent der indonesischen Bevölkerung von rund 270 Millionen! Java gehört zu den am dichtest besiedelten Gebieten dieser Erde. Leider haben die meisten Menschen im Westen keine Ahnung von der Größe und

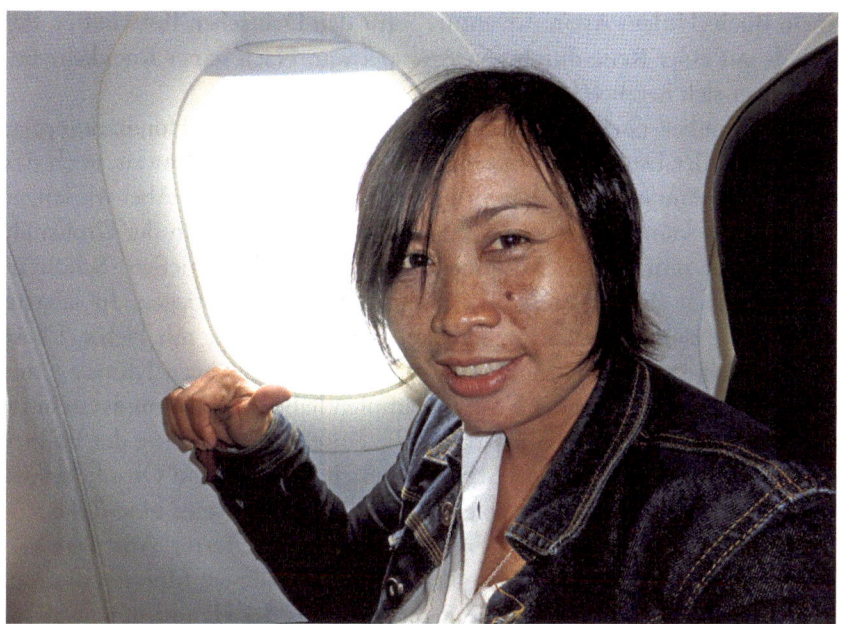

*Abb. 1.3-1: Ni Mangs erster Flug. Es geht in die Hauptstadt Jakarta*

Wichtigkeit des Landes. Indonesien hat kontinentale Ausmaße. Der östliche Teil Indonesiens, Jayapura in West Papua, ist immerhin acht Flugstunden von der Nordspitze Sumatras entfernt. Das ist eine Strecke wie von Frankfurt nach New York. In Deutschland wird leider nur wenig über den indonesischen Archipel mit seinen 17.000 Inseln berichtet.

Bei dem Flug nach Jakarta ging alles schief, was nur schiefgehen konnte. Als wir einchecken wollten, erfuhren wir, dass der Flug annulliert worden war. Es wurde hektisch: Wann ist der nächste Flug? Der war mit einer anderen Airline. Schnell dorthin und einen neuen Flug buchen. Zum Glück waren noch Plätze frei. Dann zur Airline mit dem ausgefallenen Flug und das Geld für den Flug zurückfordern. Ni Mangs Kommentar dazu: ‚Ist das immer so ein Chaos? Da finde ich mich ja niemals alleine zurecht!'

Nach einer Flugzeit von knapp zwei Stunden erreichten wir mit gut einer Stunde Verspätung den Flughafen in Jakarta. Wir schafften es gerade noch, trotz der üblichen Staus auf Jakartas Straßen, rechtzeitig zum Termin zur Deutschen Botschaft im Zentrum der Stadt zu kommen. Im Gegensatz zum Honorarkonsulat auf Bali wurden wir hier sehr höflich und zuvorkommend behandelt. Man hörte Ni Mangs Wünsche an und sofort wurde ihr ein Besuchervisum für 90 Tage zugesagt. Bereits am darauffolgenden Tag könnten wir es abholen, sagte der freundliche deutsche Beamte. Ich hinterließ noch mein Buch ‚Hitler's Asian Adventure'[11] für den Deutschen Botschafter, der gerade auf einer Reise durch den Archipel war. Nach seiner Rückkehr bedankte er sich herzlich bei mir.

Ich hinterließ noch eine gesalzene Beschwerde über das Honorarkonsulat in Bali bei der Deutschen Botschaft in Jakarta mit dem Hinweis, auch das Auswärtige Amt in Berlin zu informieren. Das hatte gewirkt! Aber wie lange?

Ni Mang konnte ihren ersten Aufenthalt auf Java und in der Großstadt Jakarta mit nun gut 16 Millionen Menschen nicht genießen. Schon in Denpasar war sie mit einer Erkältung ins Flugzeug gestiegen. In Jakarta entwickelte sich die Erkältung zu einer richtigen Grippe mit Fieber. Es ist unglaublich, wie oft die Einheimischen – trotz des warmen Klimas – mit Erkältungen und triefender Nase zu kämpfen haben. Das Immunsystem ist einfach schwach, auch bedingt durch die einseitige Ernährung der Balinesen mit weißem Reis und viel Schweinefleisch. Gemüse und Obst kommen dabei zu kurz! Und natürlich spielen auch die Klimaanlagen eine Rolle.

Darüber hinaus machte ihr Freund Kalli aus Bali Terror. Alle paar Minuten rief er an und wollte kontrollieren, was sie in diesem Moment machte. Ni Mang durfte ihr Smartphone nicht mehr aus der Hand legen. War Ni Mang mal 30 Minuten nicht erreichbar, machte er ihr so lange Vorwürfe, bis sie weinte. Das hätte eine Warnung für mich sein sollen. Aber welcher Freund rief nun an? Einmal war es ein sehr junger, ein andermal ein älterer verheirateter Mann mit mehreren Kindern. Ich war nun etwas verwirrt!

Trotzdem konnte ich Ni Mang einige frühere Wirkungsstätten von mir und Wahrzeichen der Stadt, wie das Nationalmonument Monas, das Museum, den Toko Sarinah – das erste Warenhaus Indonesiens, das 1963 bei meiner ersten Ankunft in Jakarta eröffnet wurde – und den Präsidentenpalast zeigen. Vor dem Präsidentenpalast protestierten gerade einige Hundert Frauen mit Fotos ihrer Männer, die während der Ära von Präsident Soeharto spurlos verschwunden waren.

Nun mussten wir eine Nacht in Jakarta bleiben. Ich kannte ein nettes Hotel in der Nähe der Deutschen Botschaft, in dem ich schon des Öfteren übernachtet hatte. Wir bekamen auch gleich ein Zimmer. Ni Mang hat durch ihre Massagetätigkeit schon viele Hotels von innen gesehen, aber noch nie hatte sie in einem Hotel übernachtet. Es war für sie nach dem Flug eine weitere Premiere. Da es ihr mit der Erkältung und Fieber gar nicht gut ging, verbrachte sie die meiste Zeit im Bett. Als ihr Freund – welcher? – erfuhr, dass Ni Mang und ich ein Zimmer teilten, rastete er aus und beschimpfte sie aufs Heftigste. Aber Geld wollte er auch nicht beisteuern, damit sie ein eigenes Zimmer nehmen konnte.

---

11 ISBN 978-3-7386-3013-8

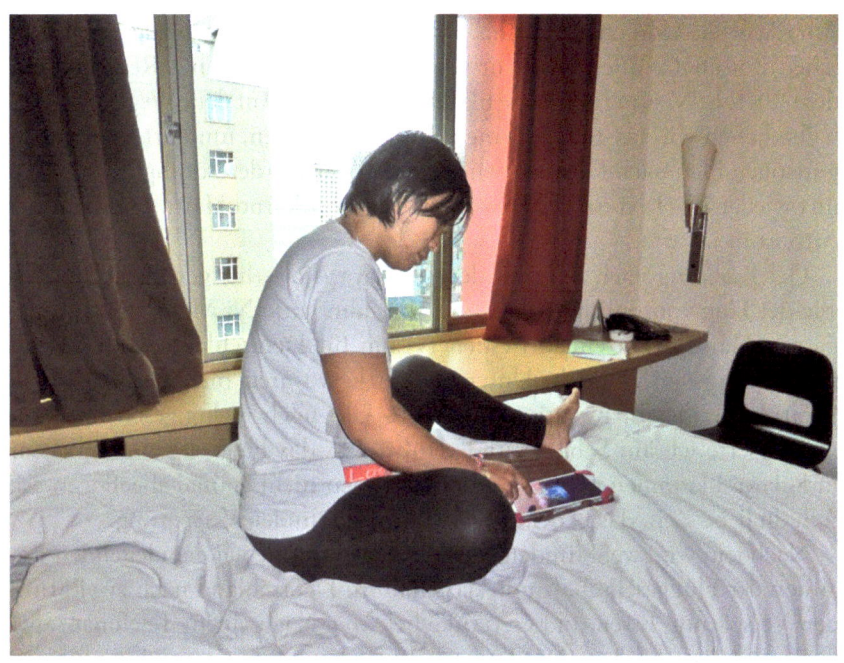

*Abb. 1.3-2: Ni Mang musste für ihren Freund immer online sein*
*Abb. 1.3-3: Mit der Pferdekutsche in Jakarta unterwegs*

Am nächsten Morgen ging es nach dem Frühstück gleich wieder zur Deutschen Botschaft. Wie tags zuvor versprochen, lag Ni Mangs Reisepass mit dem 90-Tage-Visum für Deutschland schon bereit. Auf dem Weg zum Flughafen ließen wir das Taxi bei einem Reisebüro halten, um dort nach einem günstigen Flug nach Denpasar zu schauen. Wir wurden fündig und setzten uns wieder ins Taxi und fuhren direkt zum Soekarno-Hatta International Airport in Jakarta.

Der Rückflug nach Bali mit der Sriwijaya Air verlief genauso chaotisch wie der Flug von Bali nach Jakarta. Aber nun hatte Ni Mang ihren Reisepass in Händen mit einem Besuchervisum für Deutschland. Dies stimmte sie wenigstens fröhlich. Unsere Flugtickets waren für einen Abflug in Jakarta um 14 Uhr bestätigt. Als bis 14 Uhr noch nichts geschehen war, investigierte ich am Schalter und erfuhr, dass das Flugzeug aus Makassar in Sulawesi kommen sollte, aber dort noch gar nicht einmal abgeflogen sei. Ach du liebe Zeit, das bedeutete wieder viele Stunden Verspätung.

Nachdem wir zwei Stunden gewartet hatten, teilte ich dem leitenden Beamten der Fluggesellschaft mit, dass man in Deutschland nach zwei Stunden Verspätung Essen und Getränke bekäme. Nach einem Telefonat sagte er mir das dann auch zu. Ni Mang machte sich unterdessen mit ihrer kleinen Körpergröße noch kleiner. Sie war ‚malu‘, sie schämte sich: ‚In Bali würde man so etwas nie fragen! Man würde einfach geduldig warten!‘ Aber kurz darauf bekam jeder von uns beiden eine Lunch Box mit Reis, Gemüse und einem Hühnerbein mit einer Flasche Wasser. Als die anderen wartenden Fluggäste dies sahen, erwachten sie aus ihrer Lethargie. Wenn man ‚Essen‘ sagt, erwacht ohnehin jeder Indonesier aus einem Tiefschlaf. Nun wollten plötzlich alle auch so eine Lunch Box haben. Aber zuerst danach fragen, das hatte sich keiner getraut. So ist die indonesische Mentalität! ‚Malu‘, man schämt sich gerne, leicht und oft! Und ist auch schnell beleidigt!

Mit fast fünf Stunden Verspätung kamen wir endlich nach 21 Uhr in Denpasar an. Als Ni Mang wieder balinesischen Boden betrat und in dem in balinesischem Stil erbauten Flughafenterminal vertraute Gamelanmusik hörte, hätte sie am liebsten den Boden ihrer geliebten Insel geküsst. Die ‚Megacity‘ Jakarta mit ihren 16 Millionen Einwohnern, die Menschenmassen, das Gewühl auf den Gehsteigen, die Verkehrsstaus, die Hochhäuser und der Smog haben ihr gar nicht gefallen. Mir ging es aber genauso! Heute möchte ich nicht mehr in Jakarta leben.

*Abbildungen S. 31:*
*Abb. 1.3-4: In der Abflughalle*
*Abb. 1.3-5: Ni Mang ist immer online*
*Abb. 1.3-6: Verspäteter Abflug*

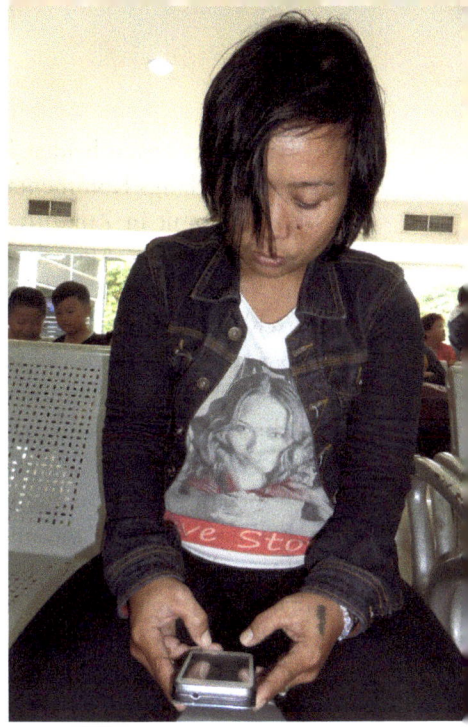

Bei Ni Mangs ersten beiden Flügen ging alles schief, was nur schiefgehen konnte. Ni Mangs Kommentar: ‚Fliegen ist aber aufregend und chaotisch‘! Es konnte somit in Zukunft, bei unserem Flug nach Deutschland, nicht schlimmer werden. Aber das Wichtigste war, wir hatten nun Ni Mangs Visum in der Tasche und konnten uns auf die gemeinsame Reise nach Deutschland vorbereiten.

Aber zuvor war noch viel zu regeln: Zunächst musste das Flugticket für Ni Mang besorgt werden. Bisher hatte sie nur eine Reservierung. Sie wollte unbedingt mit mir im selben Flugzeug sitzen. Getrennt fliegen wollte sie auf keinen Fall. Sie glaubte, sie würde dann für immer verloren gehen.

Ich war ihr bei der Buchung behilflich und stellte fest, dass ein Flugticket von Bali nach Deutschland und zurück sehr viel teurer ist als ein Ticket, das von Deutschland nach Bali und zurück ausgestellt wurde. Ni Mang musste in den sauren Apfel beißen und mehr bezahlen, als ihr lieb war. Ihr Kommentar dazu: ‚Vermutlich denken die Airlines, die Balinesen sind vermögender als die Deutschen. Also können wir von ihnen auch mehr verlangen!‘

Für die Bezahlung des Flugtickets musste Ni Mang nun auf eine andere Finanzreserve zurückgreifen. Ihre beiden Kinder hatten noch nicht das Ritual der Zahnfeilung[12] über sich ergehen lassen, das möglichst zwischen dem 16. und dem 20. Lebensalter erfolgen soll. Bei dieser hinduistischen Zeremonie werden die vorderen sechs Zähne des Oberkiefers auf gleiche Höhe der Backenzähne gefeilt und die Eckzähne werden mit einer Feile begradigt. Alle Dämonen in Bali haben spitze Zähne. Durch die symbolische Handlung der Entschärfung durch die Zahnfeilung sollen die schlechten Eigenschaften und das Animalische im Menschen verschwinden. Der Mensch tritt dann sanfter und besser in das heiratsfähige Erwachsenenalter. Er muss von nun an die volle Verantwortung für sein Leben übernehmen. Eine Zahnfeilung, genannt *Matatah,* hat für jede Balinesin und jeden Balinesen eine große Bedeutung. Sie dient dazu, den Unterschied zwischen einem Menschen und einem nichtmenschlichen Wesen hervorzuheben. Nur ein Mensch, der die Prozedur einer Zahnfeilung zu Lebzeiten über sich ergehen ließ, kann nach dem Bali-Hinduismus wiedergeboren werden.

Die Zähne werden ohne Betäubung bis auf den Nerv zurückgefeilt. Es ist eine oft schmerzhafte Angelegenheit, die die Beteiligten über sich ergehen lassen müssen. Nach der Zahnfeilung wird der Körper mit gelbem *Lulur,* einer Kräuterpaste, eingerieben. Wie eine Königin oder ein König geschmückt muss die ‚Patientin‘ oder der ‚Patient‘ vier Tage lang das Bett hüten. Während dieser Zeit darf man das Zimmer nicht verlassen.

12  In Bali ‚Potong Gigi‘ genannt

*Abb. 1.3-7:*
*Zahnfeilung durch den*
*Priester*[13]

Die Zeremonie der Zahnfeilung ist mit einem großen Aufwand verbunden. Es ist ein Fest wie bei einer Hochzeit. Bei ihrem relativ geringen Einkommen hat Ni Mang bereits seit Jahren darauf gespart, um diese Zeremonie ihren beiden Kindern zu ermöglichen. Tagelang muss das Haus dekoriert werden und Dutzende Gerichte für Hunderte Gäste müssen vorbereitet werden. So eine Zeremonie kostet immerhin rund 5.000,- €, für Ni Mang ein Vermögen!

Bali ist eine Insel der Feste und Feiertage. Der Name Bali – so heißt es im Volksmund – kommt nicht von ungefähr. Man sagt, der Name komme von ,**Banyak Libur**', was übersetzt ,viele Feiertage' oder ,viel Freizeit' bedeutet. Die Religion ist auf Bali die Basis des ganzen Lebens. Dies ist einmalig auf dieser Welt!

Von der Geburt bis zum Tode verschlingen die religiösen Zeremonien Unsummen an Geld. Nachdem Ni Mang einen Teil von den Ersparnissen dieser Zeremonie für ihr Flugticket verwendet hatte, sagte sie: ,Nun müssen meine Kinder eben etwas länger warten und die Zeremonie wird für meine beiden Kinder gemeinsam durchgeführt. Dann muss ich nur einmal bezahlen!' Auf jeden Fall muss die Prozedur durch einen Pendeta, einen priesterlichen Zahnfeiler, vor dem Tod erfolgen.

13  httpsde.wikipedia.orgwikiEthno-Zahnmedizin-mediaFileMwpandes

Ich wunderte mich schon immer über die schönen weißen und meist ebenmäßigen Zähne, die Balinesinnen oft bis ins hohe Alter haben. Als Ni Mang in Bonn war, erzählte ich meiner Zahnärztin von der Zeremonie der Zahnfeilung auf Bali. Sie konnte es nicht glauben und wollte Ni Mang sehen. Auch sie war von der Ebenmäßigkeit ihrer Zähne überrascht und stellte fest, dass sich über den abgefeilten Zähnen anstelle des Zahnschmelzes eine Kalkschicht gebildet hatte, die den Zahn wieder verschloss. Es gab also keine dauerhafte Schädigung der Zähne. Bei der Untersuchung stellte die Zahnärztin zwei Löcher in Ni Mangs Gebiss fest, die Ni Mang schon seit langem immer wieder Schmerzen bereiteten. Die Zahnärztin versorgte für Ni Mang kostenlos die beiden Zähne mit Füllungen. Kostenlos? ‚Das wäre in Bali undenkbar‘, sagte Ni Mang. ‚Die Deutschen sind doch gute und liebe Menschen‘, meinte sie. Als sie Monate später wieder zu Hause in Bali war, erzählte sie diese Begebenheit immer und immer wieder all ihren Freunden.

Ich selbst hatte für die Reise nicht viel zu planen, Ni Mang aber umso mehr. Sie musste die Verwaltung ihres Salons an ihren Bruder und ihre Kinder übergeben. Einer Angestellten wurde noch gekündigt, da ihr Unterschlagung von Geld und Betrug nachgewiesen werden konnte. Eine neue Kraft wurde gesucht und einiges musste mit den Banken geklärt werden, mit dem Vermieter des Salons und den Behörden. Ni Mang hatte ja zuvor Bali noch nie verlassen. Das war für sie eine ganz neue Erfahrung.

Das wichtigste für sie und ihre Familie waren die *Upacaras*, die Zeremonien, denn als Balinesin oder Balinese kann man nicht einfach eine Reise antreten. Viele religiöse Vorbereitungen sind erforderlich: Man muss den Segen der Götter für eine glückliche Reise und Wiederkehr erbitten. Die Götter sind auf Bali immer gegenwärtig. Das Leben wird in gute und weniger gute Einflüsse eingeteilt. Gegenüber den Göttern, den Ahnen und den Dämonen muss eine ganze Menge beachtet werden. Zwischen diesen Kräften muss eine Balance hergestellt werden, um ohne Probleme durchs Leben zu kommen. Die Selbstkontrolle des Lebens spielt dabei eine ganz wichtige Rolle im hinduistischen Brauchtum auf Bali. Diese Rituale werden auf Bali sehr wichtig genommen. Auch Opfergaben an die Götter sind ein wichtiges Element im hinduistischen balinesischen Glaubenssystem.

So fuhr Ni Mang am 23. März, es war Neumond[14] mit ihren beiden Kindern zum Tempel *Pura Besakih*, dem bedeutendsten hinduistischen Heiligtum, dem Muttertempel Balis am Fuße des Vulkans Gunung Agung, dem heiligen Berg. Bei der Zeremonie ‚*Mohon Restu*‘ erbaten Ni Mang und ihre Kinder den Segen der Götter für ihre Reise und eine glückliche Rückkehr.

14  Auf Balinesisch ‚Tilem‘

*Abb. 1.3-8: Tempelanlage Pura Besakih[15]*

Am 6. April fuhr Ni Mang mit ihrem Freund – ich glaube, es war der jüngere – zum Tempel *Tirta Sudamala* bei *Bangli*, um sich bei der Zeremonie ‚*Melukat*‘ oder ‚*Bersihkan Diri*‘ zu reinigen. Die Zeremonie beginnt mit einem Bad im Fluss. Danach muss man jeweils fünf Minuten unter den Speibecken jeder der elf verschiedenen Quellen mit heiligem Wasser stehen. Dabei werden Geist, Seele, Gedanken und Körper gereinigt und alle unreinen und schädlichen Einflüsse beseitigt, es ist – sozusagen – wie eine Beichte. Nach ihrem Glauben ist Ni Mang – falls sie etwas Schlechtes gemacht hat – danach nicht mehr in alle Ewigkeit verdammt.

Der starke Wasserstrahl für die Reinigung der Seele fällt teilweise aus großer Höhe auf die darunter stehende Person. Die Wassermassage ist daher sehr intensiv und schmerzhaft und man verlässt die Zeremonie mit stark geröteter Haut. Seit Menschengedenken wird diese Zeremonie an verschiedenen Orten Balis mit heiligem Wasser abgehalten.

---

15  https://commons.wikimedia.org/w/index.php?curid=388307 (Stephanie Biechele - Eigenes Werk, CC BY 2.5) Free Documentation Licence

Nun musste Ni Mang noch am 13. April den Segen ‚*Mohon Restu*‘ für eine gute und sichere Reise von ihren Eltern in Mengwi erbitten. Vor der Reinigungszeremonie in ihrem Elternhaus wurde sie mit dem Wasser einer jungen Kokosnuss begossen. Als mir Ni Mang erzählte, sie müsse sich dort bei der Zeremonie auf den Boden legen und bei Gebeten würde ihre Mutter drei Mal über sie hinwegschreiten, war mir nicht ganz klar, wie diese Zeremonie vor sich gehen würde. Ich legte mich auf den Boden und sagte: ‚Angenommen ich wäre nun Ni Mang und du bist nun die Mutter, schreite über mich hinweg und zeige mir, wie das geht‘. Ni Mang war entsetzt und ganz verwirrt. Sie sagte, das gehe auf gar keinen Fall. Eine Jüngere dürfe niemals über einen Älteren hinwegschreiten! Sie dürfe niemals über einem Älteren stehen! Da hat sie aber Glück gehabt, mit ihrer ‚Größe‘ von nur gut 145 Zentimetern steht sie immer unter mir.

Genauso wenig darf eine Jüngere den Kopf eines Älteren berühren. Falls eine Jüngere dies tun muss, zum Beispiel bei einer medizinischen Untersuchung oder bei einer Massage, muss sie zunächst um Erlaubnis fragen. Da ich regelmäßig Massagen durch Ni Mang erhalte, habe ich Ni Mang eine Dauergenehmigung erteilt. Auch als Erwachsener sollte man auf Bali Kinder nicht am Kopf anfassen oder über die Haare streichen. Das wird als sehr unhöflich angesehen.

Ni Mang hielt sich den ganzen Tag bei ihren Eltern in Mengwi auf. Es wurde im Familienkreis viel gebetet, Ni Mang musste die Bedenken ihrer alten Eltern zerstreuen, die natürlich Bali auch noch nie verlassen hatten. Es wurde gegessen, viel geredet und wieder gegessen und wieder geredet. Erst spät in der Nacht kehrte Ni Mang zufrieden nach Ubud zurück. Sie hatte einen ganz schönen Tag erlebt. Und ihre Eltern waren auch einverstanden, dass sie mit mir nach Deutschland ging. Ich kannte die Eltern bereits von früheren Besuchen in ihrem Haus bei Mengwi.

Eine Woche vor unserem Abflug nach Deutschland kam noch meine Tochter Regina mit Ehemann und meinen Enkelkindern aus Australien zu Besuch, um uns zu verabschieden. Wir hatten wunderschöne und fröhliche Stunden zusammen. Besonders meine Tochter Regina legte Wert auf die Begleitung durch Ni Mang. Sie machte sich nach der letzten Operation Sorgen, wenn ich ohne Beobachtung alleine zu Hause war. Ni Mang erhielt von ihr viele Instruktionen und Hinweise, worauf sie bei mir achten sollte. Meiner Ansicht nach viel zu viele! Ich fühlte mich schon wieder ganz ok und wollte eigentlich nur eine fröhliche und geruhsame Zeit verbringen.

*Abbildungen S. 37:*
*Abb. 1.3-9: Ni Mang erhält von Regina Instruktionen*
*Abb. 1.3-10: Ni Mang mit Regina und mir*

Ni Mang hat mir drei Tage vor dem Abflug ihren Kuschel-Koala vorbeigebracht. Den würde sie zum Kuscheln in der Nacht benötigen. Sonst könne sie nicht einschlafen. Als sie mit dem Kuschel-Koala, den sie Putu getauft hatte, bei mir ankam, bekam ich zunächst einen Schreck. Das Tier war etwa 55 Zentimeter groß und ziemlich füllig! Wo und wie sollte ich das einpacken? Oder sollte Ni Mang auf die Mitnahme verzichten? Nein, das ging auch nicht. Sie musste einen Gefährten aus ihrer Heimat mit dabeihaben, damit möglichst kein Heimweh aufkam.

Ni Mang hatte noch viel zu erledigen. Sie musste mit ihrem Motorrad noch hierhin und dorthin, zu Banken, in ihren Salon, sie musste sich noch von ihren vielen Freunden verabschieden und vieles mehr. Sie fuhr sogar noch einmal mit dem Motorrad zu ihren Eltern nach Mengwi, immerhin gut 40 Kilometer entfernt, da sie bei der letzten großen Verabschiedung ihren jüngeren Bruder nicht angetroffen hatte. Diesmal hat es geklappt. Nun sollte aber alles schnell gehen. Aber was heißt schon schnell auf Bali! Hier wurde gequatscht, dort wurde gequatscht und die Zeit verrann! Auf dem Nachhauseweg fuhr sie dann doch zu schnell, denn am Abend – es war bereits dunkel – passierte es dann: An einer sandigen Stelle in einer Kurve der Straße rutschte das Motorrad weg und Ni Mang stürzte. Sie hatte Prellungen und starke Schmerzen in der Schulter und am Handgelenk und konnte kaum schlafen. Ihr erster Gedanke war, dass nun ihre Deutschlandreise ins Wasser fallen würde. Am nächsten Morgen, also einen Tag vor dem Abflug, kam sie schon sehr früh mit ihrem Koffer zu mir und erzählte von ihrem Pech. Sofort verabreichte ich ihr Voltaren Resinat mit einem Magenschutz, das für Notfälle immer in meiner Reiseapotheke vorhanden ist. Am Tag der Abreise waren die Schmerzen auch fast verschwunden. Einer Abreise stand also nichts mehr im Wege.

Es gab aber noch einigen Ärger mit Ni Mangs Freunden. Wie ich nun erfuhr, hatte sie ein ziemlich reges Liebesleben. Ich wusste, dass sie einen um etwa 20 Jahre jüngeren Freund mit dem Namen Agus hatte. Es war der, der Ni Mang immer vor meiner Villa Susanta und nach dem Tanz im INDUS auflauerte. Da diese Verbindung auch den Kindern Ni Mangs missfiel, gab ihm Ni Mang den Laufpass. Aber so einfach ließ er sich nicht abschütteln. Tagelang stellte er ihr nach.

Dann gab es noch Ari, von dem ich bisher nichts wusste. Irgendwie kam er an meine Telefonnummer und terrorisierte mich bei Tag und Nacht mit Fragen, wo Ni Mang gerade wäre. Mit Hilfe meines Freundes Dewa konnte ich ihn bei mir einbestellen, wo ich ihm unter Androhung der Polizei jeden weiteren Anruf bei mir verbat. Ich hatte nun meine Ruhe, aber Ni Mang lauerte er noch tagelang vor ihrem Salon auf, um sie zurückzugewinnen.

Dann gab es noch den dritten Freund, Kalli[16], der verheiratet war und mehrere Kinder hatte. Den wollte Ni Mang behalten, der wäre für die Liebe. Später, wieder zurück in Bali, sagte mir Ni Mang, mit Männern wäre es wie mit dem Reisgericht *Nasi Goreng*. Wenn man tagtäglich immer nur *Nasi Goreng* essen würde, möchte man endlich auch mal ein Nudelgericht.

Wenn ich aber hätte ahnen können, dass ihr Freund Kalli später Ni Mang in Deutschland mit seinen Anrufen und Vorschriften vom frühen Morgen bis in die späte Nacht terrorisierte, hätte ich noch zu diesem späten Zeitpunkt Ni Mangs Reise abgesagt.

Am Tag vor dem Abflug sagte mir Ni Mang, nun hätte sie doch plötzlich etwas Angst vor der Reise, Deutschland wäre doch sehr, sehr weit weg von Bali. Zurücklaufen könne man doch sicherlich nicht.

Jeden Tag habe ich mit ihr etwas Deutsch gelernt, nur reden, nicht schreiben. Sie schreibt so, wie sie Deutsch hört und dann sieht es so aus, wenn sie mir eine SMS schickt: ‚Guuten morgen Bapak[17]. Vie get es ichnen? Morgen fliegen Deutschland. Danke soon. Ni Mang.‘

Seit ich in Ubud in meiner Villa Susanta war, hatten sich zwei *Tokeks*[18] im Haus eingenistet. Einer, ein kleinerer, hatte seinen Stammplatz hinter einem Bild an der Wand neben der Küche. Der größere wohnte über meiner Eingangstüre. In der Woche vor der Reise rief der kleinere bei Nacht regelmäßig sieben Mal, der größere neun Mal! Bei so viel vorhergesagtem Glück[19] konnte ja bei der Reise nach Deutschland nichts mehr schiefgehen! Ni Mangs Aufenthalt in Deutschland stand somit unter einem guten Stern.

Beim letzten Frühstück am Tag des Abflugs hatte ich noch ein wunderschönes Erlebnis. Wie während jedes Aufenthaltes auf Bali, wurde ich am Morgen bei Sonnenaufgang durch das Jubilieren der Vögel geweckt. Es war wieder ein traumhafter Morgen bei tiefblauem Himmel und strahlendem Sonnenschein. Tausende Zikaden zirpten in den Bäumen und ein sanfter Wind wehte durch das Haus. In den vielen, vielen Jahren, die ich bereits auf Bali verbrachte, habe ich noch nie einen weißen Bali-Star[20] entdecken können. Diesen sehr seltenen und vom Aussterben bedrohten Vogel, der nur in Bali beheimatet ist, hat der Forschungsreisende, Ornithologe, Au-

---

16  Name geändert, um die Identität ihres Freundes zu verbergen.
17  Sie ruft mich nun Bapak. Das heißt Papa oder Vater. ‚Guten Morgen Papa. Wie geht es ihnen? Morgen fliegen Deutschland. Dankeschön. Ni Mang.‘
18  Große Geckos
19  Über die glücksbringenden Rufe der Tokeks siehe mein Buch *Der Ruf des Geckos*, ISBN 978-3-8391-1040-9
20  Bali-Mynah (Leucopsar rothschildii)

tor und Filmemacher Victor von Plessen neben anderen bisher unbekannten Vogel- und Tierarten Mitte der 1930er Jahre auf Bali wiederentdeckt. Und dieser wunderschöne, schneeweiße Vogel mit schwarzen Flügel- und Schwanzspitzen, der Star unter den Staren der Welt, hatte sich am letzten Morgen meines Aufenthalts auf Bali in meinen Garten verirrt. Oder war es eine Fügung? Ich war fasziniert und wollte nicht einmal nach meiner Kamera greifen, um ihn nicht zu verängstigen. Nach wenigen Augenblicken entschwand er leider wieder. Wenn das nicht ein gebührender Abschied von Bali war!

*Abb. 1.3-11: Der kleine Tokek lebte hinter einem Wandbild*

# 1.4 Die Reise

Ihren Koffer hatte mir Ni Mang schon am Tag vor dem Abflug in meine Villa Susanta gebracht. Ich musste noch einiges von mir in ihren Koffer packen, da ihr großer Kuschel-Koala nur in meinen Koffer passte und viel Platz wegnahm. Am Tag der Abreise kam Ni Mang mit ihrer Tochter Vita und ihrem Sohn Edy, ihrer Mutter und Schwester und einigen Freundinnen zu mir. Sie alle wollten natürlich Ni Mang verabschieden und zum Flughafen begleiten. Ihre beiden Kinder, nun 16 und 19 Jahre alt, kenne ich seit dem Babyalter.

*Abb. 1.4-1: Abschied von Familie und Freunden*[21]

Kurz vor der Abfahrt von meiner Villa wurde bei einem Gebet ,*Mohon Restu*' nochmals der Segen der Götter für eine glückliche Reise erbeten. Mit mehreren Autos ging es zum Flughafen. Wegen der vielen Verkehrsstaus, die normalerweise auf der Strecke zum Flughafen zu erwarten sind, fuhren wir zeitig los.

---

21  Von links: Ni Mangs Schwester, Ni Mangs Mutter, Ni Mangs Freundin D.,
    Ni Mangs Freundin M., Ni Mang, Ni Mangs Tochter Vita, dahinter: Ni Mangs
    Sohn Edy und Freund.

Der Abschied Ni Mangs von ihrer Familie war tränenreich. Es war das erste Mal, dass sie so lange von ihrer Familie getrennt sein würde. Sie würde alleine sein, nur mit mir. In Bali ist man immer nur ein Teil einer Familien- oder Dorfgemeinschaft, in der man seine Existenzberechtigung durch eine bestimmte Funktion hat. Man ist somit nie alleine.

Endlich, nach vielen Sicherheitskontrollen saßen wir in der großen Boeing 787-8 der Qatar Airline nach Doha. Ni Mang war überwältigt. So ein großes Flugzeug und so viele Passagiere. An Bord war es Ni Mang schon kalt, ein Wort, das ich in Deutschland noch oft hören sollte.

Der Flug von Bali nach Frankfurt war der erste richtige Flug von Ni Mang, ein Langstreckenflug. Die Maschine war voll besetzt. ,Kann ein Flugzeug mit so vielen Menschen und Gepäck an Bord überhaupt fliegen?', wunderte sich Ni Mang. Es war ihr schon etwas komisch zumute. Die Angst konnte man ihr ansehen. Qatar Airline wurde in den vergangenen drei Jahren zur besten Airline der Welt gekürt. Das spürte man sofort an der außergewöhnlichen Freundlichkeit des Personals. Dem sie betreuenden Steward sagte ich, dass Ni Mang nur wenig Englisch sprechen würde. Er antwortete mir auf Deutsch, das wäre kein Problem. Sie würden schon miteinander zurechtkommen. Und das war dann auch so. Der Steward kümmerte sich rührend um sie.

Ich saß vorne und Ni Mang wenige Meter hinter mir in der zweiten Reihe der Economy Klasse auf einem Gangplatz. So konnten wir jederzeit miteinander Kontakt aufnehmen und wir besuchten uns auch anfangs regelmäßig. Ich musste ja Ni Mang noch einiges erklären und übersetzen, zum Beispiel die Speisekarte, damit sie ihre Essenswahl treffen konnte. Während des Fluges nach Doha schaute ich mehrmals nach ihr, aber die meiste Zeit der gut zehn Stunden Flugzeit bis Doha verbrachte sie in tiefem Schlaf. Wie alle Indonesier kann sie in jeder Stellung, zu jeder Tages- und Nachtzeit, schlafen. So verging der Flug sehr schnell.

Die Umsteigezeit in Doha war so kurz bemessen, dass wir sofort zum andern Abflugschalter für den Weiterflug nach Frankfurt eilen mussten. Im Flugzeug verzichtete ich auf das Abendessen, aber Ni Mang ließ sich den Reis schmecken. Nun verschlief auch ich die meiste Zeit und ich ließ mich erst zum Frühstück kurz vor Frankfurt wecken. Nach einem nur noch kurzen Flug von sechsdreiviertel Stunden landeten wir morgens um 06:45 Uhr am 16. April 2016 in Frankfurt am Main.

*Abbildungen S. 43:*
*Abb. 1.4-2: Abschied am Flughafen von Ni Mangs Mutter und Schwester*
*Abb. 1.4-3: Ni Mang im Flugzeug.*

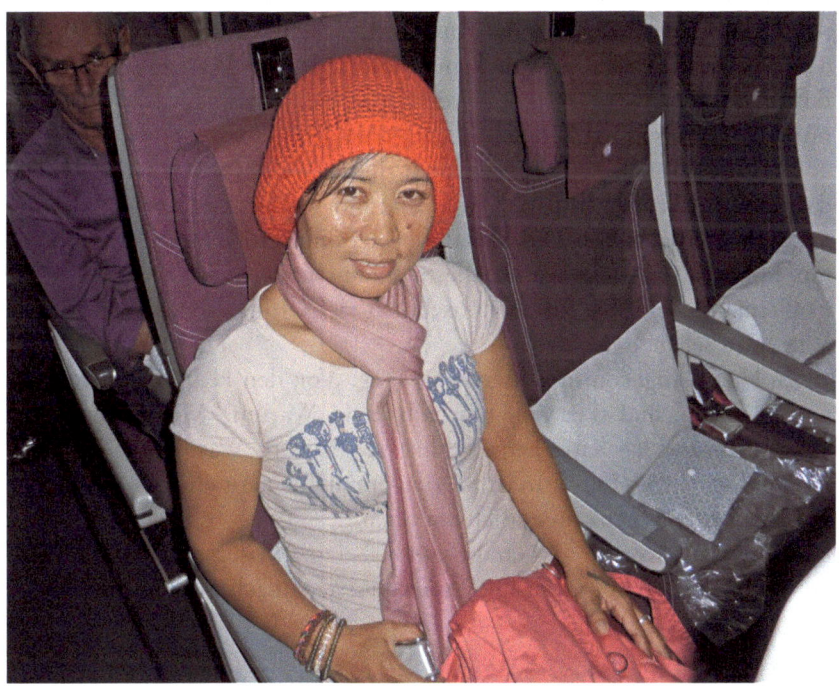

# 1.5 In Deutschland

Das von Ni Mang sehnlichst erwartete erste Erlebnis mit der Eisenbahn wurde auf später verschoben. Mein Freund Torsten, der mit der Balinesin Yuli verheiratet ist, hatte mir freundlicherweise angeboten, uns am Flughafen in Frankfurt abzuholen. Und das sogar an einem Sonntag! Torsten und seine Ehefrau Yuli wohnen ganz in meiner Nähe in Bonn-Bad Godesberg.

Die Passkontrolle ging auch für Ni Mang erstaunlich schnell vorbei und den Zoll konnten wir ungehindert passieren. Es waren keine Kontrolleure da! In Denpasar ist das anders. Da wird ganz heftig kontrolliert und besonders nach Drogen gesucht. Ni Mang konnte nicht glauben, dass wir einfach nur weitergehen konnten. Und dann war Ni Mang plötzlich in Deutschland, auf deutschem Boden! Torsten erwartete uns bereits am ausgemachten Treffpunkt. Nach einer herzlichen Begrüßung ging es mit dem Gepäck in das Parkhaus zu Torstens Auto.

Die Straßen waren trocken und Torsten raste mit 180 km/h auf der Autobahn in Richtung Bonn. Diese Geschwindigkeit hatte Ni Mang noch nie in einem Auto erlebt und es war ihr auch etwas mulmig zumute. Auf den Straßen von Bali sind 50 bis maximal 60 Kilometer pro Stunde schon schnell. Ihr Kommentar zu der Autofahrt: ‚Das ist ja wie Fliegen!‘ Besonders wunderte sie sich, dass sie keine Motorräder auf den Straßen sah. Auf Bali sind Motorräder das Hauptverkehrsmittel. Schon die Kinder fahren mit dem Motorrad zur Schule!

Die Autobahn führt hauptsächlich durch Waldgebiet. Es fiel ihr auf, dass man in Deutschland viel Wald und nur wenige *Kampongs*[22] oder *Kotas*[23] sah. Sie dachte, in Deutschland gebe es nur große Städte und überall nur Industrie, da viele Waren, die in Indonesien verkauft werden, ‚Made in Germany‘ sind. Sie war überrascht, so viel Grün, so viele Wälder und Wiesen zu sehen.

Zu Hause angekommen sagte Ni Mang: ‚Von den Häusern die wir unterwegs sahen, sind aber viele nur halb fertig. Warum?‘ Mir war das nicht aufgefallen und ich hatte keine schlüssige Antwort. Was meinte sie wohl? Ich fand, dass die Häuser in den Orten entlang der Autobahn – verglichen mit Indonesien – ganz ordentlich aussahen.

Ich ging zunächst in die Garage, um Kabel und Ladegerät zu holen. Nach gut drei Monaten Standzeit im Winter musste zunächst die Starterbatterie

---

22  Dörfer
23  Städte

meines Fahrzeugs aufgeladen werden. Wir wollten ja bald mobil sein! Meine beiden großen Koffer ließ ich noch ungeöffnet im Wohnzimmer stehen.

Als ich eine halbe Stunde später zurück in die Wohnung kam, waren beide Koffer leer, ausgepackt. Ach du liebe Zeit, dachte ich, jetzt ist alles durcheinander. Aber Ni Mang muss einen sechsten Sinn haben, denn alles war an der richtigen Stelle, im richtigen Schrank einsortiert. Die Sachen waren nicht nur im richtigen Schrank, auch die Hemden und Hosen waren aufgehängt, auch Unterwäsche und Socken waren säuberlich zusammengelegt in den richtigen Schubladen. Schmutzwäsche war im Badezimmer. Selbst meine Schuhe waren im richtigen Regal im Flur, mitgebrachte Gewürze in der Küche und Mitbringsel und Geschenke waren in einem extra Karton aufbewahrt. Alle Papiere lagen fein säuberlich auf meinem Schreibtisch. Wie war das möglich, in dieser kurzen Zeit die richtige Zuordnung zu finden, in einer total fremden Wohnung und Umgebung, die sie zuvor noch nie gesehen hatte? Sie sagte, sie hätte einfach die passende Stelle gesucht und dann die Sachen einsortiert. Das war die erste große Überraschung. Sie war anscheinend eine ausgesprochen praktische Person und dachte mit. ‚Aber das können nur Frauen‘, meinte sie mit einem süffisanten Lächeln!

Die zweite Überraschung folgte sogleich. Ich zeigte ihr mein Gästezimmer, das unter meinem Wohnzimmer liegt. Es hat vom Hausflur aus einen eigenen Eingang und ist mit eigenem Bad, einer Teeküche und einem Kühlschrank vollkommen autark. Zum Schlafen ist dort ein großes französisches Bett. Die Zentralheizung hatte ich schon eingeschaltet. Ni Mang sollte ja nicht frieren. Ich ließ sie mit ihrem Gepäck alleine, damit sie in Ruhe auspacken und ihre Sachen einräumen konnte. Es sollte ja für die kommenden drei Monate ihr Reich sein.

Es dauerte nicht lange, da stand Ni Mang – etwas verlegen – wieder vor mir und offenbarte mir, sie hätte in ihrem ganzen Leben noch nicht eine einzige Nacht alleine geschlafen. Als Kind schlief sie bei ihrer Mutter, später zusammen mit ihren Geschwistern, während der Ehe schlief sie bei ihrem Mann und nach der Trennung mit ihren beiden Kindern. Sie könne nicht alleine schlafen, da hätte sie ganz große Angst. ‚Wir haben doch auch in Jakarta im Hotel ohne Probleme in einem Zimmer geschlafen. Ob sie nicht bei mir schlafen dürfe? In meinem Schlafzimmer sei doch noch das Bett neben mir frei, in dem Annette immer geschlafen hatte‘, fragte sie. Ich hatte nichts dagegen, denn ich konnte sie nicht drei Monate lang in Angst leben lassen. Das ging nun gar nicht! Es war für sie schwer, ohne Familie zu sein. Ni Mang war das erste Mal ganz alleine.

Als ich im darauffolgenden Jahr wieder in Bali war, in der Villa Susanta, war Ni Mang für eine Massage bei mir. Nach der Massage, und bevor eine weitere Behandlung mit Pediküre und Maniküre begann, sagte ich ihr, dass ich kurz für zehn oder zwanzig Minuten wegmüsste. Ich musste ein paar Seiten eines Buchentwurfes ausdrucken lassen. Nein, selbst hier auf ihrer Insel hatte sie Angst und wollte nicht alleine im Haus bleiben. Sie ging mit mir mit!

Ni Mangs Gepäck wurde wieder nach oben in meine Wohnung gebracht. Ich machte in meinem Schrank einige Regale frei und ihre Sachen wurden bei mir im Schlafzimmer eingeräumt. So schliefen wir dann die kommenden drei Monate wie Vater und Tochter in einem Ehebett und schnarchten vor uns hin, einmal ich, dann wieder sie, nach dem Motto ‚Wo man schnarcht, da lass dich ruhig nieder. Nur bösen Menschen ist der Schlaf zuwider'. Ich hatte nach Annettes Tod immer alleine gelebt. Jetzt plötzlich jemanden neben mir im Bett zu haben, war auch für mich eine Umstellung. Aber es sollte sich auch noch als Glücksfall herausstellen, als ich einige Tage später bei Nacht auf der Toilette einschlief und herunterfiel. Dies ist mir bisher noch nie passiert. Normalerweise taste ich mich in der Nacht wie ein Schlafwandler ein- oder zweimal auf die Toilette und auch so wieder zurück. In dieser Nacht muss ich besonders tief geschlafen haben. Komang hörte den Fall und war sofort bei mir. Wie eine professionelle Krankenpflegerin versorgte sie meine blutende Wunde am Kopf. Dann schliefen wir wieder.

Auf Bali wird alles in der Gemeinschaft gemacht. Man lebt in der Gesellschaft und ist nie alleine. Das Individuum ist kaum in der Lage, unbekannte Schwierigkeiten zu bewältigen. Nun war Ni Mang zum ersten Mal ganz alleine auf sich gestellt, in einer total fremden Umgebung. Für sie eine völlig neue Situation! Kein Wunder, dass sie sich an ihren Freund Kalli klammerte und die Verbindung über Skype oder ein anderes Medium nicht abreißen ließ.

In Bali war ich für Ni Mang, seit wir uns kennen, ‚Henry'. In Deutschland wurde ich von ihr nun plötzlich ‚Papa' gerufen. Bin ich plötzlich gealtert? Auch haben wir uns auf Bali bei Begrüßungen stets freundschaftlich umarmt. Nun spürte ich plötzlich ihren Widerstand. Sie wollte Spekulationen vorbeugen und der Außenwelt deutlich zeigen, dass wir lediglich ein Vater-Tochter-Verhältnis haben.

Ein Jetlag ist Indonesiern eigentlich unbekannt. Sie können wann immer und wo immer schlafen, im Sitzen, im Stehen oder im Liegen, im Bett, auf dem Fußboden oder auf der Ladefläche eines fahrenden Lastwagens. So hat sich Ni Mang mit ihrem Kuschel-Koala ohne Problem an die neue Zeit angepasst und auch ich litt diesmal nicht unter der Zeitumstellung. Vielleicht weil ich auf dem Flug viel schlafen konnte.

Ni Mang war über die Stille der Nacht bei mir zu Hause überrascht. Da würde man ja Angst bekommen, meinte sie! In der Nacht bellen auf Bali immer wieder die Hunde, irgendwo in der Nähe spielt immer ein Gamelan-

Orchester und bereits ab drei Uhr in der Nacht krähen auf Bali die Hähne und grunzen die Schweine. ‚In Deutschland ist aber auch alles anders, da hört man bei Nacht nur die Kirchturmuhr schlagen‘, sagte sie.

Am Morgen um 5:30 Uhr, es war noch Dämmerung, wollte Ni Mang bereits Einkaufen gehen. Am Abend zuvor machte ich eine Liste, was alles gebraucht wurde. Reis stand ganz oben. Viel Reis! Reis zum Frühstück, Reis für mittags, Reis für abends. Sie war ganz überrascht als ich ihr sagte, dass die Läden um diese Stunde noch nicht geöffnet hätten. Auf Bali ist das ganz anders, dort herrscht auf dem Markt bereits ab vier Uhr Hochbetrieb, und die Gemüse-, Obst-, Fisch- und Fleischhändler preisen um diese Zeit bereits lautstark ihre Waren an. Viele Supermärkte und alle Minimarkets[24] haben in Indonesien sieben Tage die Woche rund um die Uhr geöffnet. Auf Bali kann man somit noch um zwei Uhr in der Nacht einkaufen, alles, was das Herz begehrt.

Das Wetter am ersten Morgen war perfekt, wie für Ni Mang bestellt. Zuerst gab es einen traumhaften Sonnenaufgang und danach war blauer Himmel. Es war keine Wolke zu sehen. Ni Mang fragte, ob das Wetter hier immer so schön sei. Nein, das konnte ich ihr nicht versprechen. Die Vögel in der Natur jubilierten. Ni Mang wollte gleich einigen ihrer Freunden die glückliche Ankunft in Deutschland verkünden. Bali war ja in der Zeit schon einen halben Tag weiter. Ihren Freunden fiel beim Telefonieren mit Bali sofort das Vogelgezwitscher auf und sie fragten, ob ich Vögel züchten würde oder viele Käfige mit Vögeln in der Wohnung hätte. Mit Sicherheit hätte ich eine Voliere. Nein, es waren die Vögel in freier Natur! In Bali gibt es natürlich auch Vogelgezwitscher. Es sind aber andere Melodien. Ich werde sogar jeden Morgen durch einen herrlich singenden Vogel wachgemacht. Aufgrund der glockenähnlichen Töne, die er hervorbringt, nannte ich ihn Glockenvogel. Es ist halt alles anders! Hier wie dort!

Wir standen am Panoramafenster meines Wohnzimmers und schauten über Bad Godesberg auf das Siebengebirge mit dem Ölberg. Der Sonnenaufgang war um diese Jahreszeit kurz nach sechs Uhr. Ni Mang sagte: ‚Auch hier in der Straße sind die Häuser bis auf eines noch nicht fertig, sie haben ja keine Dächer.‘ Da ging mir ein Licht auf, und da wusste ich auch, was sie tags zuvor auf der Fahrt vom Flughafen nach Bonn gesehen hatte. Ein Haus mit Flachdach war ihr vollkommen fremd und sie dachte, diese Häuser ohne Dach wären erst halb fertig. Auf Bali hatte auch ich noch nie ein Haus mit Flachdach gesehen. Man hat Ziegeldächer, rot, braun oder schwarz, und auf den Dörfern haben die Häuser meist Dächer, die mit *Alang Alang*[25] oder Palmenblättern bedeckt sind.

---

24  Sog. ‚Tante Emma‘-Läden
25  Eine Art Steppengras

Essen bedeutet auf Bali wie in ganz Ostasien Reis. Reis, Reis und nochmals Reis! Ohne Reis ist es kein Essen! Reis ist daher mehr als ein Grundnahrungsmittel. Schon zum Frühstück wird der Reiskocher angeworfen. ‚Ohne Reis bin ich nicht satt und habe gleich wieder Hunger‘, sagte Ni Mang. Zum Frühstück machte sie sich ein *Nasi Goreng*, gebratener Reis mit etwas Gemüse, Knoblauch und viel Chili. Es konnte ihr nicht scharf genug sein. Dazu gehörte ein Spiegelei. Normalerweise isst Ni Mang kein Gemüse, nur Reis mit Fleisch. Am liebsten Schweinefleisch. Sie isst schon zum Frühstück den gebratenen Reis mit den Fingern der rechten Hand. Sie meint, das metallene Besteck würde den Geschmack trüben. Sie formt mit dem Reis und den Beilagen kleine Bällchen und schiebt diese in den Mund. Das sieht sogar elegant aus. In ganz Indonesien ist diese Essmethode, nicht nur im Familienkreis, durchaus üblich. Zu Hause bei mir in Deutschland durfte sie natürlich so essen, wenn wir jedoch in ein Restaurant gingen, musste sie das Besteck benützen. Wir wollten kein Aufsehen erregen.

Ich blieb bei meiner gewohnten Scheibe Brot mit Marmelade, probierte aber auch immer wieder Ni Mangs *Nasi Goreng*. Ich kann für westliche Verhältnisse bestimmt sehr scharf essen, wenn ich aber an der Grenze des Erträglichen angekommen bin, fängt das Nachwürzen mit Chilis oder *Sambal* bei Ni Mang erst an. Im Laufe der Zeit aß Ni Mang auch gerne Brot, besonders das deutsche Körnerbrot schmeckte ihr, aber um satt zu werden musste anfangs immer noch eine Portion Reis hinterher verzehrt werden. Ansonsten gab es mit dem Essen keinerlei Probleme. Ni Mang probierte alles Neue, sie aß auch fast alle westlichen Gerichte, wobei es ihr besonders die schwäbischen Spätzle und verschiedene Käsesorten angetan hatten. Wenn ich fragte, was sie heute essen wolle, kam als Vorschlag zunächst meist ‚Spätzle‘ oder ‚Spaghetti‘.

Auf Bali und in Indonesien allgemein ist das Leitungswasser nicht trinkbar. Man muss es längere Zeit abkochen, um die schädlichen Keime abzutöten. Selbst die abgehärteten Einheimischen können sich eine schlimme Diarrhöe holen, wenn das Wasser nicht lange genug gekocht hat. Als ich Ni Mang erklärte, dass das Leitungswasser in Deutschland sicher sei und so gut wie Mineralwasser aus der Flasche, versuchte sie es zunächst nur sehr zögerlich: ‚Das ist ja sogar Eiswasser! Und das kann man direkt aus der Leitung trinken? Kostenlos? So viel man will? Und man kann sogar mit Eiswasser duschen! Das muss ich gleich meinen Freunden in Bali auf Facebook mitteilen. Das wird ihnen gefallen‘, war ihr erster Kommentar dazu.

*Abbildungen S. 48:*
*Abb. 1.5-1: Ni Mangs erster Sonnenaufgang in Deutschland*
*Abb. 1.5-2: Blick von meiner Terrasse über Bonn*

Balinesen lieben kaltes Wasser. Daher baden sie gerne in den Flüssen, die das kalte Wasser aus den Bergen zum Meer bringen. Als Ni Mang eines Tages in dem Tempel *Tirta Sudamala*, der bei *Bangli* in 400 Meter Höhe am Fuße des Vulkans Gunung Agung liegt, eine Reinigungszeremonie durchführte, hatte sie noch Stunden später einen ganz roten Körper. Lange wäre sie unter dem hohen und kalten Wasserfall gestanden und das Wasser hätte ihren Körper massiert, sagte sie. Sie könne gar nicht genug davon bekommen!

Ich erinnere mich an die mehrmaligen Besuche von meinem ehemaligen Hausboy Wardi aus Jakarta in Süddeutschland. Damals hatte ich ein großes Haus in der Nähe von Tübingen. Wardi half mir beim Umbau des Gebäudes, er legte den Garten an, er kochte hervorragend indonesische Gerichte und als gelernter Schneider nähte er für Annette Kleider und Blusen nach ihren Entwürfen und für mich Hemden. Als während eines seiner Aufenthalte Mitte April nochmals kräftig Schnee fiel, entblößte er seinen Oberkörper, rannte ins Freie und rieb sich mit den Schneeflocken ein. Er konnte gar nicht genug davon bekommen und freute sich wie ein kleines Kind. Er meinte: ‚Ist das schön! Man kann hier arbeiten und arbeiten und arbeiten und muss dabei überhaupt nicht schwitzen!‘

Gleich am ersten Tag ging ich mit Ni Mang zu ALDI und zu einem anderen Supermarkt in der Nähe. Die Auswahl ist in den Supermärkten in Deutschland natürlich größer als auf Bali. Ni Mang konnte vor Staunen die Augen und den Mund nicht mehr schließen: ‚Ah, oh, ist das billig! So viele Sachen!‘ Sie konnte kaum glauben, dass es bei Aldi Wein für zwei Euro die Flasche gab. Auf Bali kostet der billigste einheimische Fusel das Zehnfache. Zwiebeln kosteten halb so viel wie zu Hause auf Bali. Selbst importierter Reis oder Bananen waren nicht teurer. Sie konnte es kaum glauben. ‚Und dabei verdient ihr doch hier so viel mehr als wir in Bali‘, sagte sie. Auf dem Nachhauseweg musste ich noch etwas Brot einkaufen und ging in einen Bäckerladen. Ist das alles Brot? Alles verschieden, weiß, dunkel, grau, lang und rund? Als Balinesin aß sie so gut wie kein Brot und sie kannte bisher nur das weiche und weiße Toastbrot.

Zum ersten Mal hatte Ni Mang ein anderes Geld, nämlich Euro anstelle von Rupiah, in Händen. Sie bewunderte, wie sauber und glatt die Scheine waren. In Indonesien werden die Scheine meist nur zusammengeknüllt in die Hosentasche gesteckt. Meiner Ansicht nach ist dies eine schreckliche Sitte, die dem Wert des Geldes nicht entspricht. Aber dies passt zu der Mentalität eines Balinesen: Habe ich Geld, ist das ok. Habe ich kein Geld, ist das auch ok. Und Schulden machen, no problem! Geld ist nicht das Wichtigste im Leben.

Überhaupt interessiert sich jede Balinesin dafür, wieviel Geld man in der Tasche hat. Bin ich zum Beispiel auf dem Markt in Ubud und öffne meine

Geldbörse, um meinen Einkauf zu bezahlen, bekommen alle umstehenden Damen Stielaugen und interessieren sich, wieviel Geldscheine ich darin habe. Es ist die pure Neugierde! Kleingeld ist knapp auf Bali. Wenn ich einen 100.000 Rupiah-Schein[26] gewechselt haben möchte, erkennen die Verkäuferinnen sofort, wenn ich selbst noch Kleingeld in der Geldbörse habe und verlangen, doch bitte passend zu bezahlen.

Nach dem Einkaufen machten wir noch einen kleinen Bummel durch die Innenstadt von Bad Godesberg. Obwohl die Sonne schien, war es in den ersten Apriltagen noch etwas kühl. Ni Mang sagte: ‚Es ist ja, wie wenn man in einem großen Kühlschrank spazieren gehen würde!'

Als wir nach dem Einkauf wieder zu Hause waren, spürte ich, dass Ni Mang etwas beschäftigte. Endlich fragte sie mich: ‚Essen die Menschen in Deutschland Katzen und Hunde?' Wie kam sie nur darauf? Nach meiner Nachfrage erfuhr ich, dass sie das Hunde- und Katzenfutter in Dosen auf den Regalen gesehen hatte, und auf den Dosen sind Katzen oder Hunde abgebildet. Ja, alles ist neu und alles ist anders für sie.

Ich hatte gleich am ersten Tag einiges auf dem Postamt zu erledigen. Ich fragte Ni Mang: ‚Willst du nicht auch einen Brief oder eine Postkarte an deine Lieben in Bali schicken? An deine Eltern, an deine Kinder?' Daraufhin erfuhr ich von Ni Mang, dass sie in ihrem ganzen Leben noch keinen einzigen Brief oder eine Postkarte geschrieben hat, obwohl sie flüssig lesen und schreiben kann und selbständig ein Geschäft führt. Noch nie einen Brief geschrieben und versandt? Wie ist das möglich? Sie erklärte mir, dass sie den Verkehr mit den Behörden immer mündlich erledigen würde. Sie lebte bisher in einer anderen Welt. Wie schwierig muss es für sie sein, sich hier zurechtzufinden!

In diesem Zusammenhang fragte ich sie, sie müsste doch sicher für ihr Geschäft eine Steuererklärung abgeben. Sie war doch Unternehmerin und hatte einen Betrieb mit mehreren Angestellten. Was das denn wäre, fragte sie. Nein, eine Steuererklärung hätte sie noch nie benötigt. Nur einmal hätte sie eine Steuer bezahlen müssen, und zwar für ihr Reklameschild vor ihrem Salon. Da hätten Steuerbeamte gemessen, wie weit das Schild vom Boden entfernt war. Je höher die Schilder angebracht waren, desto höher wäre die Steuer gewesen. Da ihr Reklameschild auf Augenhöhe angebracht war, wäre nur ein kleiner Betrag fällig gewesen.

Keine Steuern? Wen ich auch fragte, niemand bezahlte Steuern. Ist Bali doch ein Paradies? Es ergab sich zufällig eine günstige Gelegenheit, als ich Mitte 2018 wieder in Bali war. Zum Abschluss einer Tagung von Finanzleuten und Bankern gab es im Café ARMA einen Cocktail-Empfang.

26  z.Zt. ca. Euro 6,20

Dazu war auch ich eingeladen. Dabei erfuhr ich bei Gesprächen mit verschiedenen Fachleuten, dass praktisch nur große Konzerne und Ausländer, die in Indonesien ein Geschäft betreiben, Steuern bezahlen. Dies wollte ich verifizieren und fragte den indonesischen Finanzminister direkt, als ich mit ihm ins Gespräch kam. Er bestätigte mir, dass nur etwa zwei Prozent aller steuerpflichtigen Personen Indonesiens eine Steuer entrichten würden. Im Vergleich zu den Steuereinnahmen der großen Konzerne und der Ausländer wären die Steuereinnahmen der restlichen 98 Prozent nur ein geringer Betrag, dessen Eintreibung sich nicht lohnen würde. Das sind paradiesische Zustände für Kleinunternehmer und deren Angestellte.

Bei unseren Unternehmungen kamen wir durch die Wohnviertel von Bad Godesberg und Bonn. Überall blühten bunte Blumen, in den Gärten und vor den Fenstern. Ganze Straßen waren ein Blütenmeer von blühenden Bäumen. Es war ja Frühling. ‚Ihr habt ja schönere Blumen als wir in Bali‘, stellte sie fest. ‚Werden die alle von der Regierung gestellt?‘ Sie konnte kaum glauben, dass die Anpflanzung eine private Sache ist. Jeder will es eben schön vor seinem Haus haben.

*Abb. 1.5-3: Eine Straße in Bonn mit blühenden Bäumen*[27]

27   Foto ©Torsten Klunker

Wir kamen an einem Vorgarten vorbei, in dem einige Gartenzwerge aufgestellt waren. Ni Mang amüsierte sich köstlich und machte eine ganze Menge Fotos, die sie gleich an ihre Freunde in Bali weiterleitete. Gartenzwerge, das war etwas ganz Ungewöhnliches, das hatte sie noch nie zuvor gesehen. Immer, wenn sie irgendwo einen Gartenzwerg in einem Garten sah, musste der auf Fotos festgehalten werden.

Meine Terrasse vor dem Wohnzimmer ist umgeben von zwei steinernen *Ganeshas* und einem großen balinesischem Tempelwächter *Bima*[28] und anderen kleineren Statuen aus Indonesien. Diesen Platz hat Ni Mang sofort als ihren Gebetsplatz auserkoren. Mehrmals täglich versank sie hier im Gebet, mit Blumen im Haar und bereitgestellten Opfergaben. Überall in der Nachbarschaft wurde geschnuppert. Was waren das für exotische Düfte?

Es waren Räucher- und Duftstäbchen, genannt *Dupas*, die bei keiner hinduistischen Zeremonie fehlen durften.

Bereits vor vielen Jahren habe ich einen kleinen Orangenbaum aus Bali mitgebracht, der in einem großen Topf prächtig gedieh. Jedes Jahr im Frühjahr kann ich rund 2,5 Kilogramm BIO-Orangen ernten, die ich zu einer herrlich fruchtigen Marmelade verarbeite.

*Abb. 1.5-4:*
*Der hinduistische Gott*
*Bima*

*Abb. nächste Seite:*
*Abb. 1.5-5:*
*Ni Mang im Gebet*
*Abb. 1.5-6:*
*Blick über Bad Godesberg*

28  Auch Bhima, ein Kriegsgott

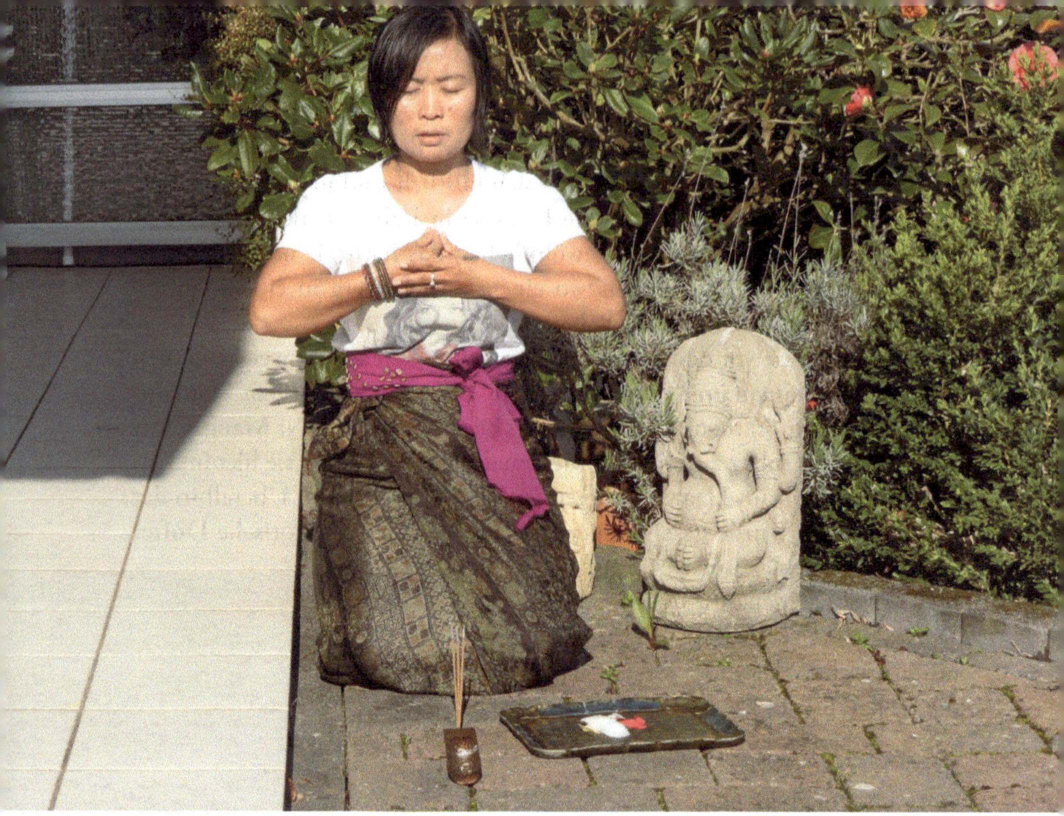

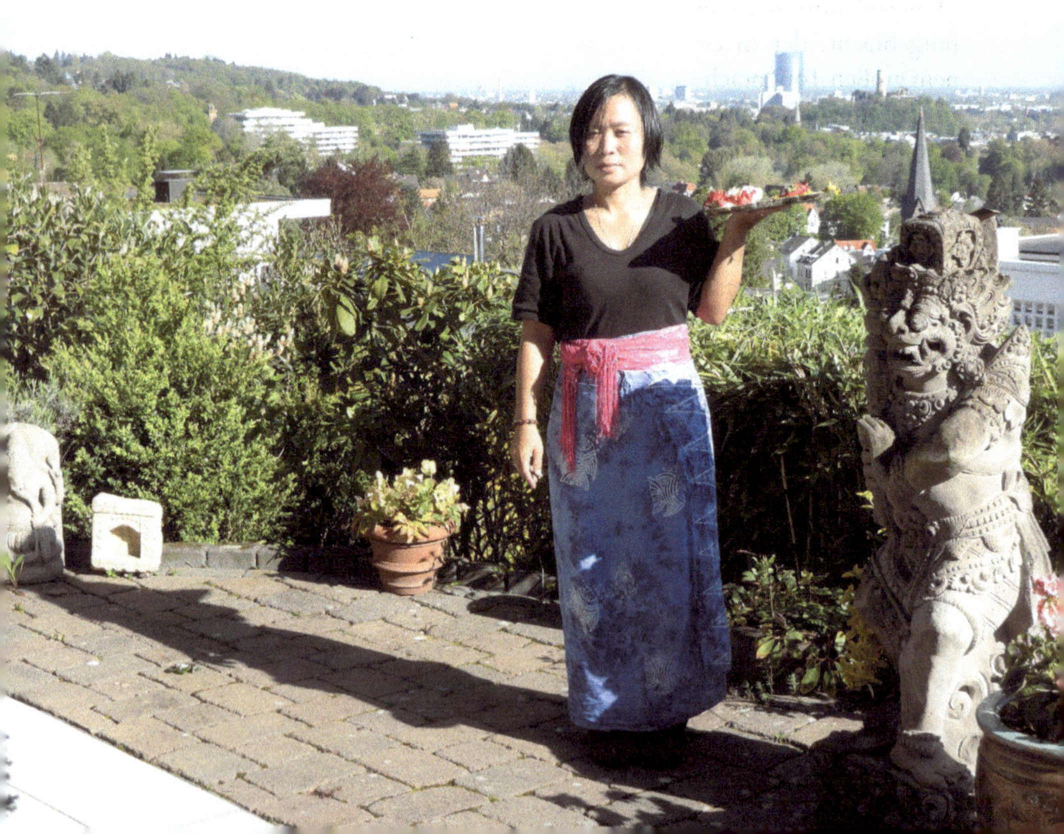

Wenige Tage nach Ni Mangs Ankunft waren die Orangen reif und Ni Mang durfte ernten.

Dass sie in Deutschland balinesische *Jeruk* ernten würde, hätte sie nicht einmal im Traum gedacht. Das hatte sie selbst in Bali noch nie gemacht. Aber essen wollte sie die Orangenmarmelade nicht. Die wäre ihr zu bitter! Da meine Orangen natürlich nicht gespritzt sind, verarbeite ich sie mit der Schale.

*Abb. 1.5-7:*
*Mein balinesischer Orangenbaum*
*Abb. 1.5-8:*
*Ni Mang mit der Ernte*
*Abb. 1.5-9:*
*Orangenmarmelade ist bitter*

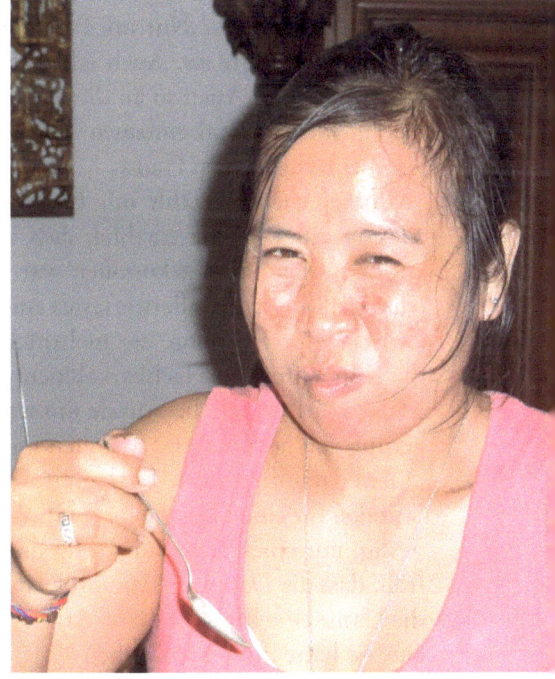

Ni Mang fand es ausgesprochen ruhig im Haus, keine Geräusche, keine Motorräder, kaum Autos, keine Menschen auf der Straße und vor dem Haus. Ni Mang fragte: ‚Sind die Häuser alle leer und unbewohnt?‘ Nein, aber hier in meiner Straße wohnen oft nur eine, zwei oder drei Personen in einem großen Haus. Die wenigen Kinder der Straße sind in der Schule, oder haben Programme wie Musikunterreicht, Ballett oder Sport. Auch in meinem großen Haus mit vier Eigentumswohnungen von je rund 120 Quadratmetern wohnen nur vier Personen. ‚Wird es euch da nicht langweilig‘, meinte sie, ‚bei uns lebt immer die ganze Familie zusammen. Da ist immer Betrieb! Da wird immer geredet! Bei euch ist aber auch alles anders.‘

Noch im Morgenmantel – nur die Zähne geputzt und das Gesicht und die Hände gewaschen – bereitete ich täglich das Frühstück vor. Während dieser Zeit war Ni Mang im Badezimmer. Sie war sehr erfreut, als sie neben meiner Toilette ein ‚Sebok‘ entdeckte, eine WC-Dusche, eine Handbrause. In Indonesien ist ein ‚Sebok‘ in jedem Haus oder Hotel Standard. Es gibt kein WC ohne Handbrause. Indonesier sind in dieser Beziehung sehr reinlich. Ni Mang wundert sich schon lange, dass dies in westlichen Ländern nicht so ist. Sie hat als Masseurin in dieser Beziehung schon viele schlechte Erfahrungen gemacht. Immer wieder trifft sie bei der Massage auf Menschen, die nicht sauber sind und um den intimen Bereich einen unangenehmen Geruch verströmen. ‚Nur mit Papier wird das einfach nicht sauber, oft nur verschmiert‘, sagte sie. Auch ich empfinde das so. Ich hatte mich in den vielen Jahren in Asien so an diese WC-Dusche gewöhnt, dass ich mir auch eine in Deutschland einbauen ließ. Im Badezimmer fühlte sich Ni Mang also bei mir gleich zu Hause.

Immer wieder erzählt mir Ni Mang auch lustige Ereignisse aus ihrer Massagetätigkeit. Sie erzählte, dass kürzlich eine korpulente Australierin zu ihr in den Salon gekommen war. Sie buchte eine Stunde Massage, sie wollte aber nur ihr allerwertestes und üppiges Hinterteil massiert haben. Zwischendurch stöhnte sie mehrmals herzzerreißend. Was werden wohl die Kunden in den Nachbarkabinen denken, dachte Ni Mang bei sich. Ni Mang war froh, als die Stunde um war, aber die Dame buchte eine Verlängerung von nochmals 60 Minuten und das Spiel ging wieder von vorne los!
Am darauffolgenden Tag kam sie wieder und buchte von Anfang an zwei Stunden für eine Massage ihres Hinterteils. Ni Mang sagte, es wäre so langweilig, nur einen fetten und schwabbeligen Hintern zu massieren. Sie war froh, dass die Dame am darauffolgenden Tag abreiste. Aber so einfach wird die Dame eine Massage dieser Art in Australien nicht bekommen. Hauptsache, sie hatte ihren Spaß dabei.

Wenn Ni Mang aus dem Badezimmer kam, war das Frühstück fertig. Sie liebte im Laufe der Zeit immer mehr die verschiedenen deutschen Brotsorten. Dunkles, weißes, graues und schwarzes Brot, dazu Brötchen, Bretzeln und Teilchen. Die Auswahl war für sie erdrückend. Nach nur vier Wochen war der Reis zum Frühstück vergessen. Aber was immer zum Frühstück für sie parat sein musste, waren ein stinkender Romadur, Croissants und Chilischoten. Dazu noch eine süße Marmelade. Bei dieser außergewöhnlichen Kombination war sie im siebenten Himmel! Auch vom deutschen Bienenhonig war Ni Mang begeistert. Der wäre ja viel besser als der Honig auf Bali. In Bali würde der Honig mit Zucker gestreckt und außerdem wäre er viel teurer.

Nach dem Frühstück ging ich ins Badezimmer, um zu duschen. Sie räumte dann den Tisch ab, spülte das Geschirr von Hand und stellte im Geschirrschrank alles an die richtige Stelle. Sie staubte ab, fegte den Fußboden und wischte ihn feucht. Ich musste ihr nichts sagen. Ganz selbständig flog sie am Morgen wie ein Wirbelwind durch die Wohnung. Als ich nach 20 bis 30 Minuten wieder aus dem Badezimmer kam, war die ganze Wohnung sauber und aufgeräumt. Sie sah alles und sie machte alles ganz alleine richtig, obwohl für sie doch noch vieles fremd war! Die Kaffeemaschine, der Geschirrspüler, der Elektroherd, der Backofen oder die Waschmaschine. Zuhause kocht sie auf einem kleinen Gaskocher. Der Geschirrspüler war ihr unheimlich. Den wollte sie nicht benutzen und spülte das Geschirr immer von Hand. Ni Mang ist eine ausgesprochen patente Frau und – wie man sagt – eine Perle im Haushalt. Dabei ist sie ein kindliches, natürliches, unbekümmertes und fröhliches Wesen und immer zu einem Spaß aufgelegt. Überhaupt sind die Balinesen ein humorvolles Völkchen, das gerne lacht. Aber man muss trotzdem aufpassen, was man sagt. Ein falsches Wort und sie sind beleidigt. Die Empfindlichkeit der Balinesinnen ist schon extrem. Man kann sie so leicht verletzen.

Ni Mangs Deutschkenntnisse machten Fortschritte. Jeden Tag brachte ich ihr bei den gemeinsamen Mahlzeiten ein paar Worte oder Redewendungen bei. Sie konnte sich alles sehr schnell und gut merken und hatte auch eine relativ gute Aussprache. Kein Wunder, denn sie spricht ja wie alle Balinesinnen und Balinesen bereits mindestens drei Sprachen: Balinesisch der unteren und der mittleren Ebene und die Einheitssprache Bahasa Indonesia. Alle drei Sprachen sind sehr komplex und grundverschieden voneinander. Dann spricht sie auch noch ein wenig Englisch. Und wie allgemein bekannt fördern Sprachen die Aufnahmefähigkeit des Gehirns und die Intelligenz. Wenn man schon mehrere Sprachen beherrscht, fällt es leichter, eine weitere zu erlernen. Aber mit Umlauten gab es doch einige Probleme mit der Aussprache: Kissen – Küssen, möchte – müde, Haus – Häuser, schon - schön und so weiter.

Wir gingen mit Freunden zu einem Essen in ein Restaurant am Rheinufer. Ich hatte Nachbarn eingeladen, die während meines Aufenthaltes auf Bali meine Wohnung im Auge behielten. Ni Mang hatte sich – auf meine Empfehlung hin – für Wiener Schnitzel entschieden. Es war eine riesengroße Portion, die kaum auf den Teller passte. Und das für so eine kleine Person wie Ni Mang! Aber sie aß zur allgemeinen Überraschung den Teller leer. Ihr Tischnachbar fragte, ob sie satt geworden wäre. Ihre Antwort gab Anlass zur allgemeinen Erheiterung: ‚Genug, genug. Bauch voll!'

Das Restaurant lag direkt am Rhein. Vor unseren Augen fuhren große Container- und Flusskreuzfahrtschiffe vorbei. Ni Mang machte große Augen, so ein großer Fluss und so große Schiffe! Das gibt es natürlich auf Bali nicht. Das höchste der Gefühle auf Balis Flüssen ist Wildwasser-Rafting.

Wenn ich mit Ni Mang mit dem Auto unterwegs war, fragte sie regelmäßig, wenn wir eine halbe Stunde oder länger fuhren: ‚Wo ist denn das Meer?' In Bali muss man nie viel länger als eine halbe oder eine Stunde mit dem Auto fahren, bis man ans Meer kommt. Es ist ein kleines Paradies, rundum vom azurblauen warmen Meer umgeben.

Mehrmals gingen wir in den Wald, um Pilze zu sammeln. Ich liebe Waldpilze. Mein Vater hat mir beigebracht, welche essbar sind, und von welchen man die Finger lassen soll. Als ich ihr sagte, es könne sehr gefährlich sein, giftige Pilze zu essen, wollte sie zunächst nicht in den Wald. Gefährlich? Als ich ihr aber versicherte, dass es im Wald selbst ungefährlich sei, kam sie mit. Ich sagte ihr, dass sie keine Pilze ausreißen dürfe. Sie musste mir ihren Fund zeigen und dann sammelte ich natürlich nur die essbaren Pilze ein. Wir waren schon eine ganze Weile unterwegs und hatten bereits ein Körbchen voll Steinpilze für ein Abendessen gesammelt, als ihr mitten im Wald doch wieder Bedenken kamen. Sie fragte nämlich: ‚Gibt es hier wirklich keine Tiger?' Im Wald, so alleine, war es ihr unheimlich! Ich konnte sie jedoch beruhigen! Auch in Bali gibt es in freier Wildbahn keine Tiger mehr. Vor 100 Jahren wurden im Westen von Bali die letzten Tiger erlegt.

Waren wir über die Mittagszeit unterwegs, dann hieß es von 11:45 bis 12:15 Uhr Pause machen. Sie sagte, während dieser Zeit darf man nicht reisen, auch nicht mit dem Auto oder zu Fuß unterwegs sein. Auch nicht von 18:00 bis 18:30 Uhr. Ob dies eine hinduistische Regel war oder eine private von Ni Mang, konnte ich zunächst nicht in Erfahrung bringen. Ni Mang ist nämlich sehr gläubig, aber auch der Aberglaube spielt bei ihr eine Rolle. Ich jedenfalls konnte keine Gefahr feststellen, denn um die Mittagszeit rasen doch auch Autos und Motorräder in Bali durch die Gegend.

Als ich 2018 wieder in Bali war, achtete ich um die genannten Zeiten auf den Verkehr und da fiel mir schon auf, dass viele Motorradfahrer kurz vor 12:00 Uhr bis wenige Minuten danach mit ihrem Motorrad an den Straßenrand fuhren und warteten. Nochmals konnte ich das zwischen 18:00 und 18:30 beobachten. Ich fragte meinen Freund Dewa nach dem Grund. Er erzählte mir, dass Punkt 12:00 und nochmals um 18:00 Uhr die bösen Geister vom Himmel kommen würden, *Leaks*, böse Hexen, Trolle und Gehilfinnen der todbringenden Gebieterin *Durga*. Es wären die Zeiten der Schwarzen Magie, die auf Bahasa Indonesia *Buta Kala* und auf Balinesisch *Sandi Kala* genannt werden. Dann würde es bei Zusammenstößen mit den Geistern auf den Straßen die meisten Unfälle geben. Besonders hätten es die Geister auf schwangere Frauen abgesehen. Er wolle um diese Zeit auch nicht unterwegs sein. Allerdings müsste das nicht eine Viertelstunde sein, wenige Minuten vor und nach 12:00 Uhr würden genügen. Der zweite Zeitpunkt, der beachtet werden müsse, wäre um 18:30 Uhr, bei der Dämmerung. Diese Zeit wäre fast noch gefährlicher. Aber schon kurz nach 12:00 und 18:30 Uhr hätten die guten Poltergeister die bösen von der Straße vertrieben. Dann könne er weiterfahren. Im balinesischen Hinduismus sind viele Regeln zu beachten. Es gibt ja auch viele Götter, denen zur Besänftigung täglich Opfergaben dargebracht werden.

Besonders müsse man an den ‚*Kajeng Kliwon*‘ Feiertagen aufpassen. Da wäre es sehr gefährlich, sagte Dewa. An diesen Tagen träfen verschiedene ungünstige Konstellationen aufeinander und die Götter müssten durch besonders reichhaltige Opfergaben besänftigt werden. ‚*Kajeng Kliwon*‘ ist immer ein besonderer Tag auf Bali, ein Tag mit magischer Kraft. Die negativen Kräfte sollen neutralisiert und die positiven gestärkt werden. ‚*Kajeng Kliwon*‘ ist alle 14 Tage, nach Vollmond und nach Neumond. Da dieser Feiertag nach den Mondphasen berechnet wird, findet er immer an einem anderen Wochentag statt. Ein besonderer Feiertag ist der ‚*Kajeng Kliwon Pamelastasi*‘, der alle sechs Monate gefeiert wird. Dieser findet immer an einem Sonntag statt. An diesem Tag sind die bösen Dämonen besonders aktiv, um ihren Schabernack mit den Menschen auf Bali zu treiben. Es ist kompliziert mit den Feiertagen auf Bali. Wenn man hier nicht geboren wurde, kann man dieses System nie ganz durchschauen.

Man lebt gefährlich auf Bali! Darf man sich überhaupt noch auf die Straße trauen? Aber dass Ni Mang selbst in Deutschland auf der Einhaltung dieser Regeln bestand, war ja schon verwunderlich. Ich glaube nicht, dass die bösen Geister und Dämonen sie bis nach Bonn verfolgt haben!

In Bali sieht das allerdings anders aus. Anfang Dezember 2018 kam ich wieder nach Bali, flog aber nach zwei Tagen weiter zu den Banda-Inseln, den einsamen Gewürzinseln in den Molukken und kam erst Anfang Januar 2019 wieder nach Bali zurück. Ni Mang war mir behilflich gewesen bei der Herstellung des Kontakts mit dem Künstler und Bildhauer Ida Bagus Munik, der von mir den Auftrag erhielt, eine Büste aus Stein zur Erinnerung an den in Bali berühmten deutschen Maler, Musiker, Photographen und Choreographen Walter Spies[29] herzustellen. Die Büste war nun fertig und wurde am 19. Januar 2019 im ARMA Museum in Ubud eingeweiht. Wie schon so oft war ich mit Ni Mang auf dem Sozius ihres Motorrades unterwegs. Ich fühlte mich bei ihr immer sicher. In den vielen Jahren, die wir uns kennen, ist auch noch nie etwas passiert.

Nachdem die Walter-Spies-Statue an der von mir ausgesuchten Stelle rechts neben dem Haupteingang zum Museum aufgestellt worden war, lud ich Ni Mang ins Dians Restaurant zum Essen ein, weil sie mich bei dem Vorhaben unterstützt und den Kontakt zu dem Bildhauer hergestellt hatte. Ich bezahlte und machte mich fertig zum Gehen. Ni Mang schaute auf die Uhr, es war kurz vor 18:30 Uhr. ‚Lass uns noch ein paar Minuten warten‘, meinte sie, nun seien die *Leaks* auf der Straße. Aber ich drängte, ich wollte noch bevor es ganz dunkel wurde nach Hause kommen.

Dann passierte es! Auf der Jalan Raya Ubud, in der Nähe der Puri Lukisan bremste ein Auto und ein Motorrad vor uns scharf, Ni Mang auch. Neben uns kam ein anderes Motorrad ins Schleudern und brachte dadurch auch uns zu Fall. Zum Glück hatte ich einen Motorradhelm auf, sonst wäre es böse ausgegangen. Sofort halfen mir einige Balinesinnen und Balinesen wieder auf die Beine zu kommen. ‚Soll ich einen Arzt rufen?‘ und ‚Willst du einen Krankenwagen, der dich ins Krankenhaus bringt?‘, fragten die Umstehenden. Die Hilfsbereitschaft war umwerfend! Zum Glück trug ich nur Schürfwunden und Prellungen an meiner linken Schulter und Seite davon. Ni Mang hatte keine Verletzungen. Bei mir zu Hause säuberte Ni Mang meine Wunden mit Desinfektionstüchlein und versorgte sie mit einem Wundpuder. Alles heilte prächtig, nur meinen linken Arm konnte ich noch Wochen nach dem Unfall nicht voll bewegen. ‚Was habe ich gesagt‘, bemerkte Ni Mang am nächsten Tag, ‚wir hätten doch noch warten sollen!‘ So langsam werde auch ich davon überzeugt, dass an der Geschichte etwas Wahres ist. In Zukunft werde ich jedenfalls darauf achten, die Zeit der *Leaks* zu meiden!

---

29 Siehe Horst H. Geerken, *Der Ruf des Geckos*, ISBN 978-3-8391-5248-5, S. 144 ff und Horst H. Geerken, *Hitlers Griff nach Asien*, Band 1, ISBN 978-3-7374-4291-0, Kapitel 15

*Abb. 1.5-10: Mit Ni Mang unterwegs*
*Abb. 1.5-11: Einweihung der Walter-Spies-Büste mit Ni Mang und mir*

Einige Tage nach dem Unfall hat Ni Mang an der Stelle, an der wir gestürzt sind, Opfergaben niedergelegt. Die *Leaks* an diesem Straßenabschnitt müssten besänftigt werden, damit sie uns in Zukunft ohne ihren Schabernack unfallfrei passieren lassen.

Am Tag nach einer ,Kajeng Kliwon' Zeremonie fegte Ni Mang am Morgen meine Terrasse vor dem Wohnzimmer. Ganz empört sagte sie mir, dass eine Katze oder ein anderes Tier auf dem Steinfußboden seinen Kot hinterlassen hätte. Sie hätte aber schon alles wieder saubergemacht und intensiv gebetet, um das Haus vor bösen Einflüssen zu schützen. Ich sagte ihr, dass meine Mutter immer sagte, Kot – vor allem, wenn man mit den Schuhen hineintreten würde – würde Glück bringen. Sie war darüber gar nicht amüsiert und machte ein betrübtes Gesicht.

Es war ein Tag, an dem sie bereits am Morgen ein bekümmertes Gesicht machte. Es ging aber auch alles schief: Ärger mit dem Liebhaber, der ihr ununterbrochen Vorwürfe machte, dann war auch noch ihr Internetzugriff ausgefallen und es war vorübergehend kein Kontakt mit Bali möglich. Zu allem Übel fiel ihr auch noch eine Tasse aus der Hand und zertrümmerte auf dem Fußboden. Am Abend sagte Ni Mang, ,Der Katzenkot war an allem schuld!'

Ni Mang genoss den Regen in Deutschland. Sie lobte immer wieder, wie fein und zart er hier sei. Ganz ideal, wie damit die Blumen und Sträucher gegossen würden. Auf Bali stürzt der Regen in der Regenzeit mit elementarer Gewalt vom Himmel und bildet einen fast undurchsichtigen Vorhang.

In Bali war Ni Mang noch ganz enthusiastisch und wollte alles in Deutschland sehen, die Nordsee mit ihren Inseln, die bayrischen Alpen und vor allen Dingen Schnee. Ja, Schnee wollte sie sehen und das Meer in Deutschland mit dem Hamburger Hafen. Meinen Freund Horst Jordt wollten wir besuchen und Freunde von mir, die sie bereits in Bali kennengelernt hatte.

Kaum war Ni Mang in Deutschland angekommen, wollte sie davon nichts mehr wissen. Sie wollte nur zu Hause in Bonn bleiben und höchstens die nähere Umgebung kennen lernen. Eine Reise in weiter entfernte Gebiete, bei der eine oder mehrere Übernachtungen erforderlich gewesen wären, war plötzlich tabu. Diesen Sinneswandel konnte ich mir nicht erklären. Wie ich erst später erfuhr, hatte ihr älterer Freund ihr verboten, zu reisen und in einem Hotel zu übernachten. Warum? Er war eifersüchtig! Hat er kein Vertrauen in sie? Da auf Bali Seitensprünge selbst verheirateter Partner keine Seltenheit sind, wird das Wort Vertrauen klein geschrieben. Er war doch derjenige, der seine Ehefrau betrog. Und da machte er Ni Mang Vorschriften? Sie liebt ihn jedoch und daher befolgt sie seine Anweisungen devot. Balinesische Gedankengänge können von uns westlichen Menschen meist nicht nachvollzogen werden.

Da Ni Mangs Freund Kalli sie stündlich anrief und kontrollierte, wäre auf Reisen keine Kontrolle möglich gewesen. Seine Eifersucht ist auch bei Berücksichtigung der balinesischen Mentalität krankhaft. Eigentlich müsste Ni Mang eifersüchtig sein, denn ihr Freund ist verheiratet und hat mehrere Kinder. Um sie an sich zu binden, verspricht er Ni Mang laufend die Heirat. Ich verdeutlichte ihr, dass eine Liebesbeziehung außerhalb der Ehe für einen Mann eher praktisch sei und dass sie sich in Bezug auf eine Heirat keine Hoffnung machen soll. Es seien meist leere Versprechungen der verheirateten Männer. Kalli würde seine Ehe mit mehreren Kindern kaum auflösen. Aber Ni Mang schlug – und schlägt noch – alle meine Ratschläge in den Wind. Sie ist verliebt in ihn und Liebe macht blind. Da bleiben alle realistischen Argumente ungehört und sie befolgt seine rigiden Instruktionen.

Ni Mangs Smartphone und Tablet sind schon in die Jahre gekommen und ab und zu wurde die Verbindung unterbrochen. Das Gerät suchte und suchte, aber fand nicht das Wifi-Netz in meiner Wohnung. Dann bekam es Ni Mang mit der Angst zu tun. Ihr Liebhaber Kalli könnte ihr wieder Vorwürfe machen, dass sie eine halbe Stunde nicht erreichbar war. ‚Warum hast du dein Gerät abgeschaltet?‘ ‚Warst du mit andern Männern beschäftigt?‘ Er beschuldigte sie regelmäßig, fremdzugehen. Er wollte sie keinen Moment aus den Augen lassen. Das ging sogar so weit, dass Ni Mang mit einer Hand die Wohnung fegte und mit der andern das Smartphone hielt und mit ihm redete. Sie musste ununterbrochen mit ihm in Kontakt bleiben, selbst auf der Toilette, sonst wurde er böse. Ich merkte täglich, wie stark sie unter dem Druck ihres Freundes litt. Wie oft brach sie während seiner Anrufe und danach in Tränen aus! Es ist unglaublich, dass sie sich das alles als heimliche Geliebte eines verheirateten Mannes gefallen ließ.

Bevor sich Ni Mang zum Schlafen hinlegte, musste sie zum letzten Mal mit Kalli telefonieren. ‚Ich muss mich jeden Tag telefonisch bei meinem Freund abmelden, egal ob es bei ihm auf Grund der Zeitverschiebung mitten in der Nacht, um drei oder fünf Uhr am Morgen ist‘, sagte Ni Mang. Ich riet Ni Mang, ihren Freund in den Wind zu schießen. ‚Aber ich liebe ihn doch!‘ war ihre Antwort. Ich habe vor vielen Jahren das Buch ‚Wenn Frauen zu sehr lieben‘ gelesen. Das trifft wortgetreu auf Ni Mang zu.

Wenn ihr Freund sie unbedingt schnell wieder zurückhaben will, soll er ihr doch Geld für einen vorzeitigen Rückflug schicken, riet ich ihr. Er muss als Bauunternehmer doch genügend Geld haben. Und wenn nicht, könnte er ja einen Kredit aufnehmen! Ni Mang machte ihm den Vorschlag, aber Geld ausgeben wollte er für sie nicht! Männer!!

Der 10. Mai war für Ni Mang ein wichtiger Feiertag, es war das *Upacara Odalan* Fest. Das *Odalan* Fest ist vielleicht vergleichbar mit dem Kirchweihfest bei uns. *Odalan* ist das Geburtstagsfest des Tempels in ihrem Dorf Lodtunduh, zu dem auch die Götter und die Ahnen eingeladen werden. Oft wird der Tag auch als Jahrestag der Schöpfung gefeiert. Es wird drei Tage lang mit Musik, *Wayang*-Puppenspielen und balinesischem Tanz gefeiert. Danach gibt es große Reinigungszeremonien, bevor die Götter, von denen man annimmt, dass sie der Einladung zur Teilnahme gefolgt sind, dann wieder verabschiedet werden. Es ist ein großes, buntes und malerisches Fest.

Ni Mang wollte natürlich bei diesem wichtigen Hindufest dabei sein. Immer wieder war sie über Video[30] mit ihrem Dorf verbunden. Wir sahen schon zuvor, wie die Frauen im Dorf in tagelanger Arbeit dekorative Kunstwerke aus Palmblättern flochten. Die Straßen und der Tempel wurden mit Blumen, Fahnen und *Penjors*[31] geschmückt und die Eingangstüren der Häuser mit Reisbüscheln dekoriert, als Dank für die unendliche Güte des Gottes *Sangyang Widi*. Am Tag des Festes liefen die festlich gekleideten Dorfbewohner in endlosen Zügen zum Tempel. Die Frauen trugen auf dem Kopf bis zu eineinhalb Meter hohe Türme mit Opfergaben zum Tempel.

Auch Ni Mang hat das *Odalan* Fest in Bonn mitgefeiert. Sie hatte Früchte, Eier, Gebäck und anderes als Opfergaben eingekauft und mit Blumen schön dekoriert. Den ganzen Tag über brannten die Räucherstäbchen. Auch die Nachbarn schnupperten! Ni Mang wurde per Video direkt mit dem Oberpriester verbunden, der ihr live aus Bali einen besonderen Segen erteilte. Ni Mang war zufrieden.

Bali ist mit den vielen Festtagen und Feierlichkeiten faszinierend und einzigartig auf der Welt. Balinesen leben in einem sensiblen Gleichgewicht von natürlichen und göttlichen Kräften, von Gut und Böse. Diese Balance zwischen den beiden Kräften muss unbedingt erhalten bleiben, um die Welt immer wieder neu zu erschaffen. Irgendwo kann man auf Bali jeden Tag einen Feiertag erleben. Balinesen leben nach dem Mondkalender, in dem das Jahr 210 Tage hat.

*Nächste Seite:*
*Abb. 1.5-12 und Abb. 1.5-13:*
*Odalan Fest bei mir zu Hause*

---

30  Skype oder WhatsApp
31  Lange verzierte Bambusstangen, an deren Spitze Blumen und Opfergaben aufgehängt sind. Durch deren Gewicht neigen sich die Spitzen in einem anmutigen Bogen zur Straßenmitte hin.

*Abb. 1.5-14: Vollmond über dem Siebengebirge bei Bonn*

*Upacara Purnama*, Vollmond, ist immer ein großes Fest auf Bali. Auch in Bonn feierte Ni Mang jeden Vollmond mit besonderen Zeremonien. Es wurde etwas Besonderes gekocht und die Gebete waren besonders intensiv und lang. Am Samstag, dem 21. Mai, war wieder so ein Tag. Über dem Siebengebirge stand ein besonders schöner Vollmond. Ni Mang sagte: ‚So groß habe ich den Vollmond auf Bali noch nie gesehen. Ist dies derselbe Mond?‘

Am 29. Juni 2016 war ein anderer hoher Feiertag, *Upacara Pagrwersi*. In der Nacht zum 29. Juni blieb Ni Mang die ganze Nacht auf, um Vorbereitungen für das Fest zu treffen und um mit ihrer ganzen Familie in Lodtunduh und Mengwi zu feiern. Die ganze Familie, auch ihre Eltern aus Mengwi, waren zum Haustempel gekommen. Bereits um 04:00 Uhr am Morgen des 29. Juni waren die Frauen der Familie in Bali mit Kochen beschäftigt. Da war es bei Ni Mang in Deutschland erst 22:00 Uhr des Vortages. Ni Mang war mit Bali wieder über Skype oder WhatsApp verbunden und konnte dort alle Aktivitäten verfolgen. Ihre Gesprächspartner in Bali waren überrascht und verwirrt, dass es in Deutschland um diese Zeit noch so hell war, dass man sogar im Freien die Zeitung lesen konnte. Am Morgen erzählte mir Ni Mang, dass ihre Familie ihr zu Ehren das Gemüse *Lawar* mit *Nanka*[32] zubereitet hätte, Ni Mangs Lieblingsspeise. *Lawar* ist ein typisch balinesisches

---

32  Eine große Baumfrucht

*Abb. 1.5-15: Hühnersates*
*Abb. 1.5-16: Opfergaben*

Gericht für religiöse Zeremonien. Es ist ein Gericht aus grünen Bohnen, Kokosnuss Raspeln und Hackfleisch. Je nach Region wird es auch mit frischem Schweineblut vermischt. Dazu kommen viele balinesische Gewürze. Meine Lieblingsspeise ist es nicht!

Ni Mang bereitete leckere *Sate Ajam* auf balinesische Art vor, Bambusstäbchen mit einer Hühnerfleischpaste. Ich schaute zu, wie sie diese zubereitete. Zuerst machte sie ein *Bumbu Bali*, eine balinesische Gewürzpaste. Dazu werden Schalotten, Knoblauch, *Kunit*[33], *Lenkuas*[34], Ingwer, Pfeffer, Salz, geriebene Muskatnuss und *Cilli* in einem Mörser zu einer feinen Paste zerrieben. Zusammen mit kleingeschnittenem Hühnerfleisch wird alles mit dem Hackmesser zu einer festen Paste zerhackt. Dann machte sie kleine Klumpen und strich

sie auf Holzstäbchen. Diese wurden dann im Ofen gegart. Sie schmeckten ganz hervorragend. Anscheinend vertilgte ich schon vor dem Fest zu viele, denn mir wurde nach fünf Stück der weitere Verzehr verweigert. Sie wollte noch genügend für ihre Zeremonie haben! Ni Mang bereitete mit Sorgfalt noch weitere Speisen zu. Immer wieder neue. Wer sollte denn das alles essen? Erwartete Ni Mang Besuch von Freunden? Nein, sagte sie, das ist alles zu Ehren der Götter!

33 Gelbwurz
34 Eine mit dem Ingwer verwandte Wurzel

*Abb. 1.5-17: Ni Mang im Gebet*

Betrachtet man die balinesischen Götter, so gibt es eine große Verwirrung und keine klaren Antworten. Ihre Zahl geht in die Hunderte, mit dem Gott auf dem heiligen Berg Gunung Agung an oberster Stelle. Wer kennt sich da – außer den Oberpriestern[35] – noch aus!

Für fast alle Speisen wurde Kokosnuss verwendet. Die ist in der balinesischen Küche ein wichtiger Bestandteil, als Kokosraspeln, als Kokosöl, als Santen[36] aus alten Früchten oder als Kokosmilch aus jungen. Von der Kokospalme ist alles verwendbar. Diese schlanken, biegsamen Bäume bieten nicht nur Schutz vor der stechenden Sonne, sie liefern hauptsächlich Nahrung und Baumaterial. Ein ganz besonderer Genuss ist das Herz der Palme. Dafür muss eine Palme sterben.

Eines Tages sagte Ni Mang, morgen habe ich Geburtstag. Geburtstag? Da stimmte doch etwas nicht! Für das Visum benötigte ich doch ihre Geburtsdaten, und nach diesen war ihr Geburtstag doch erst im August! Ich schaute nach in ihrem Reisepass, und tatsächlich, es war der 26. August. ‚Ja, das stimmt schon‘, sagte sie, ‚aber morgen ist mein balinesischer Geburtstag!‘ Der richte sich nach dem balinesischen *Wuku*-Kalender, der sich an den Mondphasen orientiert. Das balinesische Jahr hat dreißig siebentägige Wochen und 210 Tage. Praktisch! Man hat somit zwei Gelegenheiten, seinen Geburtstag zu feiern, in manchen Jahren gibt es sogar drei.

Ni Mang türmte auf mehreren Tellern Opfergaben auf. Reis, Äpfel, Bananen, Erdbeeren und Kekse hatten wir schon besorgt. Ich stellte noch einen Kuchen dazu, mit viel Sahne. Das liebte sie. Ni Mang betete den ganzen Tag immer wieder auf der Terrasse, am Abend besonders lange. Die Luft war von Räucherstäbchen geschwängert. Auch die Nachbarn schnupperten und wussten nun, dass bei mir ein besonderer Tag war.

*Abb. 1.5-18:*
*Die Geburtstagskuchen*

35  Pendetas, auch Pedandas
36  Eine Kokossahne

*Abb. 1.5-19:*
*Opfergaben*

Da der balinesische *Wuku*-Kalender nicht mit unserem gregorianischen übereinstimmt, wollte ich wissen, wie alt sie nun nach dem balinesischen Kalender sei. Sie sei nach dem balinesischen Kalender älter als nach dem westlichen. Ja, das wusste ich auch schon! Aber wie alt sie nach balinesischem Kalender ist, konnte mir Ni Mang nicht sagen.

Erdbeeren waren für Ni Mang das Höchste! Erdbeeren sind in Indonesien klein und sehr teuer und sie schmecken nach nichts. In meiner Nachbarschaft ist ein Kiosk, in dem ein Bauer seine frisch gepflückten Erdbeeren von Mai bis in den Spätherbst verkauft. Selbst für mich sind es die besten Erdbeeren, die ich je kaufen konnte. Täglich kauften wir zwei bis vier Schalen mit den duftenden Früchten und zwei Stunden später hatten wir schon alle aufgegessen. Nun, 2019, fast drei Jahre später, schwärmt Ni Mang immer noch von den Erdbeeren.

*Abb. 1.5-20:*
*Unsere tägliche Ration an Erdbeeren*

*Nächste Seite:*
*Abb. 1.5-21: Ni Mang mit Erdbeeren*
*Abb. 1.5-22: Erdbeerkuchen*

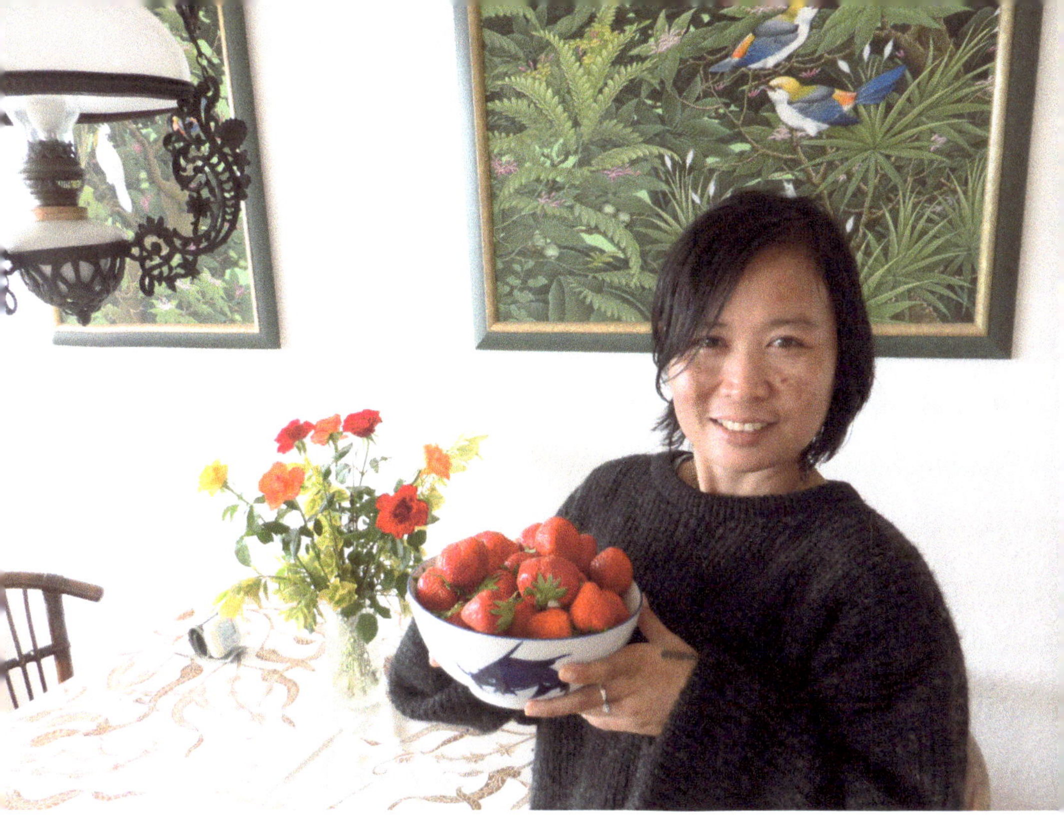

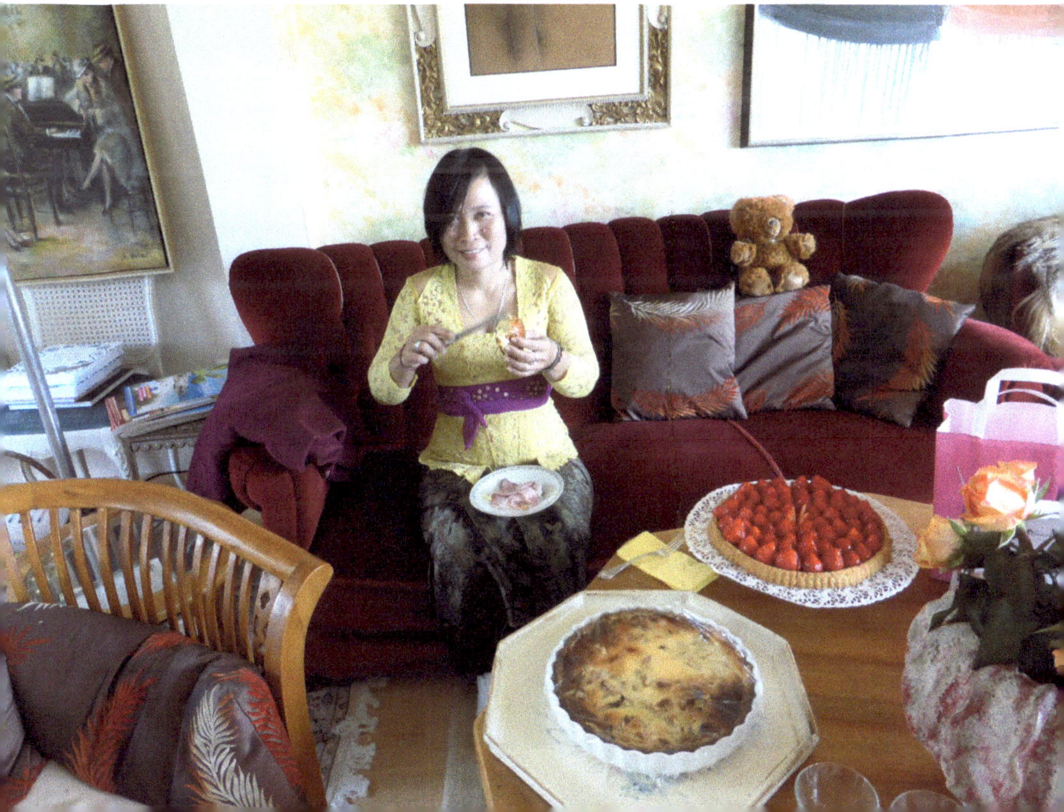

*Vorige Seite:*
*Abb. 1.5-23: Ni Mang pflückt Kirschen vom Baum*

Neben Erdbeeren schwärmte Ni Mang von Kirschen. In Bali kann man sich Kirschen auch als Europäer kaum leisten. Sie werden von Europa oder Amerika eingeflogen und sind extrem teuer. Eine Freundin aus Bonn, Manuela, sagte: ,Die Kirschen auf meinem Baum im Garten sind reif. Kommt morgen zum Kaffee und Kirschkuchen vorbei. Dann kann Ni Mang so viele Kirschen direkt vom Baum essen, bis sie nicht mehr kann!' Das ließen wir uns nicht zwei Mal sagen. Ni Mang war wie im Paradies. In Bali hatte sie bisher eine oder zwei Kirschen versucht und das war schon ganz exklusiv. Und hier stand ein Baum, übervoll mit dunkelroten Kirschen, von denen sie essen konnte, so viel sie wollte. Unglaublich! Wenn ich mich recht erinnere, war Ni Mang bei dem anschließenden Kirschkuchen sehr zurückhaltend. Sie war schon voll! In Bali erzählte sie ihren Freunden dieses Erlebnis immer wieder. ,Kirschen im Garten! Müssen diese Leute reich sein', meinte sie.

Direkt hinter meinem Haus beginnt der Kottenforst. Es ist ein riesiges unbesiedeltes und naturbelassenes Waldgebiet. Ich streife hier oft durch den Wald, um Pilze zu suchen. Dabei entdeckte ich auch einige Bäume mit Wildkirschen. Die sind natürlich etwas kleiner und nicht so süß wie die Kirschen von Manuela. Diese Bäume wollte ich Ni Mang zeigen. Wir erwischten genau den richtigen Zeitpunkt. Die Kirschen waren reif und vor uns hatte sich noch niemand daran gütlich getan. Trotz der geringen Körpergröße von Ni Mang wuchsen ihr die Kirschen fast in den Mund. Sie aß und aß. Dazwischen fragte sie immer wieder: ,Darf man das wirklich?' oder ,Gehören diese Bäume niemandem?'. Für sie war das ein zweites Kirschen-Erlebnis, das sie noch oft ihren Freunden in Bali erzählen sollte.

Im Laufe der Zeit wurde Ni Mang das Leben immer schwerer gemacht. Es war nicht nur ihr Freund, der ihr durch seine krankhafte Eifersucht Probleme bereitete, nun machten ihr auch noch ihre beiden Kinder Vorwürfe. Ihr Bruder und die beiden Kinder hatten ihr ja zugesagt, den Betrieb ihres Salons gegen eine Gewinnbeteiligung weiter aufrecht zu erhalten. Als sie nun selbst alles organisieren und nach dem Rechten sehen sollten, merkten sie plötzlich, wieviel Arbeit damit verbunden war. Und die wurde ihnen zu viel. Das war aber noch nicht alles!

Bei einem Besuch auf Bali ein Jahr später erfuhr ich folgendes: Die beiden Kinder von Ni Mang, damals 16 und 19 Jahre alt, konnten ihre Mutter telefonisch kaum erreichen. Der krankhaft eifersüchtige Freund Kalli telefonierte von früh am Morgen bis spät in die Nacht, um sie von irgendwelchen Aktivitäten abzuhalten und blockierte dadurch das Telefon. Das kam den Kindern, die bisher nichts Definitives über diesen Freund wussten, bereits suspekt vor. Sie fanden heraus, dass sie ein intensives Verhältnis mit Kalli hatte, der mit Frau und Kindern in ihrer Nachbarschaft wohnt. Das war den Kindern zu viel! Es gab mehrere Auseinandersetzungen. Ni Mang überlegte, aus dem Haus ihrer Schwiegereltern auszuziehen. Aber wohin? Ni Mang hatte wohl ein kleines leeres Grundstück in der Nähe von Ubud, das sie immer noch abbezahlen musste. Ihr Freund ist doch Bauunternehmer. Da liegt es doch nahe, dass er ihr mit einem kleinen Häuschen unter die Arme greift. Als ich ihr diesen Vorschlag machte, sagte sie, sie hätte Kalli bereits darauf angesprochen, aber er könne nicht helfen. Die Geschäfte gingen schlecht und seine Kinder hätten laufend Wünsche, die erfüllt werden müssten. Auch würde das Leben immer teurer werden und es wäre schon schwierig genug, seine große Familie zu ernähren. Er könne Ni Mang nicht auch noch helfen.

Das sind doch alles billige Ausreden! Er verspricht ihr zwar immer noch die Heirat, aber Taten fehlen. Ist da nicht auch deutlich zu sehen, welchen Stellenwert Ni Mang bei ihm hat? Kalli hat neben seiner Familie ein billiges Vergnügen ohne jegliche Verantwortung. Das ist das, was balinesische Männer wünschen! Aber nicht nur balinesische!

Nachdem sich Ni Mang vorübergehend mit ihren Kindern zerstritten hatte, kümmerten diese sich auch nicht mehr intensiv um das Geschäft, ihren Massagesalon. Schon nach einem Monat war nicht mehr genug Geld in der Kasse, um die Gehälter ihrer fünf Angestellten zu bezahlen. Wie war das möglich? Bis zu ihrer Abreise hatte das Geschäft doch noch einen guten Gewinn erwirtschaftet! Laufend ging etwas kaputt, das repariert werden musste. Die Kontrolle durch ihre Kinder fehlte und der Bruder hatte plötzlich keine Zeit mehr, um sich um ihre Angelegenheiten zu kümmern. Das Geschäft verlotterte und der Betrug ihrer Angestellten war wegen der fehlenden Kontrolle offensichtlich. Sie arbeiteten nur noch in die eigene Tasche! Kein Wunder, dass Ni Mangs Gedanken nun nur noch in Bali waren. Aber vorzeitig zurück nach Bali wollte oder konnte sie auch nicht.

Ich bot Ni Mang an, einen Ausflug zu meinem Freund Horst nach Norddeutschland zu machen. Den hatte ich ihm schon lange versprochen und dann verschoben, bis Ni Mang hier war. In Norddeutschland waren wir auch noch bei verschiedenen Ex-Indonesiern eingeladen. Ni Mang wollte nicht. Noch in Bali wollte sie alles sehen, die Zugspitze mit Schnee, die Schlösser in Bayern, in der Nordsee die Inseln, Hamburgs Hafen und vieles mehr. Sie war damals ganz begeistert und aufgeregt. Aber nun? Plötzlich wollte sie von alldem nichts mehr wissen. Sie wollte nur zu Hause in Bonn bleiben und maximal einen Tagesausflug machen, aber ohne Übernachtung. Ich wunderte mich sehr und konnte mir diesen Meinungsumschwung zunächst nicht erklären. Den Grund habe ich später erfahren. Ihr Freund hatte es ihr verboten. Dass er krankhaft eifersüchtig ist, hatte ich in der Zwischenzeit schon mehrfach feststellen können.

Kalli rief immer noch ununterbrochen bei Ni Mang an, zwanzig, dreißig Mal am Tag! Die Kontrolle wurde immer schlimmer. Jede halbe Stunde wollte er wissen, was sie gerade mache. Sie musste sich bei jeder Gelegenheit ab- und wieder anmelden, wenn sie das Haus verließ, wenn sie mit mir spazieren ging, selbst wenn sie für längere Zeit ins Badezimmer oder spät am Abend ins Bett ging. In Bali ist es dann bereits drei, vier oder fünf Uhr am Morgen. Sonst könne er nicht schlafen, sagte Ni Mang. Wann arbeitet er überhaupt? Er ist ein Bauunternehmer mit fünfzig Mitarbeitern. Aber wie kann er sich um seinen Betrieb kümmern, wenn er andauernd telefoniert und Nachrichten schreibt? Durch diese andauernden Kontakte konnte Ni Mang den ersten Urlaub ihres Lebens nicht genießen. Sie war andauernd im Stress. Sie lebte nun in Deutschland, aber ihre Gedanken waren ununterbrochen weiter in Bali und bei den dortigen Problemen. Das war sehr schade!

*Abb. 1.5-24: Selbst beim Essen ist das Tablet dabei*

Ihren Tablet-PC legte Ni Mang kaum aus der Hand. Sie sprach natürlich auf Balinesisch und meist in Bahasa Gaul[37]. Das kann ich nur teilweise verstehen. Ni Mang machte alles, was ihr älterer Liebhaber sagte. Sie war ihm hörig und gefügig, so wie es balinesische Männer mögen! Sie sagte: ‚Ich liebe ihn doch!‘ Vermutlich hatte sie Angst, ihn zu verlieren.

Ich empfand es auch mir gegenüber als unhöflich, wenn sie ununterbrochen an ihrem Tablet oder Smartphone hing, schrieb oder telefonierte. Und es nervte mich auch immer mehr! Es bestand nicht das geringste Interesse, etwas von Deutschland zu sehen, ein Buch zu lesen oder eine Sendung im deutschen Fernsehen anzuschauen. War es Ignoranz, war es Heimweh oder war sie ganz einfach überfordert? Denn dumm ist sie nicht! Verglichen mit Bali war Ni Mang hier in Deutschland ein total anderer Mensch geworden! Wie umgedreht!

Sie interessierte sich nicht für Museen, nicht für Kultur, nicht für Politik, nicht für Städte oder Landschaften, nicht für das deutsche Fernsehen. In Bali war das ganz anders. Ihr einziges Interesse galt nun nur noch dem Internet: ‚Wo ist W-Lan‘, ‚Wo ist Wifi‘, ‚Wo ist eine Steckdose? Ich muss mein Tablet aufladen!‘ In einer Hand war immer das Tablet oder das Smartphone dabei, um mit Facebook, Skype oder WhatsApp mit Bali in Verbindung zu treten. Dabei spielte natürlich neben Freunden in Bali besonders ihr verheirateter Freund Kalli eine ganz besondere Rolle. Immer wieder machte er ihr Vorwürfe: ‚Warum meldest du dich so selten?‘ ‚Gehe nicht aus dem Haus!‘ ‚Wo schläfst du?‘ Selbst eine Tagesfahrt mit einem Ausflugsboot auf dem Rhein hat er ihr verboten. Ni Mang war ihm total hörig, dabei macht sie doch den Eindruck einer selbstbewussten starken Frau. Ich versuchte ihr klar zu mache, dass doch sie selbst und nicht er eifersüchtig sein müsste. Er war doch verheiratet, er hatte vier Kinder und lebte mit seiner Frau zusammen. Ihre Antwort war immer wieder: ‚Aber ich liebe ihn doch!‘

Nach Norddeutschland zu meinem Freund Horst wollte Ni Mang nicht. Aber ich musste für einige Tage nach Süddeutschland zu meinem Bruder Hartmut. Das sagte ich Ni Mang. ‚Und was soll ich dann machen, ganz alleine?‘, fragte sie. ‚Du willst ja zu Hause bleiben. Du kannst so lange das Haus hüten!‘, antwortete ich. Ich konnte selbst an ihrer bronzefarbenen Haut erkennen, wie sie bleich wurde. ‚Alleine, ich, in dem großen Haus? Unmöglich! Da sterbe ich vor Angst!‘ Was blieb ihr übrig? Sie kam mit mir mit. Nun gab es auch endlich die Fahrt im schnellen Intercity von Bonn nach München, die Zugfahrt, die sie sich so sehr gewünscht hatte, als sie noch auf Bali war. Aber nun?

---

37  Ein balinesischer Dialekt der Jugend

Abb. 1.5-25: Im Zug
Abb. 1.5-26: Wenn Ni Mang nicht schläft, fixiert sie das Smartphone

Ni Mang hatte keine Freude an dieser Reise. Sie wusste, dass ihr Freund auf Bali ihr wieder heftige Vorhaltungen machen würde. Schon auf dem Bahnsteig war es ihr kalt. Alle Menschen liefen mit kurzärmligen Hemden oder T-Shirts und kurzen Hosen herum. Aber Ni Mang fror, obwohl sie schon drei Lagen Kleidung übereinander anhatte und einen dicken weißen Anorak bis zum Hals geschlossen hatte. Wir fuhren mit dem Zug den Rhein entlang. Ni Mang schlief und verpasste die Burgen links und rechts des Rheins in den Weinbergen. Sie verpasste eigentlich nicht viel, denn es war noch etwas regnerisch und neblig.

Bei der Bahnfahrt im schnellen ICE von Karlsruhe nach München war Ni Mang wach. Das Wetter wurde nun wunderschön mit Sonnenschein und blauem Himmel. Wir rasten mit 300 Kilometern pro Stunde durch die Landschaft. Aber anstelle die für sie unbekannte Landschaft zu betrachten, beschäftigte sie sich mit ihrem Tablet und spielte auf ihrem Smartphone. Ihr Blick ging nie nach draußen in die wunderschöne Landschaft. Selbst dem Ulmer Münster, dem höchsten Kirchturm der Welt, schenkte sie nur einen kurzen müden Blick. War sie so desinteressiert? Warum wollte sie dann nach Deutschland kommen?

Ich kann mich noch ganz deutlich erinnern, wie Annette und ich auf unserer letzten Zugreise durch Java, obwohl wir die Fahrt durch Java schon oft gemacht hatten, die fremde Landschaft immer wieder in uns aufsogen. Es ging nicht in meinen Kopf, wie man sich so eine einmalige Chance, ein fremdes Land kennen zu lernen, entgehen lassen kann. Oder waren es zu viele neue Eindrücke? Vielleicht, denn Ni Mang sagte immer wieder: Alles ist anders! Aber ich denke, es war ihr Freund, der ihr den Aufenthalt bei mir miesmachte. Ihre Natürlichkeit, ihre Freude und Unbekümmertheit waren in Deutschland wie weggeblasen.

In Bayern, bei meinem Bruder und seiner Frau hellte sich ihre Stimmung etwas auf. Sie kannten sich bereits von dem Besuch der beiden auf Bali im vergangenen Jahr. Ni Mang wurde überall, bei all meinen Verwandten, Freunden und Nachbarn, mit offenen Armen empfangen, ja, viele haben sie in ihr Herz geschlossen. So war es auch bei meinem Bruder und seiner Familie in Herrsching am Ammersee.

Der Höhepunkt dieser Reise war eine Wanderung zum Kloster Andechs. Es war nicht die Wanderung, die ihr so gut gefiel, es war die riesige Schweinshaxe von fast einem Kilogramm, die ihr im Klosterhof unter freiem Himmel im Sonnenschein serviert wurde. Dazu gab es noch eine erste ‚Halbe Bier‘, dann noch eine zweite. Nun war Ni Mang in ihrem Element. Schweinefleisch, und so gutes Schweinefleisch mit einer knackigen Kruste! Da müsste man selbst in Bali lange suchen, um so etwas Gutes zu finden, meinte sie. In Köln bekam Ni Mang auch noch eine Schweinshaxe und bei mir zu Hause in Bonn machte sie eine selbst im Backofen. Aber keine war so gut wie die im Kloster Andechs! Die war einfach – wie man in Bali sagt – ‚*Mak Nyus*‘, ganz vorzüglich! Aber was ist das Geheimnis im Kloster Andechs? Wie ich erfuhr, werden dort die Schweinshaxen vor dem Grillen gekocht und dann drei Tage in Bier eingelegt. Bewiesen ist das nicht, denn die Mönche halten ihr Rezept streng geheim.

*Abb. 1.5-27: Die Kirche in Andechs*

*Vorige Seite:*
*Abb. 1.5-28:*
*Die berühmten Schweinshaxen im*
*Kloster Andechs*
*Abb. 1.5-29:*
*Ni Mang mit einer bayrischen*
*Breze*

*Abb. 1.5-30:*
*Ni Mang ist in ihrem Element*
*Abb. 1.5-31:*
*Ni Mang ist voll! Rien ne va plus!*

Als ich Ni Mang sagte, morgen fahren wir nach Bonn zurück, war sie richtig erleichtert. Sie fühlte sich nur dort wohl, in der bekannten Umgebung. Wieder zu Hause in Bonn erklärte sie ihren Freunden in Bali, was eine Schweinshaxe ist und als sie dann noch Fotos zeigte, konnte man spüren, wie denen aufgrund ihrer Erzählungen das Wasser im Munde zusammenlief. Balinesen lieben Schweinefleisch über alles.

Als wir wieder bei mir zu Hause in Bonn waren, und sie wieder Zugriff aufs Internet hatte, flippte ihr Freund aus und bezichtigte sie der Lüge. Seine Zweifel kamen sicherlich daher, weil man es in Indonesien mit einer Lüge oft nicht so genau nimmt.

Dass man es mit einer Lüge nicht so genau nimmt, ist neu. Tagtäglich erfindet man in Bali Notlügen, weil man zu spät kommt, weil man dringend Geld benötigt oder ein Versprechen nicht eingehalten hat. Konnte man noch zu meiner beruflichen Zeit in Indonesien einen großen Vertrag durch einen Handschlag besiegeln, so ist heute ein Handschlag nicht mehr bindend.

Schon zu meiner beruflichen Zeit in Indonesien galt ein klares ‚Ja‘ oder ‚Nein‘ als sehr unhöflich. Es gehört bis heute zum guten Ton, ein klares ‚Nein‘ zu umgehen. Anstelle dieser klaren Aussagen tritt ein *Mungkin* oder *Barangkali*, ein ‚vielleicht‘, oder viel öfter ein *Belum*, das wörtlich übersetzt ‚noch nicht‘ bedeutet. Beides sind diplomatische Wörter, die alle Vermutungen offenlassen. Ein Indonesier trifft ungern endgültige Entscheidungen.

Ein Grund, weshalb ein direktes ‚Nein‘ als taktlos gilt, ist, dass man ja zugeben müsste, dass man die Antwort nicht kennt. Daher wird ein Indonesier stets ‚Ja‘ sagen, auch um dem anderen keinen Schmerz zuzufügen und um sein Gesicht zu wahren.

Die Vermeidung dieses ‚Nein‘ führt manchmal zu grotesken Situationen. Wenn man auf dem Lande einen bestimmten Ort oder eine Straße sucht, wird man von einem Passanten, den man fragt, ob dies der richtige Weg zur Straße X oder zum Ort Y sei, immer ein ‚Ja‘ als Antwort erhalten. Würde man in der entgegengesetzten Richtung fahren und denselben Passanten wieder fragen, wäre es mit Sicherheit wieder dieselbe Antwort. Kein Indonesier würde sich erlauben, einen Ausländer zu korrigieren, oder wollen, dass er sein Gesicht verliert, wenn er zugäbe, den Weg nicht zu kennen. Besser ist es zu fragen: ‚Welche Straße führt zum Ort Y‘. Aber auch hier muss man das Gesicht und die Mimik des Gefragten beobachten, um abschätzen zu können, ob die Antwort wohl korrekt ist. Man sollte nie eine direkte Frage stellen und auch nie eine direkte Antwort erwarten. Eine Umschreibung der Frage ist wichtig!

Kürzlich hatte ich ein nettes Erlebnis, das zeigt, wie schwierig es für einen Indonesier ist, ‚Nein‘ zu sagen. Ich unterhielt mich mit einer netten balinesischen Dame über Nichtigkeiten. Im Laufe des Gesprächs fragte ich sie, ob sie Kinder hätte. Dies ist bei Gesprächen mit Frauen kein ungewöhnliches Gesprächsthema. Sie antwortete *Belum*, noch nicht! Diese Antwort wäre eigentlich richtig, es kann ja noch werden. Aber in diesem Fall war die Dame allerdings schon über 70 Jahre alt und sehr gebrechlich!

Ich würde die Eigenart der Indonesier, nur sehr schlecht ‚Nein‘ sagen zu können, nicht als Lüge bezeichnen. Auch wenn mich ein Balinese in die falsche Richtung schickt, ist das nicht böswillig gemeint. Er wollte nur höflich sein und mir eine Antwort geben.

Ich wollte Ni Mang das Thermalbad in Bad Neuenahr zeigen. Als Besitzerin eines Massagesalons auf Bali sollte es sie doch sehr interessieren, wie so etwas in Deutschland aussieht und funktioniert. Für diesen Besuch – den ich ihr bereits in Bali angekündigt hatte – besorgte sie sich schon im Modegeschäft ihrer Freundin in Ubud einen Bikini. Eines Tages fuhren wir nach Bad Neuenahr. Wir machten einen Umweg und besichtigten zuvor die steilen Weinberge entlang der Ahr.

*Abb. 1.5-32: Weinberge an der Ahr[38]*

---

38  Diese Aufnahme wurde mit einer Canon EOS 450D erstellt. - Wikipedia. Creative Commons

Im Thermalbad erklärte ich Ni Mang, wo man sich umzieht, wo die Frauen-abteilung ist und dass man zuerst duschen muss, bevor man das Bad betritt. Ich sah bereits an ihrem Gesicht, dass sie sich hier nicht wohl fühlte. Im Bad selbst konnte ich ihr nicht einmal erklären, dass es verschiedene Schwimm-becken von kalt über warm bis zu sehr warm gibt, oder wie lange man ma-ximal in einem Whirlpool sein sollte. Sie war schnell weg und aus meinem Blickfeld. Ich wollte ihr natürlich auch die Massageabteilung zeigen. Das müsste doch für sie als Masseurin interessant sein. Aber dazu kam es nicht.

Ich hatte gerade meinen ersten Durchgang im Thermalbad beendet. Ni Mang sah ich kaum. Aber warum war sie nur im Becken mit kaltem Was-ser? Sie wandte sich demonstrativ von mir ab, wenn ich mich ihr näherte. Sie flüchtete vor mir. Warum? Ich wollte ihr sagen, dass die anderen Becken alle wärmer wären. Sie wollte doch immer Wärme haben. Komisch! Ich legte mich gerade im Ruhebereich auf eine Liege, um vor einem zweiten Durch-gang im Thermalbad etwas auszuspannen, da hörte ich laute Stimmen vor der Frauendusche im Badebereich. Ich schaute und sah, dass da Ni Mang voll angezogen mit Straßenschuhen im Badebereich stand und von der Ba-demeisterin nach draußen verwiesen wurde. Straßenschuhe sind natürlich aus hygienischen Gründen im Badebereich verboten.

Was war geschehen? Ni Mang wollte wieder nach Hause. Aber wir waren doch gerade erst angekommen! Normalerweise blieb ich einen halben Tag im Bad und das hatte ich ihr zuvor auch gesagt. Wir wollten hier auch am Mittag einen Imbiss einnehmen. Nicht einmal für die Massageabteilung und alle anderen Fazilitäten hatte sie Interesse gezeigt. Ich war verärgert, beendete vorzeitig den Badebesuch und zog mich wieder an. Im Nachhinein denke ich, das war ein Fehler. Ich hätte sie zwei oder drei Stunden warten lassen sollen, um meine drei Durchgänge im Thermalbereich zu beenden. Ich hatte ja schließlich für einen mehrstündigen Aufenthalt im Bad bezahlt und Ni Mang war mein Gast.

Natürlich war ich böse mit ihr und sagte ihr das auch. Sie hatte sich für diese Gelegenheit doch extra einen Bikini eingepackt. Ihre Antwort: ‚Ich bin schließlich eine Balinesin!' Aber was hat das damit zu tun? Erst ein Jahr später, in Bali, erfuhr ich den wahren Grund. Ihr Freund Kalli hatte ihr ver-boten, mit mir in ein Bad zu gehen und sich mir und anderen Personen in einem Bikini zu zeigen. Dabei hatte ich sie doch schon oft im Bikini bei mir im Pool gesehen. Aufgrund des Verbotes wäre sie ‚malu' gewesen, sie hätte sich geschämt und gegenüber Kalli ein schlechtes Gewissen bekommen.

Kann man sich in Asien als westlich erzogener Mensch jemals auskennen? Oft sind die Gedankengänge der Balinesen auch für mich nicht zu verstehen. Ein Bikini der Hauptgrund? Und das bei einer Balinesin, in deren Heimatland in abgelegenen Gebieten die Frauen bis heute ‚Oben ohne' in den Flüssen baden? Das geht mir nicht in den Kopf!

Meine Freunde in Bonn und Umgebung luden wir an zwei verschiedenen Abenden zu einem umfangreichen balinesischen Essen ein, einmal zehn, das andere Mal zwölf Personen. Schon am Tag zuvor begannen wir, das Essen vorzubereiten. Indonesisches Essen ist sehr arbeitsaufwendig, da alles mundgerecht klein geschnipselt werden muss. Es gab Nasi Goreng, Hühnercurry, verschiedene Gemüse, Fisch in einer Bumbu Bali-Sauce, Hühnersates und anderes. Ni Mang war natürlich das Küchenoberhaupt. Was ich zubereitete, war mein Leibgericht, das Gemüse Daun Singkong, ein Blättergemüse in einer scharfen Kokosnusssauce. Ni Mang sagte schon früher, das könnte ich besser als sie. Ob sie mir da wohl nicht ein wenig schmeichelte? Beide Male war das Essen ein toller Erfolg!

Bei einem Nachbarn waren Ni Mang und ich zu einer Weinprobe mit Käse eingeladen. Ni Mang hat großen Geschmack an Käse gefunden. Je mehr er stinkt, desto mehr liebt sie ihn. Selbst zum Frühstück darf ein stark riechender Romadur nicht fehlen. Marmeladebrot mit Romadur und Chili-Schoten ist ihr Hit!

Ni Mang erhielt vom Hausherrn einen Teller mit Pralinen vorgesetzt, da sie bekanntermaßen ausgesprochen süße Sachen mag. Zur allgemeinen Erheiterung aß sie die Pralinen zusammen mit einem kräftigen Käse. So schmeckten ihr die Pralinen am besten. Ja, die Geschmäcker sind verschieden! Und in Asien ist eben auch alles anders!

In Köln besichtigten wir den Dom. Nach Köln fuhren wir mit dem Regionalzug. Als Ni Mang das Bahnhofsgebäude verließ und vor sich das monumentale Gebäude sah, blieb sie mit offenem Mund und offenen Augen stehen. So etwas Großes, Mächtiges hatte sie noch nie gesehen. Dagegen war der größte Tempel auf Bali ein Zwerg. Alleine bestieg sie den Turm und genoss von der Plattform den Blick über Köln. Zur Stärkung gab es anschließend eine der von ihr so sehr geliebten Schweinshaxen in einem urigen Lokal.

*Abb. 1.5-33: Mit dem Regionalzug nach Köln*

*Abb. 1.5-34: Im Dom zündeten wir Kerzen für Annette und unsere Eltern an*

Ein ganz neues Erlebnis für Ni Mang war der Besuch des Gottesdienstes in einer protestantischen Kirche in Bad Godesberg. Diese Kirche war natürlich einige Größenordnungen kleiner. Freunde von mir, ein junges Ehepaar, feierten die Taufe ihres ersten Kindes, eines Mädchens. Wir saßen in einer der vorderen Bänke und ich erklärte Ni Mang, wie alles bei einer Taufe abläuft und was zu beachten sei. Plötzlich dröhnte der erste Akkord der Orgel in einem äußerst lauten *forte fortissimo* durch die Kirche. Ni Mang zuckte erschreckt zusammen, wurde ganz bleich, schaute verstört um sich und zitterte am ganzen Körper. Mit weit aufgerissenen Augen schaute sie mich ängstlich an. Was war das? Sie hatte sich zu Tode erschrocken. Das erste Mal in ihrem Leben hörte sie eine Orgel. Und in dieser Lautstärke! Noch Tage danach konnte sie sich nicht beruhigen. Wie sie mir später erzählte, dachte sie ein Vulkan sei ausgebrochen, oder das Kirchengebäude würde durch ein Erdbeben einstürzen. Dagegen wäre die Gamelanmusik in hinduistischen Tempeln auf Bali direkt beruhigend.

*Nächste Seite:*
*Abb. 1.5-35: Vor dem Kölner Dom*

*Abb. 1.5-36: Auf der Drachenburg*

Die nächsten Tage verliefen ruhig. Wir machten eine Wanderung auf den Ölberg, den höchster Berg im Siebengebirge und bestiegen den Drachenfels. Oder wir liefen am Rhein entlang und beobachteten die vielen Ausflugsschiffe, Frachtschiffe und Kreuzfahrtschiffe aus Deutschland, Holland oder der Schweiz. Mit einem der Ausflugsschiffe wollte ich Ni Mang zu einer Rheinfahrt mitnehmen. Sie wollte nicht, oder besser gesagt, sie durfte nicht. Ihr Freund hatte es ihr – als sie ihm davon erzählte – verboten!

Ni Mang liebte den Besuch in einer der vielen Konditoreien in Deutschland. Wenn sie die riesige Auswahl an Kuchen sah, hätte sie am liebsten jeden versucht. Sie liebt Süßes mit besonders viel Sahne. Man konnte es ihr schon ansehen. Ni Mang hatte einige Kilos in Deutschland zugenommen. Was sie nicht mochte, war Essen, das sauer war. Salat mochte sie nur mit Mayonnaise, bei Johannis- und Stachelbeeren verzog sie das Gesicht und sagte ,Sauer, sauer!' Vieles war für sie sauer, was für mich ganz normal schmeckte.

Wenn Ni Mang das Wort ,sauer' aussprach, stellte ich fest, dass die Mimik bei Balinesinnen und Frauen des Westens dieselbe ist. Sie zeigte den mir bekannten Gesichtsausdruck für ,sauer' mit zusammengekniffenem Mund. Das gleiche stellte ich fest bei Überraschung, bei Schreck, Verlegenheit oder einem verliebten Lächeln mit einem Augenzwinkern. Anders war, wie in ganz Ostasien üblich, das Lächeln bei Trauer oder Ärger. Das kennt man bei uns im Westen nicht.

Anders ist auch die Handhabung von Messern. Wir standen beide in der Küche und bereiteten das Abendessen vor. Für einen Gurkensalat war ich dabei, eine Gurke zu schälen. Ganz ängstlich schaute sie mir zu und sagte: ,Du wirst dich gleich verletzen. Schau mal, wie man das macht.' Sie nahm mir das Messer aus der Hand und begann, die Gurke zu schälen, wobei sie das Messer vom Körper wegbewegte. Ich schälte zum Körper hin und das sah für sie gefährlich aus. Sie schälte alles vom Körper weg, Äpfel, Kartoffeln oder Mangos, wie alle Balinesinnen. Eigentlich ist das vernünftig, aber trotz mehrmaliger Versuche klappte es nicht bei mir. Ich denke, das muss man von Jugend an gewöhnt sein!

Wir waren bei vielen von meinen Freunden in Bonn und Umgebung eingeladen. Alle wollten Ni Mang noch etwas Gutes tun.

Die drei gemeinsamen Monate waren schnell vorbei. Jeden zweiten oder dritten Tag bekam ich eine Vollmassage. Das war Ni Mangs freiwillige Gegenleistung für die Kosten, die ich für ihren Aufenthalt in Deutschland übernahm. Ab und zu massierte Ni Mang auch meine Freunde und sie freute sich über ein Trinkgeld. So konnte sie einen kleinen Betrag ansparen für Geschenke, die sie nach Bali mitnehmen wollte. Es war immer noch ein Restbetrag übrig, den sie in bar mitnahm. So war sie am Ende ihres Deutschlandaufenthaltes sehr glücklich und zufrieden.

*Abb. 1.5-37: Bei Freunden in Holzweiler …*

*Abb. 1.5-38:… in Bonn …*
*Abb. 1.5-39:… und in Düsseldorf*

*Abb. 1.5-40:*
*Glücklich und zufrieden sah Ni Mang am Ende ihres Deutschlandaufenthaltes aus*

# 1.6 Die Rückreise

Ni Mangs dreimonatiger Aufenthalt ging dem Ende zu. Sie hatte nur ein wenig von Deutschland kennengelernt, aber zum ersten Mal westliche Luft geatmet. Sie hat gesehen, dass hier alles anders ist. ,Alles ist anders' und ,So ist das Leben' waren dann auch – neben ,sauer' und ,kalt' – ihre regelmäßigen Kommentare zu dem westlichen Lebensstil. Für Ni Mang war Deutschland eine andere, eine unbekannte und exotische Welt, so wie die tropische Insel Bali es für uns Menschen aus dem Westen ist.

Sicherlich wird Ni Mang später, in 10 oder 20 Jahren, wenn sie rheumatische Schmerzen und nur noch einen Zahn im Mund hat, bereuen, dass sie wegen ihrem Freund Kalli die Zeit in Deutschland zum Teil nicht genießen konnte und nicht mehr von Deutschland gesehen hat. Es hätte sich gelohnt, Deutschland besser kennen zu lernen. Ich wollte es ihr ja ermöglichen.

Trotz einer naiven Kindlichkeit hat Ni Mang eine erstaunliche Reife, ein großes Selbstbewusstsein und ein extrem gutes Allgemeinwissen. Obwohl ich mich gut in Asien auskenne, ist das Verstehen der balinesischen Mentalität nicht ganz einfach. Aber auch den Asiaten fällt es schwer, unsere Gedankengänge nachzuvollziehen. Zwischen Ni Mang und mir gab es jedoch keine größeren Reibereien. Wir verstanden uns ganz gut.

Die Konversation auf Bali beschränkt sich meist auf Ernteaussichten, Krankheiten, Todesfälle, Familie, Geburten oder religiöse Zeremonien. Politik und die Welt interessieren nur ganz am Rande. Bei Ni Mang änderte sich das im Laufe der Zeit in Deutschland. Ich musste ihr die neuesten Nachrichten immer erzählen. Programme im deutschen Fernsehen hat sie nie angeschaut, obwohl bei ihr zu Hause in Bali der Fernseher dauernd eingeschaltet ist. Dafür schaute sie bei mir in Bonn umso mehr irgendeinen Blödsinn auf einem indonesischen Youtube-Kanal an oder redete mit ihren Freunden in Bali.

Ni Mang war an unserem täglichen Leben interessiert, und sie hat gesehen, dass wir in Deutschland ein enges soziales Netz haben, das funktioniert und dass jedem geholfen wird, der in Not ist. Selbst den vielen Flüchtlingen. Sie hat aber auch gesehen, dass wir dafür hart arbeiten müssen. ,In Bali gibt es für die einfachen Menschen keine umfassende ärztliche Versorgung, kein funktionierendes Renten- und Sozialsystem, kein Harz IV, kein Geld im Krankheitsfall und kein Arbeitslosengeld', sagte sie. ,In Deutschland erben auch die Frauen und bei einer Scheidung gehen diese auch nicht leer aus, es gibt eine intakte Infrastruktur, ihr müsst kein Schulgeld entrichten und es gibt keine, oder nur geringe, Studiengebühren, ihr habt sauberes Wasser aus der Leitung, das man sogar trinken kann, ohne dass man krank wird. Auf Bali gibt es keinen bezahlten Urlaub, nicht einen einzigen Tag und keine Fünf-Tage-Woche'. Ni Mang sagte: ‚Wir arbeiten auch an Samstagen und Sonntagen, sieben Tage die Woche. Und nicht nur acht Stunden pro Tag. Ich arbeite zum Beispiel von 8:00 oder 9:00 Uhr am Morgen bis 10:00 Uhr am Abend, 12 bis 13 Stunden.' Und das für einen Verdienst von 75,- bis 150,- € pro Monat!

Westliche Touristen glauben, wenn sie nach Bali reisen, nun seien sie im letzten Paradies auf Erden – wie in westlichen Medien die Insel immer wieder gepriesen wird. Die Menschen sind freundlich, lachen viel und sehen zufrieden aus. Bali das Paradies? Ni Mang sagte dazu: ‚Ihr habt eine eigenartige Vorstellung vom Paradies. Ihr in Deutschland seid im Paradies! Ihr wisst es nur noch nicht!' ‚Doch', sagte ich, ‚ich weiß es'. Seit ich fast alle Länder in Asien und viele weitere auf allen Kontinenten besucht habe, bin ich mir darüber sogar ganz sicher!

Ni Mang sah in Deutschland viele Vorteile. ‚Aber', führte Ni Mang weiter aus, ‚wenn ich in Deutschland auf der Straße in die Gesichter der Menschen schaue, glaube ich bei vielen Menschen zu sehen, dass wir Balinesen auf unserer Insel zufriedener sind. Man kann arm und trotzdem zufrieden sein'. Das stimmt, die Balinesinnen und Balinesen sind umwerfend freundlich und strahlen eine große Friedfertigkeit und Zufriedenheit aus. ‚Aber ich habe auch ganz viel liebe und freundliche Menschen in Deutschland kennengelernt', meinte sie. ‚Überall auf der Welt – auch in Bali – gibt es solche und solche.'

Nach drei Monaten in Bonn dachte Ni Mang manchmal, sie wäre hier zu Hause. Sie hat sich an Deutschland und den westlichen Lebensstil gewöhnt und empfindet nun das ihr bis dahin Unbekannte als ganz normal. Das ist eigentlich ein gutes Zeichen und zeigt, wie schnell sich Asiaten an eine neue Umgebung anpassen können. ‚Ihr habt es so schön und gut in Deutschland. Warum kommt Ihr eigentlich nach Bali?' fragte sie mich immer wieder. Ni Mang kennt nur den Sommer in Deutschland, nicht den kalten Winter.

Ni Mang hat in meinem Freundeskreis einige Freunde massiert, um ihre Kunst der balinesischen Massage zu zeigen. Ich fuhr sie hierhin und dorthin. Meist waren diese Besuche auch mit einem Frühstück oder Mittagessen verbunden. Für ihre Massagen hat Ni Mang natürlich etwas Taschengeld erhalten. Einen Teil davon hat sie ausgegeben für Geschenke, die sie nach Indonesien mitbringen musste. Alle, ihre Eltern und Geschwister, die Verwandten, Freunde und Bekannte erwarteten dies von ihr. Außerdem wollte sie noch viele Sachen mitnehmen, die ich bei der Entrümpelung des Kellers entsorgen wollte, Sachen, die noch von Annette stammten. Ihr Reisegepäck wurde immer umfangreicher und umfangreicher. Sie bekam noch einen zweiten großen Koffer von Freunden aus Düsseldorf, einen dritten wollte ich für sie bei meiner nächsten Reise mitnehmen. Bei ihrer Ankunft in Bali würde sie sicherlich wie die reiche ‚Tante aus Amerika‘ empfangen werden. Bekanntlich halten dann alle die Hände auf.

# 1.7 Wieder in Bali

Ich begleitete Ni Mang mit ihren zwei schweren Koffern mit dem Zug nach Frankfurt zum Flughafen. Als ich ihre beiden Koffer zu Hause auf meine Personenwaage stellte, hatte ich gleich Bedenken, ob das Übergewicht von über zehn Kilogramm wohl von der Fluggesellschaft akzeptiert werden würde. Aber probieren konnte man es ja mal.

Die Qatar Airline akzeptierte das viele Übergepäck natürlich nicht. Als Gebühr für das Übergepäck wären fast 800 Euro fällig gewesen. Das wollten wir natürlich nicht bezahlen. Der Wert der Sachen lag ja weit darunter. Also wurden die Koffer geöffnet und einige schwere Sachen herausgenommen. In weiser Voraussicht hatte ich eine Tasche dabei, um einiges wieder mit nach Hause zu nehmen. Es ging wieder zum Schalter. Das Gepäck war immer noch zu schwer. Nochmals Koffer auf, einiges herausgenommen und wieder zum Schalter. Es waren immer noch fünf Kilogramm über den erlaubten 30 kg, aber diesmal drückte die Dame am Schalter beide Augen zu und checkte das Gepäck ein.

Wie mir Ni Mang später am Telefon erzählte, hatte sie einen angenehmen Flug und hat viel geschlafen. Auch das Umsteigen in Doha wäre ohne Probleme gewesen.

Das Empfangskomitee für Ni Mang am Flughafen Ngurah Rai in Denpasar ist sicherlich klein ausgefallen. Sie sagte mir, dass sie nur ihren Freund Kalli über ihre Ankunft informiert hätte. Vor ihrer Familie und Freunden hatte sie den Termin geheim gehalten. Sie wollte die erste Nacht oder die ersten Tage nur mit Kalli verbringen. Daran, dass sie nicht einmal ihre Kinder über ihre Rückkehr informiert hatte, sieht man, wie eng ihre emotionale Bindung zu ihrem Freund Kalli war. Sie hatte ihn sicherlich am meisten vermisst.

Ni Mang selbst und auch mir war aufgefallen, dass ihre bronzefarbene Haut in Deutschland wesentlich heller wurde. Sie war darüber ganz glücklich, denn eine helle Haut ist der Wunschtraum aller indonesischer Frauen, besonders der Balinesinnen. Hier werden Unmengen von Hautcremes und Körperlotionen mit einem ‚Weißmacher‘ verkauft. Durch diese Cremes wird die Haut leicht gebleicht. Nun trat dieser Effekt in Deutschland automatisch ein, vermutlich durch die geringere Sonnenstrahlung. Jede Woche machte Ni Mang ein Foto, um ihre aktuelle Hautfarbe mit der Farbe zu vergleichen, die sie zur Zeit ihrer Ankunft in Deutschland hatte.

In den ersten Tagen nach ihrer Rückkehr ging Ni Mang auf den Markt in Ubud, um einen Großeinkauf zu tätigen. Als sie am ersten Stand das ausgelegte Gemüse begutachtete, sprach die balinesische Marktfrau sie in gebrochenem Englisch an, was sie wolle. Ni Mang war überrascht. Sie drehte sich um, ob eine Ausländerin hinter ihr wäre. Nein, da war niemand, sie war gemeint. Aber warum wurde sie von einer Balinesin auf Englisch angesprochen? Die Marktfrau war baff, als Ni Mang auf Balinesisch antwortete. Aufgrund ihrer hellen Hautfarbe wurde Ni Mang von der Marktfrau als Japanerin oder Koreanerin eingestuft. Es dauerte lange, bis die Marktfrau überzeugt war, dass sie eine Landsmännin vor sich hatte. Und Ni Mang war überaus glücklich und stolz, dass sie für balinesische Verhältnisse eine helle Haut hatte. Aber schon wenige Wochen später war die Haut wieder nachgedunkelt.

Ja, beide, Ni Mang und ich haben uns im Laufe der Zeit, in der jeder von uns in eine ihm fremde Kultur eingetaucht ist, verändert. Ni Mang hat sich Worte aus meinem Sprachschatz angeeignet und spricht sogar manchmal mit einem leicht deutschen Akzent Bahasa Indonesia. Ihre Freunde finden das ausgesprochen komisch. Sie isst jeden kräftigen Käse, sie liebt deutsche Wurstwaren und schwäbische Bretzeln. Das Höchste für sie sind jedoch Schweinshaxen. ‚Du bist schon ein klein wenig Deutsch geworden‘, sagte ich zu ihr. ‚Und du bist auch schon ein halber Balinese‘, antwortete sie. Ja, es stimmt, zum Beispiel esse ich als Schwabe selbst die schwäbischen Spätzle mit scharfem Sambal oder würze das Kartoffelpüree mit reichlich Ingwer und Chilly.

Zurück in Bali erzählte Ni Mang ihren Freunden, dass in Deutschland die Vögel vom frühen Morgen bis zum späten Abend singen würden, und dass wir durch den Wald gegangen waren und wilde Kirschen direkt vom Baum gegessen hätten. Dabei legte sie den Kopf zurück in den Nacken, pflückte im Gehen ununterbrochen imaginäre Kirschen vom Baum und schob eine nach der andern in ihren offenen Mund. Ein Bild, als wenn sie im Schlaraffenland gewesen wäre. Ihre Freunde sperrten ihren Mund auf und machten große Augen und staunten. Kirschen im Wald? Das gibt es in Bali nicht! Und dass es im Sommer bis 10 Uhr am Abend noch taghell war, konnten ihre Freunde kaum glauben. Ni Mang erzählte, als wenn sie aus dem Paradies zurück nach Bali gekommen wäre.

Ni Mang hat das deutsche Essen schätzen gelernt. Besonders die deutschen Würste und Schweinshaxen haben es ihr angetan. Aber auch der vollfette Käse, den sie schon zum Frühstück verzehrte. Diese Kalorienbomben zeigten ihre Wirkung. Man sah es ihr deutlich an. Ni Mang hatte in den drei Monaten in Deutschland einige Kilogramm zugenommen. Ihre Freunde sagten nach ihrer Rückkehr: ‚Eine Ni Mang ging nach Deutschland – und ein fettes Schwein kam zurück!‘

Wie mir Ni Mang bei meinem nächsten Besuch in Bali sagte, war sie schon drei Mal im deutschen Restaurant in Kuta, um Bockwürste oder Schweinshaxe zu essen. Ob es dort auch geschmeckt hätte, fragte ich. ‚Ja schon‘, antwortete sie, ‚aber im Kloster Andechs waren die Schweinshaxen sehr viel besser!‘ Aber etwas Säuerliches wollte sie immer noch nicht. Kein Sauerkraut, keine Gewürzgurke und keinen Essig am Salat!

Als ich Ni Mang fragte, was sie mit dem Taschengeld, das sie von meinen Freunden für Massagen bekommen hatte, gemacht hätte, war sie zunächst etwas verlegen. Dann gestand sie mir, dass sie sich ein Tattoo an einer versteckten Stelle ihres Körpers hatte machen lassen, und dass sie den größten Teil des Ersparten ihrem Sohn als Anzahlung für den Kauf eines neuen Motorrades gegeben hatte. Ich war sprachlos, denn er hatte doch ein noch funktionierendes Motorrad. Aber er wollte das neueste Modell. Vermutlich gab ihm Ni Mang das Geld, um seine Liebe zurück zu gewinnen.

# 1.8 Bali Januar/Februar 2018

Die Spannungen zwischen Ni Mang und ihren beiden Kindern haben sich wieder gelegt, obwohl – wie sie meinte – es nicht mehr so sei wie früher.

Ihren Freund Kalli hat sie immer noch. Allerdings sieht sie ihn wohl seltener als früher. Nur alle drei Tage. Kalli hat inzwischen sein erstes Enkelkind erhalten, ein Mädchen. Er hat nun weniger Zeit für Ni Mang. Hängt es damit zusammen, dass Ni Mang sich nun wieder so verhält wie früher, wieder ungezwungen und normal? Vielleicht weil der Druck von Kalli geringer geworden ist? Vielleicht hat auch Kallis Ehefrau ein Machtwort gesprochen. In der Zwischenzeit hat sie von der Affäre ihres Mannes mit Ni Mang erfahren und ist sehr böse auf Ni Mang. Verständlich! Vermutlich hat sich Kalli auch aus diesem Grunde etwas zurückgezogen und genießt nun die Freuden mit einem Enkelkind. Es ist ein kleines, sieben Monate altes Mädchen. Von einer Nachbarin Kallis werde ich laufend über die neueste Entwicklung informiert, denn Ni Mang will verständlicherweise nichts darüber erzählen. In Bali bleibt jedoch nichts geheim!

Ni Mang war gerade wieder einmal wütend auf Kalli. Er machte eine Pilgerreise zum Berg *Semeru*, einem hinduistischen Heiligtum in Ostjava. Ni Mang hatte sich gewünscht, dass er diese Pilgerreise mit ihr machen würde. Nun nimmt er seine Ehefrau mit. Nun war Ni Mang natürlich sehr enttäuscht.

Ni Mang wurde in ihrem Salon eine größere Menge Geld gestohlen, mehrere Millionen Rupiahs. Das sind umgerechnet über 1.000 €. Für balinesische Verhältnisse ein kleines Vermögen. Es waren Einnahmen aus ihrem Massagesalon und der Rest von den Ersparnissen, die sie aus Deutschland mitgebracht hatte. Obwohl mehrere verdächtige Personen von der Polizei verhört wurden, wurde das Geld nicht mehr gefunden. Das liebe Geld und die Balinesen. Ein Thema ohne Ende! Die Balinesen gehen einfach zu locker mit dem Geld um.

Wie mir Ni Mang erzählte, hat ihr Ehemann ihren Reisepass gestohlen und verbrannt. Wollte er verhindern, dass sie nochmals ins Ausland reist? Ich glaube, auch ihr Freund Kalli würde das nicht mehr zulassen.

Ni Mang erzählte mir, dass sie auch mit ihrer privat abgeschlossenen Krankenversicherung großes Pech hatte. Sie wird nun auch älter und wollte sich für einen Krankheitsfall absichern. Bereits seit fünf Jahren zahlte sie 500.000 Rupiahs[39] pro Monat ein. Nun hat der Versicherungsagent eine

---

39  Rund 30,- €

Monatsrate nicht an die Gesellschaft weitergeleitet. Daraufhin wurde ihr Vertrag von der Versicherungsgesellschaft gekündigt. Innerhalb der vergangenen fünf Jahre hatte sie 30 Millionen Rupiahs einbezahlt. Das Geld sei weg, sagte sie. Sie könnte einen neuen Vertrag abschließen, zu wesentlich schlechteren Konditionen. Das will sie aber nicht. Und um den Versicherungsagenten zu verklagen, fehle ihr das Geld für einen Rechtsanwalt. Probleme wie diese von Ni Mang hört man überall. Vom Morgen bis zum Abend! Probleme, wo man hinschaut! Balinesen und das liebe Geld, darüber könnte man viele Geschichten schreiben. Und das –wie wir im Westen meinen – im Paradies!

Und trotzdem ist Ni Mang nun stolze Besitzerin eines gebrauchten Autos, das sie für 90 Millionen Rupiahs gekauft hat. Führerschein hat sie noch keinen. Wie ist das möglich? Vieles kann man hier nicht verstehen. Wunder über Wunder!

Ich kenne Indonesien – ganz besonders Bali – jetzt seit über 55 Jahren und immer noch ist es mir ein Rätsel, wo die Balinesen das viele Geld herhaben, das ihre täglichen religiösen Verpflichtungen von ihnen fordern. Alle *Upacaras* – religiösen Zeremonien – kosten Tausende, nicht Rupiahs, Euro! Wöchentlich gibt es Feste, im Dorftempel oder im Tempel im Hause. Dabei werden Opfergaben mit importiertem Obst zum Tempel gebracht! Der durchschnittliche Verdienst eines Balinesen liegt bei rund 3,- Euro pro Tag. Trotzdem hat fast jeder das modernste Smartphone, ist bei Facebook und fährt Motorrad. Bali und das Geld sind für mich bis heute ein Rätsel geblieben.

Ni Mang ist wieder ein entwaffnend natürliches Geschöpf, wie früher, vor ihrer Reise nach Deutschland. Aber sie hat zwei Herzen in ihrer Brust. Einerseits hat sie das unbekümmerte Herz eines Kindes, andererseits ist sie eine knallharte Geschäftsfrau. Als ich sie eines Tages fragte, warum sie in Deutschland so anders war, sagte sie: ‚Ach, lass uns doch nicht über Vergangenes reden!' Wie in Bali üblich, werden unangenehme Dinge nicht angesprochen.

Plötzlich wollte Ni Mang wieder von mir lateinamerikanische Tänze lernen. Nach den Eifersuchtsszenen von ihrem Freund Kalli hatte ich die Tanzerei mit ihr in Deutschland aufgegeben. Das war ihr damals auch ganz recht, denn Kalli hatte es ihr verboten. Ich sagte ihr, dazu hätte ich keine Lust, falls Kalli wegen seiner Eifersucht sie wieder bis vor die Tanzlokale verfolgen würde. Sie versprach, das wäre nicht mehr der Fall.

Woher kam nun der plötzliche Meinungsumschwung? Ich vermute, es war das Geld! Vor einiger Zeit erzählte ich ihr, dass in den Tanzlokalen wie INDUS oder Made's Warung Damen und Herren angestellt und bezahlt werden. Ihre Aufgabe ist, Anfängern die ersten Schritte beizubringen und mit den Gästen zu tanzen. Bei einem Tanzabend von rund drei Stunden verdienen sie 15 bis 20 Euro, für indonesische Verhältnisse ein guter Verdienst. Ni Mang will den Mietvertrag für ihren Salon, der Anfang 2019 ausläuft, nicht mehr verlängern. Der Vermieter will die Miete drastisch erhöhen und es gibt zu viele Probleme mit dem Personal. Ursprünglich wollte sie als selbstständige Masseurin alleine auf Bestellung bei den Kunden zu Hause oder im Hotel arbeiten. Dazu hatte ich ihr schon früher geraten. Aber nun hat sie doch wieder ein kleines Objekt für drei Jahre angemietet.

Ich bin mir sicher, dass sie sich durch die Tanzerei ein zweites Standbein schaffen möchte. Falls es mit Massagen nicht so gut klappen sollte, kann sie immer noch tanzen. Talent dazu hat sie! Schon nach den ersten Versuchen stellte ich fest, dass sie die Salsa-Figuren, die ich ihr vor zwei Jahren beigebracht hatte, nicht vergessen hatte. Wir üben nun wöchentlich ein bis zwei Mal und es klappt schon hervorragend. Diese Woche werden wir es mal in einem Tanzlokal versuchen, in Made's Warung in Seminyak.

Ich berichtete die in Deutschland gemachten Eindrücke nicht aus Ni Mangs, sondern aus meiner Sicht, so, wie ich ihre Reaktionen wahrgenommen habe. Ich denke, es waren für uns beide, für Ni Mang und mich, drei interessante Monate. Und wenn ich zurückschaue, waren sie auch schön!

Und ich beende dieses Kapitel des Buches mit Ni Mangs Worten: ‚Ja, so ist das Leben!‘ und ‚Alles ist anders!‘

## 2.0 Ein Deutscher in Bali

Jedes Jahr komme ich im europäischen Winter für einige Monate nach Bali. Die kalte Jahreszeit in Deutschland liebe ich gar nicht. Es war im Dezember 2016. Mein Freund, der große Gecko, der mich immer besucht, wenn ich in der Villa Susanta in Ubud auf Bali bin, war zu Weihnachten wieder zurückgekommen. Nun rief er wieder sein lautes *Tokeh* in die Nacht, meist sieben oder neunmal, wie wenn nichts geschehen wäre. Aber alles war anders, ich war alleine hier, ohne Annette. Es war die zweite Reise ohne sie. Auch meine Tiger-Orchidee blühte wieder, zunächst in einem Gelbton. Nun hatte sie die Farbe in ein zartes Rot gewandelt. Ich hoffte, dass der Ruf des Geckos mir wieder etwas Freude und Glück zurückbringen würde.

*Abb. 2.0-1: Tiger-Orchidee*

Die meiste Zeit dieser Reise verbrachte ich alleine in der Villa Susanta. Ich wollte nur meine Ruhe haben und zur Ablenkung viel schreiben. Die einzige aufregende Abwechslung hatte ich mit einem niederländischen Filmteam, das mit meiner Unterstützung in Indonesien eine dreiteilige Dokumentation über das Kapitel ‚Der Untergang der Van Imhoff‘ mit Informationen aus meinem Buch ‚Hitlers Griff nach Asien‘[40] drehte.

Die Asche meiner langjährigen lieben Lebensgefährtin Annette hatte ich bei der vorigen Reise nach Bali mitgebracht. Die schwierige Zeit bis zu ihrem Tod habe ich in dem Büchlein ‚Erinnerung an Annette‘[41] verarbeitet. Im Januar 2016 hatte ich ihre Asche den Fluten des heiligen Flusses Campuhan bei Tampaksiring auf Bali übergeben. Die balinesische Zeremonie *Ngaben* war ein letzter Wunsch Annettes.[42]

Nun war ich erneut auf Bali. Ich hatte, bedingt durch Annettes Krankheit und die Zeit nach ihrem Tod, einige Jahre lang sexuell enthaltsam gelebt und auch Vergnügungen wie das Tanzen vermieden. Nun fühlte ich, dass mir Bewegung fehlte und dafür gibt es nichts Besseres als Tanzen. Das ist nicht nur ein Ausdruck von Lebensfreude, es ist auch Sport für Körper und Geist.

Ich begann also wieder zu Tanzen. Salsa, Bachata, Cha Cha Cha und andere lateinamerikanischen Tänze machten mir wieder großen Spaß. Bali ist dafür ein idealer Platz. Erstens haben Balinesen und Balinesinnen große Achtung vor dem Alter, und Balinesinnen haben – im Gegensatz zu deutschen Frauen – keine Hemmungen, mich, als wesentlich Älteren, zum Tanz aufzufordern. Und zweitens herrscht meist Männermangel, sodass man keine feste Tanzpartnerin haben muss.

Im vergangenen Jahr hatte ich Ni Mang die Grundschritte für Salsa und Bachata beigebracht, aber nachdem ihr Freund und Liebhaber krankhaft eifersüchtig wurde, hatte ich die Übungsstunden mit ihr wieder aufgegeben. Nun tanzte ich eben mal mit dieser, mal mit jener Frau, mal mit einer Balinesin, mal mit einer Chinesin, einer Koreanerin, einer Japanerin oder einer Touristin aus dem Westen. An Tanzpartnerinnen mangelte es mir hier nicht. Und überraschenderweise tanzten alle hervorragend Lateinamerikanisch. Es scheint sich herumgesprochen zu haben, dass für diese Tänze Bali das Zentrum in Ostasien ist. Selbst aus Mexiko, Cuba und Südamerika kommen aus diesem Grund immer mehr Touristen nach Bali. Hinzu kommt, dass es auf Bali einige Bands gibt, die hervorragend lateinamerikanische Melodien spielen.

---

40  Band 1, Kapitel 16, ISBN 978-3-7347-4291-0
41  ISBN 978-3-7347-8947-2
42  *Annettes letzte Reise*, ISBN 978-3-8370-8119-0

Meine Lieblingspartnerinnen waren allerdings Diah von der nördlich vor Java liegenden Insel Madura und die charmante balinesische Sängerin der lateinamerikanischen Band Buena Tierra mit dem Namen Dewi[43]. Dewi, etwa 30 Jahre alt, ist der Schwarm aller Männer, aber sie hatte irgendwie einen Narren an mir gefressen. Immer wieder verließ sie ihren Platz bei der Band, rief ‚Papa' durchs Mikrofon und gab mir Zeichen, dass sie mit mir tanzen wollte. Das ließ ich mir natürlich nicht zweimal sagen und ich fühlte mich geehrt und stolz, wenn ich die neiderfüllten Blicke der anderen, viel jüngeren, männlichen Besucher sah.

Tanzen ist meine Leidenschaft und für mich ein Ausdruck von Lebensfreude mit einer gewissen erotischen Komponente. Manche sagen auch, es wäre ein vertikaler Ausdruck für ein horizontales Verlangen. Bachata ist so ein Tanz, ein sehr sinnlicher, körperbetonter und raffiniert verführerischer Tanz. Es ist der Lieblingstanz von Dewi, und wurde neben Salsa auch meiner. Wenn sich beim sehr eng getanzten erotischen Bachata ihr sanfter Körper an mich schmiegte, war es jedes Mal – und ist es noch immer – für mich ein erotisches Erlebnis. Ich spürte, dass es neben dem Tanzen noch etwas ANDERES gab! Ich spürte, dass ich immer noch ein Mann war. ER lebte also noch, trotz langer Ruhepause. Plötzlich hatte ich wieder das Verlangen nach körperlicher Nähe. Aber geht das überhaupt noch in meinem Alter von fast 84 Jahren und nach über drei Jahren Enthaltsamkeit? Zu mehr als zu einem eng, Wange an Wange, getanzten erotischen Bachata kam es mit Dewi jedoch nicht.[44] Mehr wollte ich auch ‚noch' nicht. Ich ging auch nicht auf die Suche nach einer Frau fürs Bett, obwohl mir Annette vor ihrem schmerzlichen Tod immer wieder bekräftigt hatte, ich solle ja weiterhin tanzen und solle mir wieder eine feste Partnerin und Freundin suchen. Nun war es ein wunderbarer Zufall, der mich mit Ayu zusammenbrachte.

---

43 Name aus Gründen der Diskretion geändert.
44 Siehe youtube.com, Suchmaske: horst geerken

## 2.1 Wie ich Ayu[45] kennenlernte

Für meine Bücher und für eine Buchvorstellung meines Verlages in Jakarta hatte ich einige Texte zu schreiben und benötigte dazu einen Rat zum indonesischen Copyright. Ich besuchte das Büro eines Notars in Ubud, der seine Kanzlei nördlich des Palastes hat.

Es war Ende Dezember 2016, ein warmer schwüler Tag. Ich musste etwas suchen, bis ich das Büro fand. Mit durchschwitztem Hemd und mit Schweiß auf der Stirn betrat ich das Vorzimmer des Notars und blieb wie angewurzelt stehen. Ich war fasziniert! Hinter einem Schreibtisch saß eine bezaubernde schlanke Balinesin mit hellbrauner Haut, die mich mit ihren großen Mandelaugen neugierig musterte. Oder hatte ihre Haut eher einen schimmernden goldenen Bronzeton? Anscheinend besuchten nicht viele Ausländer diesen Notar, der mir von balinesischen Freunden als besonders zuverlässig empfohlen worden war, denn sie schaute mich ziemlich überrascht an. Sie war größer als die Durchschnittsbalinesin. Mit ihren langen glänzenden schwarzen Haaren in einem eng anliegenden schneeweißen Kleid, das ihren sehnigen Körper besonders betonte, sah sie aus wie eine Ballerina. So bewegte sie sich auch. Ihre Bewegungen waren elegant. An ihren Gesten und den Bewegungen ihrer feingliedrigen Finger konnte ich erkennen, dass sie früher eine Tänzerin balinesischer Tänze war. Sie konnte ihre Finger biegen bis in die Spitzen. In ihre schwarzen Haare hatte sie eine weiße Kambodschablüte drapiert. Welch ein wunderbarer Kontrast! Sie hatte das typisch balinesische Gesicht mit einer hohen Stirn und einer kleinen flache Nase. Später, als wir uns näherkamen, neckte ich sie oft wegen dieser Nase, worauf sie regelmäßig mürrisch reagierte. ‚Ich will auch so eine Nase, wie du sie hast‘, sagte sie, ‚schmal und spitz, nur nicht so lang!‘

Sie lächelte mich mit ihren großen braunen Augen freundlich an und fragte mich in sehr gebrochenem schlechtem Englisch, was ich wünsche. Das, was ich eigentlich wünschte, hatte ich plötzlich total vergessen. Das, was ich wünschte war vor mir! Ich wünschte nur noch sie! Unerwartet fühlte ich wieder das Flimmern im Bauch, das ich zuletzt immer bei Annette gespürt hatte. Ich lebte also noch! Sie erinnerte mich an Maya, die Balinesin, die ich vor vielen Jahren auf Bali kennenlernte und die durch ihre Heirat mit einem Moslem zum Islam konvertierte. Ihre Erscheinung war genauso stattlich und selbstbewusst. Ihre geschmeidigen Bewegungen gefielen mir.

---

45 Name geändert, um ihre Identität zu schützen.

Sie war überrascht, als ich sie mit dem wenigen Balinesisch, das ich erlernt hatte, ansprechen konnte, denn die schwierige balinesische Sprache spricht so gut wie kein Ausländer. In Bahasa Indonesia, der Einheitssprache Indonesiens, bin ich jedoch ziemlich flüssig, sodass gleich ein freundliches und angeregtes Gespräch zustande kam. Sie war froh, nicht in Englisch radebrechen zu müssen. Ihre Freundlichkeit und ihr Lächeln waren, wie bei allen Balinesinnen, umwerfend! Wenn sie lachte, zeigte sie zwei Reihen perlweißer Zähne.

Es folgten die üblichen Fragen: ‚Wie heißt du?‘, ‚Bist du verheiratet?‘, ‚Wo ist deine Frau?‘, ‚Hast du Kinder?‘ und so weiter. Ihr Name war Ayu. Auf Balinesisch bedeutet Ayu ‚schön‘, oder ‚die Schöne‘, ein Name, der perfekt zu ihr passte. Als sie fragte, aus welchen Land ich kommen würde, und ich sagte: ‚Aus Deutschland‘, war nun ich derjenige, der überrascht war, denn sie sprach einige Sätze in Deutsch, ziemlich akzentfrei, besser ausgesprochen als ihr weniges Englisch. Das Eis war gebrochen und wir waren uns vom ersten Moment an sympathisch. Die Chemie stimmte hervorragend und wir schwangen auf einer gemeinsamen Wellenlänge. So schien es mir wenigstens!

Was war der Grund dafür, dass wir uns vom ersten Moment an sympathisch fanden? Die Ausstrahlung oder das Interesse für die Muttersprache des anderen? Auf Bahasa Indonesia konnte ich mich ja fließend mit ihr unterhalten. Was der Grund war? Ich weiß es nicht!

Die Fragen, die ich an den Notar hatte, waren schnell beantwortet. Ich fand jedoch noch manchen Grund, das Büro des Notars zu besuchen, und jedes Mal fanden wir Zeit für ein kleines Schwätzchen. Wie ich dann erfuhr, hatte der Notar ausschließlich balinesische Klienten, und Verträge wurden nur auf Bahasa Indonesia abgeschlossen. Landkäufe oder Pachtverträge mit Ausländern würde er grundsätzlich nicht machen. Da würde zu viel Unsinn von unseriösen Kollegen gemacht. Schon über ein Jahr wäre kein Ausländer mehr in seiner Kanzlei gewesen, sagte Ayu. Daher sprach sie auch kein Englisch. Für mich war das ein sehr gutes Zeichen, denn es wies darauf hin, dass sie auch keinen privaten Kontakt zu Ausländern hatte. Das machte sie für mich doppelt interessant!

Obwohl ich mir in meinem Alter bei ihr nicht die geringsten Chancen ausmalte, fragte ich sie nach meinem zweiten Besuch beim Verabschieden, ob wir nicht einmal einen Kaffee zusammen trinken könnten. Zu meiner großen Überraschung willigte sie sofort ein und wir tauschten unsere Telefonnummern aus. Wir vereinbarten einen Termin. Für eine Balinesin ist es äußerst ungewöhnlich, so spontan eine Einladung von einem Ausländer anzunehmen. Wir trafen uns nach ihrem Feierabend außerhalb des Büros – wie ich vorschlug – zu einem Kaffee.

Da gab es schon die erste Überraschung. Ayu trank keinen Kaffee, sie wollte keinen Tee, keine heiße Schokolade, schon gar nichts mit Zucker, auch keinen Kuchen. Sie wollte nur Wasser, alles andere wäre ungesund und würde nur dick machen. Und zwei bis drei Mal pro Woche würde sie ins Aerobic-Studio gehen. Also daher hatte Ayu die tolle sportliche Figur. Obwohl ihr Name Ayu schön bedeutet, war sie nicht nur schön, sondern auch ausgesprochen intelligent, charmant und natürlich. Wir konnten über jede Kleinigkeit herzhaft lachen!

Dass Ayu keinen Zucker isst, ist in Bali mehr als ungewöhnlich. Wenn ich da an andere Balinesinnen und Balinesen denke, kann denen nichts süß genug sein! Drei oder vier gehäufte Teelöffel Zucker in einer Tasse Kaffee oder Tee sind normal. Während des Aufenthalts von Ni Mang in Deutschland ist mein Zuckerverbrauch rasant angestiegen. Normalerweise reichen mir zwei Kilogramm im Jahr. Nun musste ich ein Kilogramm pro Woche kaufen.

Ich fragte sie, ob sie tanzen könne. Ayu sagte ja, sie könnte. Das wäre doch eine ideale Tanzpartnerin für mich, groß und schlank, dachte ich. Wie ich aber später feststellte, liegen ihr lateinamerikanische Tänze überhaupt nicht. Sie tanzt nur traditionelle balinesische Tänze. Den *Legong* tanzt sie jedoch mit einer Hingabe und Leidenschaft, die bewundernswert ist. Später durfte ich manche Privatvorstellung genießen. Darin war sie eine Meisterin!

Als Ayu meine Frage, ob sie tanzen könne, mit ‚Ja' beantwortete, wurde mir wieder die unterschiedliche Bewertung dieses kleinen Wortes bewusst. Das ‚Ja' der Indonesier wird von uns Menschen im Westen meist als Zustimmung gewertet, dem aber keine weiteren Maßnahmen folgen. Das ‚Ja' eines Indonesiers bedeutet aber nur ‚Ich habe verstanden' oder ‚Ich habe das Problem erfasst'. Dies machte während meiner beruflichen Zeit in Indonesien Vertragsverhandlungen besonders schwierig. Es gibt kein klares 'Ja' und 'Nein' in Bahasa Indonesia. Nickte ein Vertragspartner mit dem Kopf, oder sagte sogar 'Ja', bedeutete dies nicht, dass er mit einem gerade besprochenen Punkt eines Vertrages einverstanden war. Das 'Ja' bedeutete nur: 'Ich habe verstanden', 'Ich kann Sie hören' oder 'Ja, ich werde Ihr Angebot in Betracht ziehen'. So war es auch mit dem 'Ja', als ich Ayu fragte, ob sie tanzen könne.

Als ich Ayu zu einem weiteren Besuch in ein Restaurant einlud, lehnte sie ab. Sie könne sich mit mir nicht in der Öffentlichkeit zeigen. Waren es dieselben Gründe wie bei Ni Mang, die zunächst nicht mit mir ausgehen wollte? Wollte sie sich nicht mit einem Ausländer in der Öffentlichkeit zeigen, um nicht als Flittchen abgestempelt zu werden? Später sollte ich den wahren Grund erfahren.

Ayu war jedoch sofort bereit, zu mir nach Hause zu kommen. Ich musste ihr genau beschreiben, wie sie mich finden konnte, und am späten Nachmittag, nach der Arbeit, klopfte sie zaghaft an die Eingangstüre zu meiner Villa Susanta. Ich konnte es kaum glauben, es war Ayu, die in voller Schönheit mit wallendem schwarzem Haar vor mir stand. Ihren weißen Motorradhelm hatte sie in der Hand. Ayu hat ebenmäßige Gesichtszüge und tiefliegende große Augen. Sie ist nicht ausgesprochen hübsch, aber wenn sie sich schick anzieht und etwas schminkt, ist sie in der Tat äußerst attraktiv und interessant.

Mir verschlug es die Sprache, ich konnte nichts sagen und ich konnte nicht anders: ich nahm sie einfach in meine Arme. Und sie ließ es willig geschehen. Ich konnte sogar spüren, wie sie sich mit ihrem sehnigen Körper an mich schmiegte. Sie genoss die Nähe anscheinend genauso wie ich. Es war Ayus erste nähere Begegnung mit einem westlich erzogenen Mann, und es gefiel auch ihr. Ich fühlte es!

## 2.2 Die Balinesin Ayu

Wir kamen uns schnell näher. Ayu lebte nun schon fast zehn Jahre getrennt von ihrem Ehemann und – wie sie sagte – zehn Jahre ohne Sex. Es war somit für uns beide wieder wie Neuland, als wir schon wenige Tage später gegenseitig unsere Körper erforschten.

Und es funktionierte noch! War es ihre Jugend, die mich selbst wieder jung werden ließ? Waren es ihre unermüdlichen Zärtlichkeiten, ihre Geduld, die mich wieder zum Leben erweckten? War es ihre samtene Haut mit dem sinnlichen bronzefarbenen Teint, der mich besonders anmachte? War es die asiatische Mentalität, die mich schon immer anzog? Ich denke, es war von jedem etwas, aber besonders zog mich ihre angeborene, fast jungfräuliche Natürlichkeit an. Eine Gabe, die viele asiatische Frauen besitzen. Und Hermann Hesse hatte vollkommen recht, als er sagte: ‚Jedem Anfang wohnt ein Zauber inne!'[46]

Warum hatte Ayu keine Probleme mit meinem Alter? Indonesier können im Allgemeinen das Alter von Europäern nur sehr schlecht schätzen und taxieren das Alter immer als viel jünger ein. Als sie mich nach meinem Alter fragte, gab ich die Frage zurück und ließ sie schätzen. Sie machte mich fast 40 Jahre jünger als ich bin! Um sie nicht zu schockieren – aber auch um sie nicht zu verlieren –, sagte ich: ‚Da musst Du noch ein paar Jährchen drauflegen!' Aber wieviele sagte ich nicht. Mehr wollte sie auch nicht wissen, denn sie sagte: ‚Ältere Männer sind immer so höflich und wollen auch nicht gleich das EINE'. Da lag sie aber bei mir total daneben. ‚Und ob ich das wollte!', dachte ich, natürlich ohne den Gedanken laut auszusprechen!

Nun, sie hat nicht einmal die Hälfte meines Alters erreicht und ist über zehn Jahre jünger als meine Tochter. Eigentlich müsste es mir peinlich sein, aber NEIN, ich genieße es! Und wie Ayu sagt: *‚Ikut mudah!'* ‚Sie nimmt mich wieder in die Jugendjahre mit!' heißt das und so fühle ich mich auch. Hätte ich ihr mein echtes Alter genannt, hätte sie vermutlich einen Schreck bekommen. Die Lebenserwartung ist in Indonesien, verglichen mit Europa, bei weitem nicht so hoch. Und würde ein balinesischer Mann mein Alter erreichen, würde er am Stock gehen und keine Zähne mehr im Mund haben. Nach dieser ersten Frage nach meinem Alter hat sie diese bis heute nicht wiederholt. Vermutlich aus dem den Balinesen angeborenen Taktgefühl.

---

46 Hermann Hesse (1877-1962), aus dem Gedicht ‚Stufen'

Überhaupt habe ich in Asien die Erfahrung gemacht, dass man selbst im Alter immer noch ausgezeichnete Chancen auch bei jungen und hübschen Damen hat, die aus ‚gutem Hause‘ kommen. Voraussetzung dafür ist auf Bali allerdings, dass man die Sprache Bahasa Indonesia spricht. Dass ich auch noch etwas Balinesisch sprechen kann, ist ein weiterer unschätzbarer Vorteil und macht vieles einfacher. Mein Sprachschatz in Balinesisch kommt noch aus der Zeit, als ich ab 1963 am Bau des ersten Flughafens auf Bali beteiligt war. Damals war Englisch in Indonesien noch unbekannt und die heutige Einheitssprache Bahasa Indonesia hatte sich auf Bali noch nicht durchgesetzt. Ich musste mir einen rudimentären Wortschatz zulegen, um mich mit dem balinesischen Personal auseinandersetzen zu können. Da die Balinesinnen eine besonders ausgeprägte Natürlichkeit und Freundlichkeit haben, kommt man mit diesen Vorteilen ziemlich schnell zum Erfolg.

Frauen und Männer reagieren fast immer unterschiedlich auf einen großen Altersunterschied, wie dem zwischen Ayu und mir. Westliche Frauen reagieren oft entsetzt und reden von Altersgeilheit. Weshalb? Weil sie im höheren Alter meist kein Interesse mehr an Sex haben, oder nicht die Chancen haben wie die Männer? Bei Männern hört man dagegen: ‚Schau mal an, hat der Alte doch noch so ein junges Ding aufgerissen. Alle Achtung!‘ Im Unterton schwingt aber bei manchen Männern auch ein bisschen Neid mit: ‚Der hat immer noch seinen Spaß. Da würde ich auch gerne mitmachen!‘ Es gibt aber auch andere Männer, die ihre Missbilligung zeigen. Das sind dann solche, für die der Sex schon lange nicht mehr wichtig ist und die nicht mehr wollen, oder meistens nicht mehr können! Viele dieser Männer fühlen sich im Alter überflüssig und bereuen dann zu spät, manches versäumt zu haben. Aber welcher Mann – und die Betonung liegt auf dem Wörtchen ‚Mann‘ – möchte so eine Erfahrung nicht erleben?

In Jugenderinnerungen zu schwelgen ist eine menschliche Leidenschaft und ein törichter Versuch, dem Vergehen der Zeit zu entfliehen. Ich versuche dagegen, immer wieder etwas Neues zu erleben.

Ayu war – wie sie sagte – noch Jungfrau, als sie im Alter von 25 Jahren heiratete. Nach der Trennung von ihrem Ehemann vor zehn Jahren hätte sie keinen Mann mehr gehabt. Sie hätte nur noch für ihre beiden Kinder gearbeitet. Die sollten es einmal besser haben als sie. Ayu war, als ich sie kennenlernte, 39 Jahre alt.

Mit 25 Jahren soll Ayu noch Jungfrau gewesen sein und ich jetzt der zweite Mann in ihrem Leben? Im Alter von 39 Jahren? Unglaublich! Ich war zunächst sehr skeptisch, ob dies wohl stimme, aber im Laufe der Zeit war ich sicher, dass diese Aussagen wahr waren. Auf Bali wird auf dem Lande eben oft immer noch großer Wert auf die Moral gelegt.

Wie wir im ersten Teil des Buches sahen, ist dies in den Städten nicht mehr so. Von älteren indonesischen Männern und Frauen erfuhr ich, dass nicht nur im islamisch geprägten Java, sondern auch im hinduistischen Bali der voreheliche Sex junger Frauen extreme Ausmaße angenommen hat. Dafür wird das Fernsehen mit amerikanischen Filmen, der westliche Einfluss durch den Tourismus und die Einführung von Smartphones verantwortlich gemacht. Besonders durch die Smartphones wird eine Kontaktaufnehme viel einfacher. Welch rasante Veränderung! Ich kenne Bali noch aus den 1960er Jahren. Zu der Zeit war vorehelicher Sex undenkbar.

Ayu lehnte es ab, mit mir zum Essen in ein Lokal oder zum Tanzen zu gehen. Sie wollte öffentlich nicht mit einem *Bule*, einem Weißen aus dem Westen, gesehen werden. Ihre balinesischen Mitbürger könnten denken, dass auch sie ein Flittchen sei, das mit jedem ins Bett geht. In Bali wäre es nicht so wie bei den Muslimas aus Java! Sie sagt bis heute: ‚Sollen wir nicht lieber zu Hause bei dir etwas essen? Im Restaurant ist es so teuer und du kochst so gut.‘ Aber warum sie nicht mit mir in der Öffentlichkeit gesehen werden wollte, hatte noch – wie wir sehen werden – einen ganz anderen Grund!

Mit meiner jungen Freundin ist es eine wahre Wonne! Sie ist ein wirklich unbedarftes Naturkind vom Lande. Nun bin ich – und dazu noch ein *Bule* – der zweite Mann in ihrem Leben! Es war ihr erster Kontakt mit einem Mann aus dem Westen. Sie hatte noch nie eine Scheibe Brot oder eine Kartoffel gegessen, noch nie Kaffee getrunken, sie weiß nicht, was Spaghetti sind, sie kennt keinen Käse, keine Milch und so weiter. Alles ist neu für sie! Es macht mir riesigen Spaß, ihr alles Neue zu zeigen und ich bin dankbar, dass ich das in meinem Alter noch erleben darf! Schüchtern ist Ayu, aber ganz natürlich, ein unverdorbenes Kind aus einer dörflichen balinesischen Beamtenfamilie des Mittelstandes.

Ich fragte mich natürlich auch, warum gibt sich eine junge hübsche Balinesin mit einem alten Mann, wie ich es bin, ab? Sie hat ihre Eltern sehr früh verloren. Bin ich für sie ein Vaterersatz? Hat sie es auf mein Geld abgesehen, wie die meisten Damen aus Java? Europäer gelten für alle Indonesier als reich. Wer ein Flugticket nach Bali bezahlen kann, der muss reich sein! Im Gegensatz zu den meisten Javanerinnen, von denen man immer nur ‚*Minta! Minta!*‘ hört, ‚ich möchte, ich möchte dieses oder ich möchte jenes haben‘, oder ‚You have to care for me‘, ist Ayu mit Kleinigkeiten zufrieden und freut sich riesig, wenn ich ihr ein Kleidungsstück von Annette, das ich aus Deutschland zum Verschenken mitgebracht habe, gebe. Oder hat sie mich einfach lieb, so wie ich bin?

Die zartgliedrigen Balinesinnen, wie ich sie noch aus den 1960er Jahre kenne, werden immer seltener. Ayu ist so eine Ausnahme, sie ist groß und schlank mit einem tollen Körper und legt großen Wert auf ihre äußere Erscheinung. Schöne Kleidung und Kosmetika sind ihr wichtig. Sie weiß, dass sie hübsch anzusehen ist. Ich bin mir sicher, dass sich in Deutschland viele Männer nach ihr umschauen würden.

Auffallend ist auch Ayus Gesundheitsbewusstsein. Kein Salz, keinen Zucker, keine Butter, jede Woche zwei- oder dreimal Aerobic! Jede Lebensmittelpackung wird pedantisch auf künstliche Farb- oder Aromastoffe überprüft. Auch alle Konservierungsstoffe werden abgelehnt. Kein Fleisch, aber etwas Fisch. Dieses gesunde Leben ist jedoch nach Eröffnung der amerikanischen Fast-Food-Ketten in Bali leider nicht Allgemeingut geworden.

Auch durch den Tourismus und die dadurch erhaltenen Mehreinnahmen hat sich auf Bali die Körperform der Damen verändert. Die paradiesische Insel hat, besonders in den Städten, ihre Jungfräulichkeit verloren und leider regiert auch heute hier das Geld. Wo noch in den 1960er Jahren die gertenschlanken Balinesinnen ihre Opfergaben auf dem Kopf balancierend in Terrakotta-Gefäßen oder Bastkörben zum Tempel trugen, sieht man heute leider vermehrt auch bunte Plastikschüsseln. Und der größere Wohlstand zeigt sich leider – wie in der ganzen westlichen Welt – auch in Bali in fülligeren Körperformen.

Ayu war zunächst sehr schüchtern und unerfahren. Als die Schwelle der Hemmungen überwunden war, wurde sie jedoch sehr wissbegierig und war bereit, alles mit mir auszuprobieren. Schon vom ersten Tag an ging Ayu mit mir ins Bad. Ohne dass ich sie darum bat, ging sie mit mir unter die Dusche und seifte mich ein. Das musste sie bei ihrem Mann auch machen. ‚Bei mir musst du es nicht, aber du darfst es natürlich, wenn du es gerne machst‘, sagte ich, ‚ich mag das nämlich sehr!‘ Und sie machte es gerne. Ich genieße es, so verwöhnt zu werden! Das verstehen die Asiatinnen ganz hervorragend. Und Ayu genoss das warme Wasser unter der Dusche ebenso. In ihrem bisherigen Leben hatte sie, wie in fast allen Familien auf Bali, nur kaltes Wasser für die tägliche Körperpflege.

Es machte mir Spaß, auch ihren Körper mit ihrer weichen und seidigen Haut einzuseifen. Balinesinnen haben eine andere, geschmeidigere Haut als wir Menschen im Westen. Immer wieder und immer wieder musste ich den strammen und wunderschön geformten Busen von Ayu durch meine Hände gleiten lassen und ihre Brüste sanft umkreisen. Mal von vorne, mal von hinten. Was für ein Busen! Ayu genoss diese Liebkosung genauso wie ich. Diese Liebkosung war etwas ganz Neues für sie! Eine neue Erfahrung!

Ayu hat einen makellosen Körper, bis auf eine Narbe am Unterleib. Sie hat ihre beiden Kinder mit Kaiserschnitt zur Welt gebracht. Kaiserschnitt auf Bali? Ich fragte sie, ob sie mit einer normalen Geburt Probleme gehabt hätte. Nein, ein Kaiserschnitt wäre auf Bali üblich und zur Routine geworden, sagte sie. Ich dachte zunächst, dies wäre wegen des normalerweise schmalen Beckens der Balinesinnen. Nein, es ist eine reine Geldsache! Indonesische Ärzte schüren das Gerücht, dass sich bei einer natürlichen Geburt die Vagina dramatisch verändern und erweitern würde. Das würde den Männern gar nicht gefallen! Eigentlich sind die Veränderungen beim Kaiserschnitt viel dramatischer. Hier werden Nerven durchtrennt, wodurch im Bereich der Narbe ein Taubheitsgefühl entsteht. Außerdem können durch Verwachsungen Unterbauchschmerzen entstehen. Bei einem Kaiserschnitt kann es, wie bei jeder Operation, auch zu Entzündungen kommen. Kaiserschnittkinder haben, neben anderen Nebenwirkungen, ein 20 Prozent höheres Risiko, Asthma zu entwickeln. Eine Geburt ist immer mit manchen Unannehmlichkeiten verbunden. Aber vieles spricht für eine normale Geburt!

Bei einem Kaiserschnitt verdienen die indonesischen Ärzte ein Mehrfaches[47] gegenüber einer natürlichen Geburt, und sie versuchen die schwangeren Frauen mit allen Mitteln zu überzeugen, einem Kaiserschnitt zuzustimmen. Leider wird diese Operation für viel Geld auf Bali meist schlampig und schludrig durchgeführt. Im Gegensatz zu europäischen Frauen, die mit einem Kaiserschnitt ihr Kind zur Welt gebracht haben und kaum erkennbare Narben haben, sehe ich hier schlimme und viel längere Narben. Der Schnitt wird dilettantisch und grob zugenäht.

Trotzdem ist der Wunsch nach Kindern ungebrochen stark. Eine Frau ohne Kinder ist nichts wert. Man braucht Kinder – besonders Söhne – auch zur Altersversorgung. Allerdings habe ich den Eindruck, dass die Söhne in der Stadt sich davor am liebsten durch Arbeitslosigkeit und Spielsucht drücken, und die Altersversorgung der Eltern lieber ihren Frauen überlassen. Vielleicht kommt daher auch der Brauch, dass die Ehefrau des Sohnes unverzüglich nach der Eheschließung in das Haus der Schwiegermutter ziehen muss. Die dominierende Rolle in einem balinesischen Haushalt hat immer die Mutter des Ehemannes, auch gegenüber dem Sohn und der Schwiegertochter. Dies führt immer wieder zu Konflikten zwischen der jungen Frau und der Schwiegermutter, da letztere oft versucht, die Schwiegertochter zu schikanieren und zu demütigen. Da sich der junge Ehemann immer auf die Seite seiner Mutter schlägt, muss sich die eingeheiratete junge Frau einfach in ihr Schicksal fügen. Genauso war es auch bei Ayu.

47 Umgerechnet rund 800,- €, eine Menge Geld für eine Balinesin

Vom Liebhaben, Streicheln, Küssen, Vor- oder Nachspiel hatte Ayu keine Ahnung. So etwas hatte sie noch nie erlebt und es war eine ganz neue und schöne Erfahrung die sie sehr genoss. Mit ihrem Ehemann war es nur Kleider ausziehen, kurzer Sex, anziehen und fertig! Wie mir Ayu erzählte, dachte ihr Mann beim Sex nur an sich selbst. Er war schnell befriedigt, lange bevor sie es war und ließ sie dann alleine zurück. Sie erwähnte, dass balinesische Männer nicht wissen würden, was Frauen wünschen. Von ihren Freundinnen hätte sie erfahren, dass es in deren Ehen genauso zugehen würde wie in ihrer.

Auch Gewalt der Männer gegenüber ihren Ehefrauen ist nicht unüblich. Auch Ayu musste das erleben. Dabei muss man allerdings beachten, dass Ayu in ihrem Leben vor mir nur ihren Ehemann kannte, und somit selbst keine andere Erfahrung sammeln konnte. Es gibt sicher auch zärtlichere balinesische Männer.

Natürlich wollte ich Ayu auf ihren sinnlichen Mund küssen. Aber welches Problem hatte sie dabei? Sie drehte sich bei jedem Versuch, ihre Lippen zu berühren, weg und lachte. ‚Das kitzelt doch', sagte sie, und ihre kräftigen Lippen schlossen sich zu einem sanftmütigen Lächeln. Warum wollte sie mich nicht küssen? Es dauerte eine ganze Weile, bis ich herausfand, dass sie gar nicht wusste, was Küssen ist. Sie hatte in ihrem Leben noch niemanden geküsst und schon gar nicht einen Mann!

Küssen ist im ländlichen Bali vollkommen unbekannt. Nur durch westliche Besucher und deren Einflüsse ist Küssen in den städtischen Gegenden von Bali bekannt geworden. Das konnte ich zunächst kaum glauben. Aber es stimmt! Es wurde mir auch von Ni Mang bestätigt. Heute wird von den Einheimischen eine Balinesin, die küsst, als ein ‚Flittchen' eingestuft, die dem westlichen Einfluss ausgesetzt war. Oder als eine Dame, die man für Geld haben kann. Und davon gibt es heute in den Städten mehr als genug. Fast ausschließlich sind es jedoch – wie schon gesagt – junge Damen aus Java, Muslimas, die diesem Gewerbe nachgehen.

Ich brachte Ayu langsam das Küssen bei. Küssen ist für mich ein Gefühl, ein intimes Erlebnis wie Sex. Es dauerte lange, bis sie nicht gleich nach der Berührung der Lippen in heftiges Lachen ausbrach. Für sie war Küssen zunächst eine Sache, die kitzelt. Aber langsam fand auch sie Gefallen daran. Sie gestand mir, dass sie zu Hause am Abend auf ihrem Handrücken üben würde! Köstlich! Aber auch ich übte mit ihr, und die Übung machte aus ihr in kurzer Zeit eine Meisterin. Jetzt liebt sie Küssen genauso wie ich und kann nicht genug davon bekommen.

Für einen Kuss halte ich zunächst ihren Kopf sanft in meinen beiden Händen und neige ihn leicht nach hinten. Zum Glück ist Ayu fast so groß wie ich es bin, sodass ich zum Küssen nicht in die Knie gehen muss. Lange machen wir es ohnehin nicht im Stehen. Das Bett ist nicht weit! Nach einer Weile liebkost meine linke Hand Ayus Nacken unter dem wallenden schwarzen Haar. Da sträuben sich selbst bei mir meine wenigen Haare, wenn sie unter meinen Liebkosungen vor Genuss wie eine Katze schnurrt. Der Kuss wird nun immer leidenschaftlicher. Langsam kommt nun auch die Zunge ins Spiel. Meine rechte Hand streichelt sich langsam tiefer und krault nun ihren Busen. So ein Kuss muss immer im Bett enden! Ayu wusste nicht, dass Männer auch zärtlich sein können und nun genießt sie meine Zärtlichkeiten immer mehr.

Das Austauschen von Zärtlichkeiten war für Ayu ein Schlüsselerlebnis. Mit mir sei es einfach ganz anders und schön, sagte sie und sie stellte mir die Frage, ob alle *Bule*, alle westlichen Männer, so wären. Meine Antwort war, ich wüsste es nicht, denn ich hätte noch nie mit einem Mann geschlafen. Dies belustigte sie sehr!

Aber etwas war dann auch noch ganz anders mit Ayu. Sie sagte, sie hätte sich noch nie unsittlich berührt. Was war denn das? Hatte sie es sich noch nie selbst gemacht? Ich fragte andere balinesische Frauen, mir bekannte und auch fremde.

Intime Gespräche mit fremden Frauen? Ja, das ist hier möglich, wenn man den richtigen Ton findet. Es stimmt wirklich! Balinesinnen kennen – im Gegensatz zu den Männern – zum allergrößten Teil keine Selbstbefriedigung. In ländlichen Gegenden ist es vollkommen unbekannt.

Auf der vorwiegend islamischen Insel Java sieht es da ganz anders aus. Als ich Anfang der 1960er Jahre nach Jakarta kam, wurde bereits Babys, wenn sie weinten oder quengelten, liebevoll die Klitoris leicht massiert, oder bei Jungs der Penis gestreichelt. Dann bekamen die Babys wieder die Mutterbrust und waren zufrieden. Ob das wohl heute auch noch so ist? In Indonesien geht man immer liebevoll und geduldig mit den Kindern um. Ganz selten hört oder sieht man ein indonesisches Kind weinen.

Die Praxis, Babys durch das Streicheln des Geschlechtsteils zu beruhigen, gibt es auf Bali nicht. Balinesen sehen in ihren Kindern die Reinkarnation verstorbener Vorfahren. Diese sind besonders verehrungswürdig und müssen mit Achtung behandelt werden. Vom Babyalter an sind die Kinder überall dabei, auch bei Tempelfesten, die bis zum Morgengrauen dauern. So erreichen Kinder fast spielerisch das Erwachsenenalter.

Eine mir gut bekannte Frau im besten Alter von 30 Jahren, mit einem Kind, sagte mir, sie wisse schon gar nicht mehr, was Sex sei. Als ich sie fragte, ob sie sich schon mal selbst befriedigt hätte, verneinte sie dies entrüstet.

Nein, das wäre undenkbar! Sie denke nur noch ans Überleben und arbeite bis zum Umfallen für sich und ihr Kind. Der Mann vergnüge sich in der Zwischenzeit mit seiner oder einer seiner Freundinnen. Es gehört auf Bali für die Männer fast zum guten Ton, sich Liebesfreuden außerhalb der Ehe zu suchen. Darüber regt man sich nicht sehr auf. Im hinduistischen Bali sind – wenn man es sich leisten kann – auch Ehen mit mehreren Frauen erlaubt. Ja, so sieht das Paradies von innen aus! Ein balinesischer Freund sagte mir, dass ein vollkommenes Glück außerhalb der Ehe vielleicht nur wenige Minuten dauern und doch viele Jahre eines zufriedenen Ehelebens aufwiegen könne. Das ist balinesisches Denken!

Wenn balinesische Frauen ihre monatlichen Tage haben, ändert sich bei ihnen einiges. Die bedeutendste Einschränkung ist, dass sie keinen Tempel betreten dürfen. Die hinduistischen Tempel sind heilige Bezirke. Vor nicht allzu langer Zeit wurde ein junges Pärchen aus Australien entdeckt, das Sex in einer abgelegenen Ecke eines Tempels in der Nähe von Ubud hatte. Das Pärchen wurde verhaftet und eingesperrt. Der Tempel musste komplett abgetragen werden, der Tempelbereich wurde mit vielen Zeremonien von allen Unreinheiten gesäubert und wieder neu aufgebaut. Die beiden jungen Australier durften das Gefängnis erst wieder verlassen, als sie – oder ihre Familien – alle Kosten für diese aufwendige Aktion bezahlt hatten.

Wenn Ayu ihre monatlichen Tage hatte, zog sie sich zurück und ließ sich nur selten bei mir sehen. Wie die meisten Balinesinnen hatte sie noch nie etwas von Tampons gehört. Sie hatte keine Ahnung, dass es so etwas gibt und konnte sich deren Gebrauch auch nicht vorstellen. Ich habe Tampons in Supermärkten oder Kaufhäusern auch bisher in Bali noch nicht entdecken können. Aber es soll sie in der Hauptstadt Denpasar geben.

Bei meiner nächsten Reise nach Bali brachte ich Ayu einige Packungen Tampons mit. Sie war zunächst skeptisch, aber ich erklärte ihr deren Gebrauch liebevoll wieder und immer wieder. Zum Glück kenne ich Lisa sehr gut. Sie ist eine Gynäkologin, die hier in Ubud ihren Lebensabend verbringt. Ich konnte sie immer um Rat fragen. Nach ein paar Tagen, als Ayu sich an den Tampon gewöhnt hatte, war sie ganz glücklich und begeistert. Wie überrascht war sie, als ich ihr sagte, dass man damit auch während der Tage in den Pool oder ins Meer gehen könne.

Das wollte sie in meinem Pool gleich ausprobieren. Balinesen können zum allergrößten Teil nicht schwimmen. Ayu auch nicht. Obwohl Bali rundum von Meer umgeben ist, haben die hier geborenen Menschen eine gewisse Angst vor dem Wasser. Ayu traute sich in meinem Pool zunächst nur auf die obersten beiden Stufen, wo ihr das Wasser nur bis zur Hüfte reicht. Es war das erste Mal in ihrem Leben, dass sie in ein Schwimmbecken ging. Langsam brachte ich ihr die ersten Schwimmbewegungen bei und sie freute sich wie ein Kind, als sie mit einigen Zügen das kleine Becken durchqueren konnte, allerdings nie alleine. Ich musste anfangs immer bei ihr bleiben und sie musste meine Hand an ihrem Bauch spüren.

Alles ist ungezwungen, einfach normal für Ayu, obwohl sie noch wenig sexuelle Erfahrung hatte. Aber schnell hat Ayu von mir gelernt, dass nicht nur der Mann befriedigt werden soll, sondern man auch an die Bedürfnisse der Frau denken muss. Liebevolles Streicheln, Liebkosen und vieles mehr genießt sie nun sehr. Sie wurde früher, als sie noch mit ihrem Ehemann zusammen war, oft geschlagen und – wie sie erzählte – sehr schlecht behandelt. Ihr Mann sei immer grob zu ihr gewesen. Frauen werden auf Bali von ihren Männern oft immer noch als Menschen zweiter Klasse behandelt. Es ist für sie eine ganz neue und ungewohnte Erfahrung, einfach liebe- und respektvoll behandelt zu werden. Und ich genieße es, eine noch junge Frau verwöhnen und aufklären zu dürfen. Auch für mich war das eine neue und schöne Erfahrung.

Ayus Körper ist wie ein Musikinstrument. Was man zu hören bekommt, hängt davon ab, wie man darauf spielt. Wir machten keine Liebe, sondern wir ließen sie einfach geschehen, von beiden Seiten. Wir hatten keine Hast und Ungeduld. Den wahren Reichtum einer freien sexuellen Begegnung erschließt man nur durch Zeit und bedingungslose Hingabe. Für Ayu war es vollkommen neu, auf und mit ihrem Körper zu spielen bis sie vor Lust bebte. Für mich war es ein großartiges Geschenk, sie in die Geheimnisse eines erfüllten Sexuallebens einführen zu dürfen. Dass ich das in meinen alten Tagen noch erleben durfte! Und Ayu hatte Recht, sie machte mich wieder jung.

Bei den häufigen Gesprächen mit Ayu erfuhr ich natürlich auch viel über ihr bisheriges Leben. Sie wurde in einem Dorf zwischen Klungkung und Karangasem geboren. Karangasem im Osten Balis kannte ich gut. Mit Annette war ich mehrmals dort. Besonders gefallen hat uns dort der Wasserpalast *Puri Ujung*. Den Wasserpalast besuchte ich zum ersten Mal im Dezember 1963. Damals war er durch den heftigen Vulkanausbruch des Gunung Agung teilweise zerstört und lag unter einer dicken Ascheschicht. Heute ist er neu aufgebaut und wunderschön renoviert. Die dortige balinesische Gartenkultur zeigt heute eine unglaubliche Pflanzen- und Blumenvielfalt. Von Karangasem aus machte ich mit Annette viele Ausflüge, zum Beispiel zum Tempel *Puri Besakih*, zum Wassertempel *Tirta Gangga* am Fuße des Vulkans Gunung Agung, oder zum Strand von Amed.

Ayus Eltern waren schon sehr früh gestorben. Sie ist zusammen mit ihren Geschwistern bei ihren Großeltern aufgewachsen. Es müssen damals ärmliche Verhältnisse gewesen sein, aber erstaunlicherweise durfte sie eine höhere Schule besuchen. Dort hatte sie zwei Jahre lang Deutschunterricht. Daher kommt auch das wenige Deutsch, an das sie sich heute noch erinnern kann. Nach der Schule machte sie eine Ausbildung zur Sekretärin, was ihr auch heute ein für balinesische Verhältnisse gutes Einkommen sichert. Es ist bewundernswert, wie ihre Großeltern – der Großvater war ein einfacher Beamter mit einer kleinen Pension – die Ausbildung der Enkelkinder förderten. Ayu macht das heute genauso mit ihren Kindern. Ihre ältere Tochter besucht bereits eine höhere Schule außerhalb Ubuds, und, wie sie mir zu meinem Erstaunen mitteilte, wird dort heute auch als erste Fremdsprache – vor Englisch – Deutsch gelehrt. So war es auch in Ayus Schule. Das ist auch der Grund, weshalb sie so gut wie kein Englisch spricht. Ich empfahl Ayu, einmal ihre ältere Tochter mitzubringen, dann könnte ich mit ihr üben.

Viele der heute um die 40 Jahre alten Balinesinnen und Balinesen hatten damals in der Schule Deutschunterricht. Übrig geblieben ist davon allerdings wenig. Meist reicht es nur zu einem ‚Guten Morgen‘, ‚Guten Tag‘, ‚Guten Abend‘, ‚Wie geht es Dir‘ und ‚Ich liebe Dich‘. Aber immerhin! Damals war die deutsche Sprache in Indonesien noch hoch im Kurs. Während der Regierungszeit des ersten Präsidenten Sukarno studierten jährlich rund 20.000 indonesische Studenten an deutschen Universitäten. Mit Präsident Sukarno, seinen Ministern und allen höheren Beamten konnte ich mich Anfang der 1960er Jahre fließend in Deutsch unterhalten. Goethe-Institute gab es in jeder größeren Stadt. Zehntausende lernten auch außerhalb der Schulen Deutsch. Aufgrund von Sparmaßnahmen während der rot-grünen Regierungszeit in Deutschland wurden weltweit viele Goethe-Institute geschlossen. Auch in Indonesien. Als auch noch die Kurzwellen-Rundfunk-Ausstrahlung der Deutschen Welle in Deutsch einstellt wurde, ging auch das Interesse an der deutschen Sprache in Indonesien leider zurück.

Ayu kennt von ihrer Heimat Bali weniger als ich. Sie hat ihre geliebte Insel noch nie verlassen. Sie kennt keine andere Insel Indonesiens, auch nicht die Nachbarinseln Java oder Lombok. Sie kennt noch nicht einmal alle Teile Balis. Aber sie war schon im Norden und Süden der Insel. Als wir uns kennenlernten, fragte ich sie, ob sie schon mal im Ausland gewesen sei. ‚Gott bewahre‘ antwortete sie, ‚ich war schon im Norden und Süden Balis. Das ist schon weit genug!‘ Sie war noch nicht mal am östlichen Ende der Insel, in Amed, etwa 150 km von Ubud entfernt. Das sei schon ‚sehr, sehr weit!‘, sagte sie. Sie will auch nicht von hier weg, niemals wollte sie nach Deutschland, schon ihrer Kinder wegen. Für sie war – wie für alle Balinesen – ihre Insel das Zentrum der Welt, der schönste und beste Platz. In Bali wollen Balinesen als Reinkarnation wieder auf die Welt kommen und nirgendwo sonst. Daher will Ayu auch hier sterben. Viele Balinesen und Balinesinnen haben noch nicht einmal ihren Heimatort verlassen.

Ayu ist – wie ich schon mehrfach erwähnte – ein Naturkind. Warum? Auch weil sie ohne Hemmungen oder Scham – wie bis zum heutigen Tag auf dem Lande, in den Dörfern, im Hause üblich – ihr Oberteil auszieht und sich nur mit einem Sarong bekleidet im Hause bewegt. Sie ist noch vollkommen frei von westlichen Einflüssen. Sie zeigt ihren nackten Oberkörper nicht aus erotischen Gründen, nein, es ist für sie in dem tropischen Klima einfach normal. Mich plagt bereits ein gewisses schlechtes Gewissen und ich fühle mich schäbig, dass ich derjenige bin, der sie westlichen Einflüssen aussetzt!
Für mich – das muss ich gestehen – hat Ayu, wenn sie nur mit einem Sarong bekleidet durch meine Villa und den Garten geht, oder am Herd etwas Leckeres zum Essen zubereitet, etwas stark Erotisierendes. Und wenn ich nicht nur schauen möchte und ein Verlangen für mehr habe, ist sie auch jederzeit dazu bereit und hat – genauso wie ich – großen Spaß dabei. Sex ist auf Bali keine ernste Sache, dabei wird gescherzt und viel gelacht! Auch ich liebe Unterhaltungen in horizontaler Lage!
Ayu liebt schöne Kleider und macht sich gerne hübsch. Wenn ich sie frage, was ich ihr das nächste Mal aus Deutschland mitbringen soll, kommt immer nur der Wunsch nach einem Kleidungsstück von Annette oder Kosmetika. Mit einem Lippenstift, einem Nagellack oder Eye Liner kann man sie glücklich machen.
Ayus Hautfarbe ist ein goldener Bronzeton. Im Vergleich zur Allgemeinheit der balinesischen Frauen ist sie relativ hell. Alle Balinesinnen, auch Ayu, wollen noch hellere Haut haben. Daher haben in Bali alle Kosmetika wie Body-Lotion oder Gesichtspflegemittel einen sogenannten ‚Whitener‘, einen Weißmacher, der die Haut bleichen soll. Und in Europa lieben die Frauen Kosmetika mit Bräunungsmittel. Man will immer das, was man nicht hat! Obwohl Ayu schon eine relativ helle Haut hat, benützt sie nur Hautpflegemittel mit Whitener. Dabei finde ich ihre dunkle Hautfarbe besonders schön und anziehend.
Alle Balinesinnen finden sich selbst hübsch, auf Balinesisch sogar ‚jegeg gati‘, ausgesprochen hübsch. Ich habe noch keine Balinesin getroffen, die das nicht von sich behauptet hätte. In Europa hat jede Frau etwas an sich auszusetzen, zu dick, die Hüften, der Bauch, der Busen, die Beine. Irgendetwas findet eine europäische Frau immer an sich, das sie stört. Das Einzige,

was alle balinesischen Frauen an sich bemängeln ist die braune Hautfarbe. Liebevoll streichelte Ayu immer wieder meine helle Haut. ‚So eine helle Haut will ich auch haben', sagte sie oft. Und sie kann nicht begreifen, dass ich eine braun getönte für mich haben möchte.

Bei vielen Balinesinnen grenzt dieser Schönheitswahn bereits an Narzissmus. Auch die übermäßige Selbstdarstellung durch Selfies auf Facebook und anderen Foren lässt darauf schließen. Mit Fotofiltern wird die Realität verzerrt und Makel am Körper werden korrigiert. Die Haut wird heller gemacht, die Taille schmaler, die Zähne weißer und die Augen und der Busen größer.

Viele Balinesinnen sind auf den zweiten Blick gar nicht so hübsch, wie man zunächst denkt. Es ist die natürliche Freundlichkeit, ihr ungezwungenes Lächeln, das sie strahlend macht. Ihre Schönheit kommt oft von innen! Und das Lächeln der Balinesinnen ist einzigartig auf der Welt. Das findet man nur hier.

Auch Ayu macht ständig Fotos von sich selbst. An manchen Tagen, besonders wenn ich in Deutschland bin, oder wenn sie in Bali aus irgendwelchen Gründen nicht zu mir kommen kann, schickt sie mir eine ganze Reihe von zehn oder zwanzig Fotos in allen möglichen Kleidern und Lebenslagen, vor einem hinduistischen Tempel, beim Aerobic, von zu Hause oder vom Joggen, damit ich sie ja nicht vergesse. Die höchste Anzahl waren bisher 89 Fotos an nur einem einzigen Tag! Ab und zu ist diese Fotoserie sogar unterlegt mit balinesischen Liebesliedern. Ich habe schon den Eindruck, dass mich Ayu wirklich liebt, aber eine Asiatin und besonders eine Balinesin ist schwer zu durchschauen. Wer weiß?

Ich machte Ayu von Anfang an klar, dass ich nicht auf Dauer auf Bali leben könne und auch nicht mehr heiraten wolle. Wir waren ehrlich zueinander und genossen einfach die gemeinsame Zeit in vollen Zügen. Balinesen kennen nur das Heute und Jetzt! Eigentlich ist das eine Einstellung, die bewundernswert ist!

Ayu weiß, auf was sie sich mit mir eingelassen hat. Sie weiß, dass ich bei Ablauf meines Visums Bali wieder verlassen muss. ‚Aber Du kommst doch hoffentlich bald wieder?' war ihre ängstliche Frage. Ich bin natürlich auch ehrlich mit ihr und kann ihr noch keinen Termin nennen. Ich erzähle ihr von meinen Buchprojekten, und dass mich natürlich die Mutter von Annette bald wiedersehen möchte. ‚Wenn du wieder in Deutschland bist, dann sehen wir uns aber jeden Tag auf WhatsApp und du musst dir keine Sorgen machen. Ich warte auf dich, bis du wiederkommst!' Ayu ist rührend, naiv und so zutraulich, ein einfaches Naturkind, das man einfach nicht verletzen kann.

Es ist eine Liebschaft auf Zeit. Ich weiß natürlich auch, dass wir keine gemeinsame Zukunft haben können, schon meines Alters wegen. Für eine dauerhafte Verbindung sind auch die Kulturen viel zu unterschiedlich. Ayu ist viel zu tief in ihrem hinduistischen Glauben verwurzelt. Mehrmals täglich muss sie plötzlich alles liegen und stehen lassen und beten, oder Opfergaben vorbereiten oder einfach einem der vielen hinduistischen Götter dienen. Für einen Außenstehenden ist es unmöglich, den Überblick über diese Vielfalt zu behalten. Wir haben einfach eine Romanze auf Zeit und jeder hat ein Verlangen nach dem andern. Auch ich habe mir ein wenig die balinesische Mentalität angeeignet, nur an das Heute zu denken und das Morgen außen vor zu lassen. Damit können wir beide leben und sind ,puas' – einfach zufrieden! Besonders in meinem Alter werde ich noch jede Stunde, jede Minute, ja, jede einzelne Sekunde genießen. So lange es geht! Das Leben ist der einzige Schatz, den ein Mensch besitzt. Und wer das Leben nicht liebt, ist seiner nicht wert. Aber man muss den Mut haben, sein Leben nach den eigenen Wünschen zu führen.

Eines Tages begleitete ich Ayu zu einer Reinigungszeremonie im Tempel *Pura Tirta Sudamala* bei Bangli. Die Körperreinigung, das Wasser und das Bad spielen eine zentrale Rolle beim balinesischen Hinduismus – der sich gewaltig vom indischen Hinduismus unterscheidet[48]. Viele Männlein und Weiblein ziehen – selbst wenn sie zuhause ein Bad haben – das kühlende Nass eines Flusses vor. Dies kann man in der Abenddämmerung auch heute noch überall auf Bali in ländlichen Regionen beobachten.

An vielen Stellen auf Bali quillt heiliges Wasser aus der Erde, wie im Tempel *Pura Tirta Empul* in Tampaksiring oder bei Bangli. Ganz ohne Buße kann man hier seine Sünden abwaschen, sich reinwaschen und sein eigenes Karma verbessern. Nach einem Bad fühlen sich die Menschen glücklich und reingewaschen und können wohlgemut neue Sünden verüben, eine Praxis, die an den katholischen Beichtstuhl erinnert. Das heilige Wasser befreit aber nicht nur von Sünden, je nach Quelle beschert das Wasser auch noch ein langes Leben oder befreit von Krankheiten.

Von meiner Villa in Ubud fuhren wir fast eineinhalb Stunden mit dem Motorrad, ich natürlich auf dem Sozius. Bei Ayus rasanter Fahrweise musste ich mich fest an sie klammern. Kurz vor Bangli bogen wir links ab. Um zu den heiligen Quellen zu kommen, muss man dann zu Fuß ein Tal durchqueren. Es geht hunderte Stufen nach unten, die man anschließend wieder nach oben steigen muss. Ein leiser warmer Wind umschmeichelte die majes-

---

48 Zum Beispiel gibt es auf Bali keine strikte Trennung und Abgrenzung zwischen den Kasten.

tätischen schlanken Palmen. Die mittägliche Sonne brannte mit ihrer tropischen Kraft vom tiefblauen Himmel. Selbst die sangesfreudigsten Vögel verstummten und suchten den kühlenden Schatten des Laubes.

Ich beobachtete zunächst das Treiben von oben. Hunderte Menschen ließen das kühle heilige Wasser, das aus sehr großer Höhe herabfiel, auf ihren Körper prallen. Es war wie eine kräftige Massage. Schon nach wenigen Minuten waren die Körper durch die stärkere Durchblutung rot angelaufen.

Ayu hatte mich weiß eingekleidet. Ich kam mir vor wie ein hinduistischer Priester. Als ich längere Zeit von oben auf den Tempel und das wilde Treiben geblickt hatte, fiel mir keine Sünde ein, die ich hätte hierlassen können. Da habe ich lieber auf die heilige Waschung verzichtet und ersparte mir den anstrengenden Ab- und Aufstieg über unzählige Stufen in der tropischen Mittagshitze. Durch die tropische Wärme und die leicht im Wind schwingenden Palmen wird man – auch wenn man es nicht will – von einem sanften, einschläfernden Trott umgarnt. Ayu hatte anscheinend einige Sünden abzuwaschen. Sie wollte auf die heiligen Waschungen nicht verzichten. Ich machte es mir auf einem im Schatten liegenden Mäuerchen bequem und wartete auf Ayus Rückkehr.

Es war schön anzusehen, wie entspannt und friedlich die Balinesinnen und Balinesen nach der Waschung vom Tempel zurückkamen. Alle Sünden, alle schlechten Gedanken hatte man in den heiligen Quellen zurückgelassen. Das Leben und das Sündigen konnten wieder von vorne beginnen! So einfach ist das! Soldat, Gefängniswärter und Pfarrer – die ewige Dreieinigkeit ist Symbol unserer westlich geprägten christlichen Lebensfurcht. Im balinesischen Hinduismus ist mir die noch nie begegnet!

Nach der reinigenden Waschung sagte mir Ayu, dass man danach den ganzen Tag keinen Sex mehr haben dürfte. Aber von der Nacht erwähnte sie nichts! Sie kann ja die Sünde – falls es eine solche überhaupt war – bei der nächsten Reinigungszeremonie wieder abwaschen.

Ayu liebt ihr Motorrad und rast damit zur Arbeit und durch die Gegend. Es kann ihr nie schnell genug gehen. Wenn sie ab und zu mit mir auf dem Sozius durch die Gegend braust, muss ich sie immer wieder ermahnen: *‚Alon alon!‘* und *‚adeng adeng‘*[49]. Ich muss mich immer gut an ihr festhalten, denn Ayu fährt sportlich und bremst scharf.

Meinen Motorradhelm ziehe ich immer ganz tief ins Gesicht, damit mich niemand erkennen kann. Ayu hat, wenn wir gemeinsam auf dem Motorrad unterwegs sind, unter ihrem Motorradhelm immer noch zusätz-

---

49 Auf Balinesisch ‚Vorsicht‘ und ‚Langsam‘

lich ihren Mund- und Nasenschutz gegen den Staub übergezogen. So ist ihr Gesicht nicht zu erkennen. In halsbrecherischer Fahrt schlängelt sie sich verwegen im Zick-Zack durch den dichten Verkehr Ubuds. Bin ich an meinem Ziel angelangt, schaue ich mich erst um, ob uns auch niemand beobachtet hat, dann steige ich ab und Ayu braust davon, ohne sich nach mir umzusehen.

Wir müssen sehr vorsichtig sein. Wenn ihr Ex-Ehemann oder ihre Schwiegereltern von unserer Beziehung erfahren würden, hätte das für Ayu unübersehbare Folgen. Sie würde auf jeden Fall in der balinesischen Gesellschaft ihr Gesicht verlieren. Das ist auf Bali das Schlimmste, was einem passieren kann. Sie wäre ausgeschlossen, und wenn sie ihre eigene Familie nicht aufnehmen würde, würde sie vielleicht auf der Straße landen. Ich genieße diese Geheimnistuerei, aber für Ayu ist es ein gefährliches Spiel!

Wenn unsere Liaison publik werden würde, würde sie als Erstes ihre Kinder an den Ehemann und ihre Schwiegereltern verlieren und sie müsste sofort das Haus verlassen. Da auf Bali ein Geheimnis kein Geheimnis bleibt, wissen selbst unsere Freunde – und wir haben einige gemeinsame Freunde – nichts von unserer Verbindung. Ich komme mir immer wieder vor wie ein kleines Kind, das etwas zu verheimlichen hat. Aber damit ist auch ein Gefühl der Spannung vorhanden, ein Gefühl des Verbotenen. Und es macht mir Spaß! Aber für Ayu ist es sehr gefährlich. Daher müssen wir äußerst vorsichtig sein, damit uns niemand erkennt. Das ist auch der Grund, weshalb sie nie außerhalb meiner Villa mit mir Essen gehen will.

Der Straßenverkehr in Ubud gleicht um die Mittagszeit und zur Abenddämmerung einem Hexenkessel. Unzählige Mopeds schwirren wie ein Geschwader von wildgewordenen Libellen durch die engen Straßen, überholen links, überholen rechts, wenden oder drehen seitlich ab, ohne ein Zeichen zu geben. Ein großes Problem ist die fehlende Disziplin! Dazwischen stehen Schlangen von Autos und riesige Busse mit Touristen aus Japan, Taiwan und Südkorea im Stau. Ob diese beim Einatmen der benzinhaltigen Luft immer noch denken: ‚Oh, what a beautiful island?‘

Alle Verkehrsteilnehmer verstehen sich und einigen sich durch Blickkontakt. Jeder passt auf und nimmt Rücksicht. Ich habe schon jahrelang keinen Verkehrsunfall, der durch Einheimische verursacht wurde, gesehen. Es sind die verrückten Ausländer, die auf Bali Unfälle verursachen. Besonders bei dem jährlich in Ubud stattfindenden ‚Bali Spirit Festival‘ reisen viele Heilsuchende, spirituelle Heiler und Weltentrückte hier an. Und so weltentrückt, wie sie hier mit in die Ferne oder in den Himmel gerichtetem Blick umherwandeln, fahren sie auch auf den gemieteten Motorrädern. Ich habe jedes Mal echte Zweifel, dass sie den Beginn des Festivals überhaupt noch erleben werden. Während des Festivals sieht man immer wieder mit dem Motorrad Verunglückte auf der Straße liegen. Es ist eine Gesellschaft, die sich hier trifft, die sich augenscheinlich aus den Übriggebliebenen oder Nachkommen von Bhagwans Ashram in Poona in Indien oder auch von Maharishi Yogi rekrutiert, die mit ihrer Mischung und Vereinfachung aus indischer und christlicher Mystik sich eine eigene esoterische und mystische Welt geschaffen haben! Ein Interesse für die balinesische Spiritualität und Kultur haben diese Menschen nicht. Und in dieser Welt können Balinesen nur störend sein!

Dass auf Bali im Straßenverkehr oder im Privatleben jeder auf jeden aufpasst, erlebe ich bei vielen Gelegenheiten. Wenn ich mit Dewi tanze und ein anderes Paar kommt uns in die Quere, so ist sie immer diejenige, die Platz macht und mich sanft beiseite drängt. Als ich ihr sagte, dass dies unser Platz sei, denn wir waren ja zuerst da, meinte sie, das wäre doch gleichgültig.

Mit Ni Mang ist es dasselbe. Kürzlich ging ich mit ihr entlang der Jalan Hanuman. Obwohl wir auf dem richtigen linken Gehsteig unterwegs waren, ging sie jedes Mal auf die Straße, wenn uns ein Fußgänger entgegenkam. Als ich ihr sagte, er wäre doch der andere, der auf die Straße ausweichen müsste, meinte sie, man müsse doch Vorsicht walten lassen. Genauso ist es beim Verkehr auf den Straßen. Daher passieren bei diesem heftigen Verkehr zwischen Einheimischen kaum Unfälle.

Es ist ein Wunder, dass Ubud bei den Massen von Touristen, die aus der Küstenregion für einen Tagesausflug in dieses kulturelle Zentrum der Insel kommen, nicht kollabiert und immer noch seine Anmut und Schönheit behalten hat. Die vielen Tempel, die sie besichtigen, sind nicht für die Touristen da, nein, sie sind für die Balinesen, damit sie ihrem Glauben nachgehen können.

An den täglichen Verkehrsstaus merkt man allerdings, dass das Straßennetz nicht mit dem Wachstum Schritt halten kann. Jedes Jahr stelle ich fest, dass der Verkehr und die Staus noch schlimmer geworden sind, auch weil es so gut wie keine öffentlichen Verkehrsmittel gibt. Dauerstaus sind an der Tagesordnung.

Anfang 2017 hatte Ayu ihren Geburtstag nach unserem gregorianischen Kalender. Viele Balinesen kennen dieses Datum ihres Geburtstages nicht. Sie feiern ihren Geburtstag, genannt ‚Oton', alle 210 Tage nach dem *Wuku*-Kalender mit einer kleinen Zeremonie. Ayu, als gebildete junge Frau, kannte natürlich auch ihren Geburtstag nach dem gregorianischen Kalender. Ich überraschte sie an ihrem Geburtstag mit einem Schokoladenkuchen mit der

Verzierung ‚Der lieben Ayu alles Gute zum Geburtstag'. Ihre Freude kannte im wahrsten Sinne des Wortes keine Grenzen, sie flippte aus, und ihr kamen vor Beglückung Tränen. Sie hatte in ihrem Leben noch nie ein Geschenk zu ihrem Geburtstag bekommen, weder zu dem nach dem gregorianischen noch zu dem nach dem *Wuku*-Kalender. Sie war so glücklich, wie ich sie noch nie gesehen hatte, und das mit einem so kleinen Geschenk. Ich durfte den Kuchen nicht anschneiden und probieren. Sie wollte ihn unversehrt und mit Stolz ihren Kindern zeigen.

## 2.3 Religion und Alltag auf Bali

Ich habe eben geschrieben, dass Ayu tief in ihrem hinduistischen Glauben verwurzelt ist. Das tägliche Leben und der hinduistische Glaube sind auf Bali eine Einheit. Tagtäglich ist das auf der ganzen Insel zu spüren.

In Bali wird das tägliche Leben und der Umgang mit anderen Menschen durch die Religion des *Hindu Bali* bestimmt, eine Religion, die einmalig auf dieser Welt ist. Hier ist Religion Leben und Leben ist Religion. Für Ayu ist es selbstverständlich, dass sie alle Pflichten, die ihr durch die Religion auferlegt werden, mustergültig erfüllen muss. Und es sind viele, sehr viele Pflichten! Nur so können die Götter das Gleichgewicht zwischen Gut und Böse in ihrem Leben und in der Gesellschaft erhalten. Täglich geht sie zum Tempel, um zu beten. Einmal zu diesem Tempel, dann wieder zu jenem.

In Bali gibt es Zehntausende hinduistischer Tempel. Jeder Wohnbezirk verfügt über einen eigenen Tempel, in dem die dort Ansässigen täglich ihre Götter verehren und mit den Ahnen, die sich bereits in der Götterwelt befinden, Verbindung unterhalten. Dann gibt es größere Tempel – meist sind es drei[50] - einer Dorfgemeinschaft. Manche Tempel sind Verehrungsstätten oder zentrale Heiligtümer für ganz Bali.

Oft ist Ayu zu entfernten Tempeln oder heiligen Bädern eine Stunde und mehr mit dem Motorrad unterwegs. Oft kann sie erst spät zu mir kommen, da sie im Tempel beten muss, bei Neumond, *Tilem* genannt und wieder bei Vollmond. Die zum Vollmond gehörende Zeremonie heißt *Purnama.* Dann gibt es alle 15 Tage den Feiertag *Kajeng Kliwon.* Besonders ausgiebig wird dieser Feiertag zwei Monate und nochmal einen Monat vor den Feiertagen von *Galungan* gefeiert. *Galungan* ist das größte hinduistische Fest. Es wird der Sieg von Gott *Dharma* über das Böse, über *Adharma,* gefeiert. Die Götter und Ahnen kommen für 10 Tage auf die Erde. Alle sechs Monate gibt es den Feiertag *Tumpet Landep.* Da werden Motorrädern und Autos sowie Werkzeuge für die Landwirtschaft und die Küche geweiht. Kein Messer und keine Schaufel darf man vergessen. Dann gibt es die Feiertage *Ogo Ogo* und *Nyepi,* den Tag der Stille. Und so geht es weiter. Für die religiösen balinesischen Feste ist der dreißigwöchige *Wuku*-Kalender maßgebend, der sich nach den Mondphasen ausrichtet.

---

50 Der Pura Puseh (Ursprungstempel), der Pura Desa (Dorftempel) und der Pura Dalem (Totentempel)

Ich habe bisher schon einige balinesische Feiertage genannt. Es sind unglaublich viele. Damit man sich davon ein Bild machen kann, nenne ich hier zunächst die offiziellen indonesischen Feiertage für das Jahr 2018. Diese werden in ganz Indonesien gefeiert, von allen Religionen:

| | | | |
|---|---|---|---|
| 1. Jan. | Montag | Neujahrstag | Nationaler Feiertag |
| 14. Feb. | Mittwoch | Maha Shivaratri | Hinduismus |
| 16.Feb. | Freitag | Chines. Neujahr | Nationaler Feiertag |
| 10. Mär. | Samstag | Holi | Hinduismus |
| 17. Mär. | Samstag | Neujahrstag Nyepi | Nationaler Feiertag |
| 30. Mär. | Freitag | Karfreitag | Nationaler Feiertag |
| 1. Apr. | Sonntag | Ostersonntag | Nationaler Feiertag |
| 14. Apr. | Samstag | Isra'Mi`raj | Nationaler Feiertag |
| 1. Mai | Dienstag | Tag der Arbeit | Nationaler Feiertag |
| 10. Mai | Donnerstag | Christi Himmelf. | Nationaler Feiertag |
| 29. Mai | Dienstag | Waisak | Nationaler Feiertag |
| 1. Jun. | Freitag | Pancasila | Nationaler Feiertag |
| 11. Jun. | Montag | Cuti Bersama | Nationaler Feiertag |
| 12. Jun. | Dienstag | Cuti Bersama | Nationaler Feiertag |
| 13. Jun. | Mittwoch | Cuti Bersama | Nationaler Feiertag |
| 14. Jun. | Donnerstag | Cuti Bersama | Nationaler Feiertag |
| 15. Jun. | Freitag | Idul Fitri | Nationaler Feiertag |
| 16. Jun. | Samstag | Idul Fitri | Nationaler Feiertag |
| 18. Jun. | Montag | Cuti Bersama | Nationaler Feiertag |
| 19. Jun. | Dienstag | Cuti Bersama | Nationaler Feiertag |
| 20. Jun. | Mittwoch | Cuti Bersama | Nationaler Feiertag |
| 27. Jun. | Mittwoch | Regionalwahlen | Nationaler Feiertag |
| 17. Aug. | Freitag | Unabhängigkeitstag | Nationaler Feiertag |
| 22. Aug. | Mittwoch | Eid al-Adha | Nationaler Feiertag |
| 26. Aug. | Sonntag | Raksha Bandhan | Hinduismus |
| 2. Sep. | Sonntag | Janmashtami | Hinduismus |
| 11. Sep. | Dienstag | Muharram | Nationaler Feiertag |
| 13. Sep. | Donnerstag | Ganesh Chaturthi | Hinduismus |
| 10. Okt. | Mittwoch | Navaratri | Hinduismus |
| 19. Okt. | Freitag | Dussehra | Hinduismus |
| 7. Nov. | Mittwoch | Diwali/Dipavali | Gedenktag |
| 20. Nov. | Dienstag | Maulud Nabi | Nationaler Feiertag |
| 24. Dez. | Montag | Heiligabend | Nationaler Feiertag |
| 25. Dez. | Dienstag | Weihnachten | Nationaler Feiertag |

Das sind immerhin über 30 landesweite Feiertage im Jahr. Dazu kommen aber in Bali noch eine ganze Anzahl hinduistischer Feiertage, die nur in Bali begangen werden. Da das genaue Datum eines Feiertages nach dem Mondkalender oft erst kurzfristig bekanntgegeben wird, werden hier die Feiertage für das bereits vergangene Jahr 2017 aufgelistet:

| | | |
|---|---|---|
| 12. Jan. | Purnama Sasih Kapitu | Vollmond Zeremonie |
| 21. Jan. | Saraswati Tag | Dieser Tag ist der Manifestation Gottes als Dewi Saraswati, der schönen Göttin des Wissens, der Kunst und der Literatur gewidmet. |
| 25. Jan. | Pagerwesi Tag | Tag für Zeremonien und Gebete, um sich mental und spirituell zu verteidigen. |
| 26. Jan. | Siwaratri Tag | Tag für introspektive Meditation und Fasten. |
| 27. Jan. | Tilem Sasih Kapitu | Neumond Zeremonie |
| 11. Feb. | Purnama Sasih Kaulu | Vollmond Zeremonie |
| 25. Feb. | Tilem Sasih Kaulu | Neumond Zeremonie |
| 12. Mär. | Purnama Sasih Kasanga | Vollmond Zeremonie |
| 27. Mär. | Tilem Kasanga | Neumond Zeremonie mit riesigen, aus aus Bambus und Papiermaché gefertigten Dämonen- und Götterfiguren, Ogoh Ogoh. Die Umzüge sind in allen Dörfern zu sehen. |
| 28. Mär. | Nyepi Day, Tahun Baru Çaka 1939 | Der wichtigste Tag im Balinesischen Mondkalender ist das Neujahr. Es ist ein Tag totaler Stille über der gesamten Insel. |
| 29. Mär. | Ngembak Geni | Tag nach dem Nyepi, ein beliebter Ausflugstag |
| 4. Apr. | Penampahan Galungan | Vorbereitungstag für den kommenden Galungan Feiertag. Vor jedem Haus wird ein aufwendig geschmückter Penjor, ein Bambusmast aufgestellt, welcher den Göttersitz Mahameru darstellt. |
| 5. Apr. | Galungan Tag | An diesem Tag feiert die Hindubevölkerung Balis den Sieg des Guten über das Böse mit reichhaltigen Opfergaben. |

| | | |
|---|---|---|
| 6. Apr. | Umanis Galungan Tag | Ein Tag für das Besuchen von Verwandten, und um bei den Göttern um Verzeihung zu bitten. |
| 11. Apr. | Purnama Sasih Kadasa | Vollmond Zeremonie |
| 15. Apr. | Kuningan Tag | Dieser Feiertag ist der zehnte Tag nach nach Galungan und Abschluss der Zeremonien. |
| 25. Apr. | Tilem Sasih Kedasa | Neumond Zeremonie |
| 10. Mai | Purnama Sasih Desta | Vollmond Zeremonie |
| 25. Mai | Tilem Sasih Desta | Neumond Zeremonie |
| 9. Juni | Purnama Sasih Sadha | Vollmond Zeremonie |
| 23. Juni | Tilem Sasih Sadha | Neumond Zeremonie |
| 8. Juli | Punrnama Sasih Kasa | Vollmond Zeremonie |
| 23. Juli | Tilem Sasih Kasa | Neumond Zeremonie |
| 19. Aug. | Saraswati Tag | Dieser Tag ist Dewi Saraswati, der schönen Göttin des Wissens, der Kunst und der Literatur gewidmet. An diesem Tag werden Bücher, Manuskripte und die Heilige Schrift der Hindus, die ‚Wedas‘, gesegnet. |
| 22. Aug. | Tilem Sasih Karo | Neumond Zeremonie |
| 23. Aug. | Pagerwesi Tag | Ein Tag, um sich mental und spirituell zu stärken. |
| 5. Sep. | Purnama Sasih Katiga | Vollmond Zeremonie |
| 20. Sep. | Tilem Sasih Katiga | Neumond Zeremonie |
| 5. Okt. | Purnama Sasih Kapat | Vollmond Zeremonie |
| 20. Okt. | Tilem Sasih Kapat | Neumond Zeremonie |
| 31. Okt. | Penampahan Galungan | Vorbereitungstag für den kommenden Galungan Feiertag. Vor jedem Haus wird ein aufwendig geschmückter ‚Penjor‘ Bambusmast aufgestellt, welcher den Göttersitz Mahameru darstellt. |
| 1. Nov. | Galungan Tag | Am Galungan Tag feiert die Hindubevölkerung Balis den Sieg des Guten über das Böse mit reichhaltigen Opfergaben. |
| 2. Nov. | Umanis Galungan Tag | Ein Tag für das Besuchen von Verwandten, und um bei den Göttern um Verzeihung zu bitten. |
| 3. Nov. | Purnama Sasih Kalima | Vollmond Zeremonie |

| 11. Nov. | Kuningan Tag | Dieser Feiertag ist der Abschluss der Zeremonien. Am Kuningan Tag werden spezielle Rituale für die Ahnen und Vorfahren abgehalten. |
|----------|--------------|-------------------------------------------------------------------------------------------------------------------------------------|
| 18. Nov. | Tilem Sasih Kalima | Neumond Zeremonie |
| 3. Dez. | Purnama Sasih Kanem | Vollmond Zeremonie |
| 18. Dez. | Tilem Sasih Kanem | Neumond Zeremonie |

Zu jedem Fest werden Opfergaben gebracht, Gemüse, Obst, oft ganze Hühner. Für die Opfergaben sind beim Obst besonders Äpfel beliebt, keine lokalen Äpfel, nein, es muss für die Götter das Beste sein, natürlich importiert! Oft dauern die Tempelfeste drei und mehr Tage, wie *Odalan, Bersihkan Diri, Ogo Ogo, Galungan* oder *Kuningan*. Während dieser Zeit gibt es zu Hause große Essen für 20, 30 oder mehr Personen. Alles kostet viel Geld. Und die Feiertage, auch die höchsten, werden durch den Arbeitgeber nicht bezahlt. Also Lohnausfall! Das ganze hinduistische Leben auf Bali kostet Unsummen, von der Geburt bis zum Tode. Das Fest des Feilens der Zähne – welches möglichst vor einer Heirat erfolgen sollte – kostet Tausende Euro.

Es gibt Rituale anlässlich einer Geburt und einer großen Feier danach, und natürlich von Hochzeiten, meist mit mehreren hundert Gästen. Rituale gibt es zu den jährlichen Gedenkfeiern der Tempelgründungen[51] und natürlich bei der Verbrennung und Bestattung[52] von verstorbenen Familienangehörigen. Stirbt jemand im Dorf, ist die ganze Nachbarschaft tagelang damit beschäftigt, den *Upacara*, die Zeremonie für die zu erwartenden Gäste, vorzubereiten. Oft kommen 50, 100 oder mehr Personen. Es ist eine Sache des Prestiges, je mehr kommen, desto besser. Als kürzlich ein Trauerfall nach dem anderen war und Ayu mich mehrere Tage nicht besuchen konnte, riet ich ihr, doch nicht zu jedem Trauerfall, zu jeder Leichenverbrennung zu gehen. Sie antwortete entrüstet: ,Wenn ich da nicht hingehe, kommt diese Familie auch nicht, wenn jemand aus meiner Familie oder ich sterbe.' Diese Denkweise ist vollkommen konträr zu meiner. Ich sage mir, ich gehe nicht zu dieser oder jener Beerdigung, weil der Verstorbene ja auch nicht mehr zu meiner Bestattung kommen kann.

Als ich Ayu einmal sagte, dass ich direkt hier verbrannt werden möchte, falls ich auf Bali sterben würde, fand sie das ausgezeichnet. Als ich jedoch erwähnte, dass ich – bei meinen vielen Schiffsreisen – im Falle meines Todes

51 Tempelgeburtstag Odalan
52 In Bali *Ngaben* genannt

einfach über Bord ins Meer gekippt werden wollte, war sie entsetzt. Dann würde ich als Hund wiedergeboren werden und da könnten wir uns ja nicht mehr treffen.

Oft frage ich mich, wie kann man bei so vielen Feierlichkeiten, die eine ganze Menge kosten, überhaupt überleben? Wo kommt das viele Geld her? Kann sich das eine Gesellschaft überhaupt leisten?

Dazu kommen noch viele Fehltage durch Krankheit. Balinesen sind oft krank, Allergien, Erkältungen mit Schnupfen und Husten sind an der Tagesordnung. Ich führe dies auf die schlechte und einseitige Ernährung der Balinesen zurück. Es wird viel weißer, polierter Reis gegessen, der nur Kohlehydrate und keine Vitamine besitzt. Gemüse und Obst wird nur wenig gegessen. Aber auch Ayu mit ihrer gesunden Ernährung und ihrem vernünftigen Lebensstil ist dauernd krank und rennt zum Arzt. Den Arzt muss sie jedes Mal selbst bezahlen. Fehltage im Büro werden nicht bezahlt. Wie kann sie sich das alles leisten, bei einem Gehalt von rund 100,- Euro im Monat? Und das für sechs Tage Arbeit, Montag bis Samstag, acht Stunden pro Tag! Nur wenn sie voll arbeitet erhält sie dieses Gehalt. Am Ende des Monats gibt es immer noch Abzüge, denn durch religiöse Feste und Verpflichtungen oder Arzttermine fallen jede Woche mindestens ein bis zwei Arbeitstage aus.

Alle Balinesen sind motorisiert, oft besitzen sie ein Auto, meist jedoch ein Motorrad oder einen Roller. Selbst die Kinder fahren mit ihrem Motorrad zur Schule. All dies könnten wir uns im Westen kaum leisten. Da muss gearbeitet werden! Es gibt wohl keinen Balinesen, der keine Schulden hat. Der Balinese ist fest mit der uralten religiösen Tradition verbunden und da müssen diese religiösen Pflichten erfüllt werden. Und die Kredite müssen ja auch zurückgezahlt werden. Aber wann und von wem? Es ist selbst für mich als Kenner des Landes nicht zu verstehen, wie das System funktioniert. Aber es funktioniert seit Jahrhunderten!

Balinesen haben eine leichtlebige Art, sie haben nie Geld, aber immer Schulden. Die vielen Feste und Zeremonien verschlingen Unmengen von Geld und Zeit. Das Wort ‚Sparen‘, oder etwas Geld für etwas Unvorhergesehenes auf die Seite zu legen, ist in Bali vollkommen unbekannt. Es wird nur im Heute gelebt, was morgen passieren könnte, interessiert nicht. Muss man plötzlich zum Arzt oder ins Krankenhaus, wird eben ein Kredit aufgenommen. Verweigert die Bank einen Kredit, dann geht man zum Geldverleiher, dem ‚Kredithai‘, genannt *Rentenir*. Hier werden dann Zinsen von 10 Prozent verlangt, pro Monat! Das spielt keine Rolle, man hat erstmal wieder Geld. Rechnen und mit Geld umgehen kann in Bali kaum jemand. Daher denken die Balinesen, bei uns in Deutschland und Europa liege das Geld auf der Straße.

Dabei liegt das Geld in Bali auf der Straße. Zum Beispiel bekommt man Geld, wenn man Dosen von Bier oder Soft-Drinks sammelt und zurückgibt. Ich habe keine balinesische Familie getroffen, die Dosen vom Restmüll trennt und zurückgibt. Alles kommt auf die Mülldeponie und dort werden die Dosen dann endlich von den Ärmsten der Armen gesammelt. Balinesen müssen in Sachen Vermeidung von Plastik und Mülltrennung noch viel lernen.

Vor wenigen Tagen fand ich eine 500 Rupiah-Münze auf der Straße. Ich hob sie auf und wollte sie einem ärmlich gekleideten balinesischen Passanten schenken. Der wollte die Münze nicht annehmen. Vermutlich war ihm der Wert zu gering, knapp vier Eurocent. Ich hatte den Eindruck, dass die Münze schon lange auf der Straße lag und die Passanten achtlos über sie hinwegschritten.

Den Wert des Geldes haben Balinesen bis heute nicht erkannt. Auch Sparen ist nicht üblich. Aber woher sollen sie es wissen? Wir im Westen müssen im Sommer, in guten Zeiten, vorsorgen für den Winter. Wenn wir für den Winter nichts ansparen, können wir nicht überleben. Aber in Bali ist ewiger Sommer. Das ganze Jahr über ist die Natur grün und man kann immer etwas ernten.

Ich traf kürzlich einen jungen Balinesen, der vor einiger Zeit mal kurz für mich als Hausboy gearbeitet hatte. Für meine Begriffe war er ziemlich faul. Er hatte nicht viel Geld, aber ein größeres Grundstück in der Nähe von Ubud. Vom Morgen bis zum Abend träumte er von einer blonden weißen Frau. Ja, Paris Hilton, die würde er sofort heiraten!

Als ich ihn nun wieder sah, war ich überrascht, dass er nun einen protzigen und teuren Geländewagen fuhr. Was war geschehen? Was hatte sich in seinem Leben geändert? Ich erfuhr von ihm, dass er sein Grundstück für 30 Jahre an einen Japaner verpachtet hatte, der darauf für sich ein Haus baute. Von dem Erlös kaufte er sich den großen Wagen. Dies wäre seine Kapitalanlage für die Zukunft, und nebenbei würde er mit dem Auto bei jungen Damen großen Eindruck schinden. Als ich ihm erklärte, dass ein Auto keine Kapitalanlage und jeden Tag weniger wert sei, wollte er das gar nicht hören. Als ich ihm noch sagte, 30 Jahre wären eine lange Zeit und da wäre sein Auto nichts mehr wert, fuhr er wieder ab. So sehen Investitionen aus, die Balinesen tätigen.

Generell haben die Menschen in Indonesien kein Zeitverständnis. Man plant nicht, und Sparen oder Vorsorge für die Zukunft in unserem Sinne sind unbekannt. Für alle Asiaten, aber besonders für die Balinesen, gibt es kein Gestern und kein Morgen, sie leben in der Gegenwart von Tag zu Tag. Man hört auf zu arbeiten, sobald man genug für das ‚Heute‘ verdient hat.

Dabei erinnere ich mich an das Verhalten der Reisbauern in den 1960er Jahren. Da trieb die Einführung von Kunstdünger für eine intensivere Bewirtschaftung seltsame Blüten. Durch modernere Anbaumethoden, neue Reissorten und besonders durch den Einsatz von Kunstdünger konnte der Ertrag pro Quadratmeter verdoppelt werden. Dies führte dazu, dass viele Bauern nur noch die Hälfte ihrer Felder bewirtschafteten. Sie sagten sich, diese Menge Reis hat mir und meiner Familie doch schon immer gereicht. Ich brauche nicht mehr!

Ähnliches ist auch bereits in der 1920er Jahren geschehen. Als die niederländische Kolonialregierung in der Zuckerindustrie Ost-Javas die Löhne der Arbeiter erhöht hatte, gingen diese bereits am frühen Nachmittag nach Hause. Sie hätten ja nun genug verdient, erklärten sie.

Dieses fehlende Zeitverständnis und die andere Denkweise sind die Hauptgründe für Missverständnisse zwischen abendländischer und asiatischer Kultur. Die Tugend der Pünktlichkeit ist unbekannt. Hier hat jeder Zeit, aber man spürt, dass sich das im Laufe der Jahrzehnte auch langsam ändert. Es muss sich ändern, wenn man in der Weltwirtschaft mitmischen will.

Der Unterschied zwischen westlicher und balinesischer Denkweise zeigt sich besonders deutlich in der Art, wie man mit dem Tod umgeht. Im Westen ist die Farbe der Trauer Schwarz, wir trauern, weil wir etwas verlieren, nämlich das Leben. In Bali ist die Farbe des Todes Weiß, und er wird mit Freude verbunden. Für den Balinesen ist das Leben belanglos, man glaubt an die Reinkarnation. Man kommt ja wieder. Man lebt in dem zeitlosen ‚Rad des Schicksals‘!

Die Balinesen haben in ihrer Sprache kein Wort für Paradies. Für sie ist der Tod eine Wiederkehr, ein ewiger Kreislauf. Im Gegensatz zur westlichen Kunst ist auch die balinesische Kunst vergänglich. Sie verfällt und der Zyklus von Werden und Vergehen entspricht dem hinduistischen Glauben.

Jeder der unzähligen Tempel auf Bali ist ein Kunstwerk. Auch diese Kunstwerke halten nicht ewig. Der Regen und die nachfolgenden heißen Sonnenstrahlen lassen das weiche Gestein schnell verwittern. Nach 30 bis 50 Jahren steht an dieser Stelle meist ein neues Kunstwerk. Daher gibt es auf Bali kaum einen Tempel, der älter ist als 100 Jahre. Das Wissen über die Kunst des Tempelbaus muss von Generation zu Generation weitergegeben werden. Jede Generation wird gefordert, Verfallenes neu zu gestalten. Kunst lebt auf Bali und ist Teil des täglichen Lebens.

Bali musste schon viele Katastrophen überstehen, wie die regelmäßigen Erdbeben, Krankheiten oder Vulkanausbrüche. Die Eruption des Gunung

Agung im Jahre 1963 habe ich selbst erlebt. Ganz Bali wurde mit einer dicken Ascheschicht bedeckt. Auch die Fremdherrschaft der Niederländer mit schrecklichen Gräueltaten haben die Balinesen überstanden. Da war der Puputan[53] von Buleleng im Jahr 1849, der Puputan in Badung im Jahr 1906, der Puputan in Klungkung von 1908, oder die Schlacht von Marga im Jahr 1946. Bei jedem dieser Ereignisse wurden Tausende unschuldiger Balinesen von den holländischen Kolonialherren brutal abgeschlachtet, nur weil die Balinesen auf ihrer Insel frei sein wollten. Aber die gläubigen Balinesen hatten immer ihre geliebten Götter und Dämonen an der Seite und gaben nie auf.

Der balinesische Hinduismus ist sehr tolerant und unterscheidet sich grundlegend vom indischen Hinduismus. Wenn aber die Kinder eine Verbindung mit unterschiedlichen Religionen planen, sind Konflikte vorprogrammiert.

Ich kenne ein junges Ehepaar. Er ist hinduistischer Balinese, sie eine Muslima aus Java. Die Verbindung zu beiden Elternpaaren ist abgebrochen. Die balinesische Familie war dagegen, dass der Sohn eine Muslima heiraten wollte, und die islamische Familie ist böse wegen der Verbindung der Tochter mit einem Hindu. Aber die beiden jungen Eheleute scheinen ihr Glück gefunden zu haben.

Indonesien ist zwar ein Vielvölkerstaat, aber an erster Stelle fühlen sich die Indonesier ihrer eigenen Ethnie zugehörig. So stellen Ehen zwischen den verschiedenen Ethnien – neben den religiösen – ein großes Problem dar. So auch zwischen den hinduistischen Balinesen und den islamischen Javanern.

Ich habe lange genug in Asien gelebt um festzustellen, dass die Asiaten uns nicht nur fern sind, sondern dass auch ihre Denkweise und ihr Verhalten uns manches Rätsel aufgibt. Asiaten haben für westliches Verständnis oft chaotische geistige Strukturen und Gedankengänge, die wir einfach nicht verstehen und angesichts derer wir vor Verwunderung oft den Kopf schütteln.

Genauso schwierig ist es für eine Asiatin oder einen Asiaten, unsere Denkweise nachzuvollziehen. Ein gegenseitiges Verstehen ist nicht ganz leicht und führt zu vielerlei Missverständnissen. Wir Abendländer denken rational, überlegen, folgern und erklären. Beim Asiaten kommt aber noch neben magischen und harmonisierenden Komponenten besonders Gemeinsinn zum Verstehen hinzu. Unvorteilhafte Sachverhalte werden einfach

---

53  Bei den Puputans wurden die Königshäuser Balis durch die Holländer niedergebrannt und die Könige mit ihren Familien und dem gesamten Hofstaat ermordet. Siehe hierzu das Buch *Liebe und Tod auf Bali* von Vicki Baum und Horst H. Geerken, *Der Ruf des Geckos*, S.138f

nicht zur Kenntnis genommen, was die Asiaten entwaffnend natürlich, aber auch undurchschaubar macht. Natürlich gibt es auch hier von Land zu Land Unterschiede. Ausgeprägt ist diese Verhaltensweise besonders auf Bali. Man muss die unterschiedlichen Lebensweisen und Vorstellungen respektieren. Leider wird vom Westen immer noch versucht, die Welt nach unserem Bild zu formen.

Das Leben eines Indonesiers ist zeitlos und anderen Werten verbunden als das eines Menschen aus dem Westen. In Südost-Asien wird anders gedacht. Während in der westlichen Welt die Quantität der Zeit höher eingestuft wird, ist es dort eher die Qualität. Im Grunde genommen gibt es in Südost-Asien ein ganz anderes Verhältnis zur Zeit und zum Ego. Ein Ego im westlichen Sinn existiert hier nicht. Man ist ein Teil einer Familien- oder Dorfgemeinschaft, in der man seine Existenzberechtigung durch eine bestimmte Funktion hat. Die Balinesen leben immer in einer Gemeinschaft, einer Familie, durch ihre Religion sogar in einer Gemeinschaft der Lebenden mit den Verstorbenen. Man ist immer der Gemeinschaft verpflichtet!

Balinesen gehörten nach Untersuchungen amerikanischer Institute in den 1930er Jahren zu den reichsten und glücklichsten Menschen dieser Welt. Bei drei Reisernten im Jahr und unter Beibehaltung ihres einfachen Lebensstils mussten sie nur vier Monate im Jahr arbeiten, um das ganze Jahr gut leben zu können.

Allerdings hat sich dieses Verhältnis, seit in den Städten der Bedarf für westliche Güter wie Motorräder, Autos, Fernseher, Kühlschränke oder Mikrowellen geweckt wurde, sehr zu ihrem Nachteil verschoben. In den Dörfern haben die Menschen heute auch Motorräder und Fernseher. Schon Kinder im Alter von unter zehn Jahren fahren selbst mit dem Motorrad zur Schule. Zu Fuß zu gehen ist nicht mehr üblich. Das sieht man auch an den Figuren der Balinesen. Im Vergleich zu den 1960er Jahren sind sie alle viel fülliger geworden. Besonders viele Kinder haben – wie in Europa – Übergewicht. Dazu trägt auch die falsche und ungesunde Ernährung mit viel Schweinefleisch und wenig Gemüse bei. Und die Gesellschaft der balinesischen Jugend gleicht sich in den Städten – leider – immer mehr dem Westen an. Alle glotzen heutzutage in Indonesien genauso angestrengt und geschäftig in ihre Smartphones wie bei uns. Ich schätze, dass bereits 90 Prozent der Jugendlichen internetsüchtig sind. Man unterhält sich nicht mehr, man trägt nur noch Jeans, man geht zum Abendessen mit Freunden in einen amerikanischen Burgershop und wird dabei immer dicker. Durch den Wunsch, immer das Neueste haben zu wollen, kam auch das Laster der Eifersucht und das Verlangen nach Geld auf.

Als Folge des westlichen Einflusses werden die freundlichen und zufriedenen Gesichter auf Bali – und insbesondere auch auf Java – immer seltener. Man sieht, dass die Menschen Sorgen haben. Wenn man sie fragt, bekommt man immer dieselbe Antwort: ,*Tidak ada uang!*‘, oder auf Balinesisch ,*Singlah pipis*‘, ich habe kein Geld! Niemand hat Geld, alle haben Schulden! Kein Geld für die Schule der Kinder, kein Geld für den Arzt, kein Geld für Essen und so weiter! Dabei sehen alle Balinesen gut genährt aus, in neuerer Zeit viele zu gut!

Viele fragen: ,*Minta tolong!*‘ oder auf Balinesisch ,*Ngidih tulung!*‘, kannst du mir helfen! Sie schämen sich nicht, zu fragen. Aber hilft man einem Balinesen heute, ist es morgen wieder genau das gleiche. Das Geld ist wieder weg! Ob es die Balinesen jemals lernen werden, mit Geld umzugehen und etwas zu sparen? Ich habe da große Zweifel!

Ich habe die Erfahrung gemacht, dass Menschen aus ärmeren Ländern oft eine bessere Laune haben als Menschen aus reichen Ländern. Sie sind fröhlicher, lachen mehr und sind freundlicher. Dabei muss man allerdings zuerst definieren, was arm ist. Für mich sind Menschen arm, wenn sie Hunger leiden und keine ordentliche Kleidung haben. Arm sind die Balinesen nicht, hier gibt es niemand, der Hunger leiden muss. Heute wie damals gilt, dass der reichste Indonesier arm ist verglichen mit dem reichsten Inder. Aber der ärmste Indonesier ist reich verglichen mit dem ärmsten Inder! Ich glaube, dass der Mensch, der die wenigsten Bedürfnisse hat, der Glücklichste ist.

## 2.4 Ayu bei mir in der Villa

Balinesinnen haben eine unvergleichliche Anmut, wie ich sie noch nirgends auf der Welt angetroffen habe, aber ihre Eifersucht ist unermesslich. Immer wieder werde ich von Ayu fälschlicherweise verdächtigt, neben ihr eine weitere Freundin zu haben. All meinen Beteuerungen, dass dies nicht stimme, schenkt sie keinen Glauben. Das ist fast schon krankhaft. Bei Ni Mangs Freund Kalli hatte ich dies ja auch schon erlebt. Vielleicht, weil Fremdgehen fast die Normalität ist? Bei Männern wie Frauen? Fast jeder Mann hat eine Freundin und fast jede Balinesin neben dem Ehepartner noch einen heimlichen Freund. Ich habe den Eindruck, dass die Moral von Jahr zu Jahr abnimmt und die guten alten Sitten, die hier noch vor 30 oder 40 Jahren herrschten, durch den Einfluss des Westens vollkommen verfallen. Die Zeiten, als man für das restliche Indonesien noch ein Vorbild war und die Sitten streng einhielt, sind vorbei. Leider muss ich feststellen, dass die alten Traditionen und gute Sitten in Bali schneller erodieren als bei uns im Westen.

Betritt Ayu meine Villa, gilt ihr Augenmerk immer einem Hinweis darauf, dass sie mir beweisen kann, neben ihr noch eine weitere Freundin zu haben. In einer Ecke des Hauses stehen immer zwei Regenschirme. ‚Warum hast du zwei Regenschirme, einen für dich und einen für deine Freundin?‘ fragt sie. ‚Die beiden gehören doch zum Haus. Normalerweise wird die Villa an zwei Personen vermietet‘, antworte ich noch ganz ruhig. ‚Warum stehen hier zwei benützte Tassen in der Spüle?‘, fragt sie weiter. ‚Ich trank eine Tasse Kaffee und danach eine Tasse Tee‘, antworte ich schon gereizter. ‚Warum sind hier zwei benützte Handtücher? Hat deine Freundin hier gebadet?‘ Ni Mang, die ich nun schon seit über 20 Jahren kenne, hat manchmal schon bei mir geduscht oder im Pool gebadet. Aber diesmal nicht. Ayu ist furchtbar eifersüchtig auf sie und würde mir am liebsten verbieten, dass sie mich massiert. Auf Ayus Frage, ob ich nur ihr und keiner anderen Frau ein Geschenk aus Deutschland mitgebracht hätte, reagiere ich schon böse. Sie solle diese blöde Fragerei endlich beenden, sage ich schon lauter.

Natürlich habe ich noch andere Geschenke dabei, für balinesische Freunde, auch für Ni Mang. Das wird in Bali erwartet, wenn man von einer Reise zurückkommt. Ich erkläre Ayu, dass ich noch viele Freundinnen auf Bali hätte, aber sie wäre die einzige Geliebte. Das versteht sie nicht. Hat man in Bali eine Freundin, geht man mit ihr auch ins Bett! Zwischen Freundin und Liebhaberin gibt es für sie keinen Unterschied. Und schon gar nicht zwischen Tanzpartnerin und Liebhaberin. Daher sage ich, wenn ich zum Tanz gehe, ich würde Sport machen, *Olah Raga*. Für mich ist es ja auch Sport!

Ein Wort gibt das andere. Nun kommt Ayus wirkliches Temperament zum Vorschein. So zärtlich und lieb sie sein kann, so ungehalten kann sie werden, wenn ich ein falsches Wort sage, oder wenn sie eifersüchtig ist. Und das kann sehr schnell geschehen, denn die Balinesinnen sind sehr empfindlich und sofort tief beleidigt. Ayu redet normalerweise nicht viel, aber nun sprudeln die Worte so schnell heraus, dass ich nur noch die Hälfte davon verstehe. Die Sprache Bahasa Indonesia wird heute grundsätzlich schneller gesprochen als früher. Alles ist im Wandel der Zeit in Indonesien schneller geworden. Wenn Ayu redet, besonders, wenn sie etwas erregt hat, sprudeln die Worte aus ihr heraus wie aus einem Maschinengewehr. Dann muss ich sie immer wieder ermahnen: ,*Pelahan pelahan, omong pelahan pelahan*', langsam, langsam, sprich langsam mit mir!

Ihre Augen sprühen nun Feuer. Gut, dass Blicke nicht töten können! Ich liebe es, wenn sie so aufgebracht ist und muss darüber immer lächeln. Das macht sie noch wütender. Ihre Stimmung kann von einem Moment auf den andern umschlagen. Aber genau so schnell wie eine Missstimmung aufkommt, so schnell geht sie auch wieder vorbei. Eine Versöhnung danach ist umso schöner.


Eifersucht bestimmt das Leben der Balinesen, den ganzen Tag, bis zum Lebensende. Die Balinesinnen sind immer eifersüchtig auf die Nebenbuhlerin, auf das größere Auto des Nachbarn, auf die vollere Geldbörse eines anderen. Auch auf Bali regiert heute das Geld und leider greift die Profitgier nun auch in Bali um sich. Die Gier nach Geld führt aber zwangsläufig zu Egoismus und zur Entfremdung der Menschen.

Obwohl eine Ehefrau auf die Freundin ihres Ehemannes sehr eifersüchtig ist, muss sie diese akzeptieren. Ehefrauen haben Angst, verlassen zu werden, vor dem Verlust ihrer Kinder, vor dem Alleinsein. Die Regeln für eine Ehe auf Bali sind für Männer gemacht! Wie lange lassen sich die Balinesinnen diese Erniedrigung noch gefallen? Die Balinesinnen müssen sich dringend vereinigen, wie es vor 100 Jahren die Suffragetten in England taten, um die Frauenrechte durchzusetzen. Ich habe den Eindruck, dass die den Balinesinnen scheinbar angeborene Sanftmut und Anschmiegsamkeit, die sich zum Beispiel beim gemeinsamen Bad und dem Abseifen des Mannes zeigen, auch in der Angst begründet sind, ihn ja nicht zu verlieren. Man muss dem Mann einfach gefallen, ihm dienen und ihn verwöhnen! Die Frauen wussten und wissen auch heute noch, was sie zu einer bestimmten Zeit zu geben haben. Sie dürfen sich auch nicht den Bedürfnissen des Mannes verweigern. Oft habe ich den Eindruck, dass Balinesinnen ihren Ehemann eher besitzen, wie ein Möbelstück, das man pflegt, aber nicht wirklich liebt. Mir scheint, dass sich viele Frauen von ihren Ehemännern vernachlässigt fühlen. Kommt daher der Wunsch, sich einen Hausfreund zuzulegen?

Ich bin mit einer Balinesin befreundet, die die Ehefrau von Ni Mangs Liebhaber Kalli gut kennt. Sie erzählte mir, dass diese natürlich wütend auf Ni Mang ist, da sie einen Keil in ihre Ehe mit Kalli treibt. Aber sie macht gute Miene zu dem bösen Spiel und muss es aus den genannten Gründen einfach akzeptieren.

An Ayus krankhafter Eifersucht wäre unsere Beziehung fast gescheitert. Es war im Juli 2017, während meiner zweiten Reise zu ihr nach Bali. Ich war nur kurz zu Hause in Deutschland und wollte Ayu bald wiedersehen. Aber so spontan wie unsere Beziehung begonnen hatte, so spontan hätte sie fast wieder geendet. Ich erwischte sie dabei, wie sie mein Smartphone öffnete und in meinen Kontakten sehen wollte, mit welchen Frauen ich noch Verbindung habe. Ich wurde sehr böse, da ich nicht wollte, dass irgendeine Einstellung verändert wird, und verbat ihr nachdrücklich, jemals wieder mein Smartphone anzufassen. Aber das war nicht das Einzige!

Ich brachte ihr eine ganze Tasche voll Geschenke mit, eine billige, aber schöne Armbanduhr von ALDI, Kosmetika und eine ganze Menge fast ungetragener Kleider von Annette. Die passten ihr nämlich wie angegossen. Ich stellte fest, dass sie sich, während ich einmal an meinem Computer beschäftigt war, an meinem Kleiderschrank im Schlafzimmer zu schaffen machte. Ich wurde wieder sehr böse. Was suchte sie da? Mein Geld war im Safe. Da lagen nur noch ein paar kleinere Geschenke für meine Salsa-Tänzerinnen. Sie sagte, sie wollte nur schauen, ob da auch Geschenke für andere Frauen wären und ob Damenkleidung in meinem Schrank hängen würde. In ihrer krankhaften Eifersucht war sie immer der Meinung, dass ich noch eine weitere Freundin hätte. Oder waren die mitgebrachten Geschenke zu wenig? Alle Balinesen denken, dass in Deutschland das Geld auf der Straße liegt, man müsste es nur aufsammeln und alle Deutschen seien unermesslich vermögend. Aber nun war mein Vertrauen in sie dahin! Ohne mein Einverständnis in meinem Schrank zu stöbern, das ging zu weit! Ich schickte sie nach Hause. Von mir aus war das das Ende unserer Beziehung. Aber nur vorläufig!

Ich erzählte den Vorfall einem guten balinesischen Freund, einem Brahmanen. Dieser hatte ein ernstes Gespräch mit Ayu. Dabei erzählte sie ihm, sie wäre sehr eifersüchtig und wollte nur wissen, ob ich noch eine andere Liebhaberin hätte. Alles andere wäre ihr egal und würde sie nicht interessieren. Schon gar nicht Geld. Mein balinesischer Freund sagte mir, dass man es unter Balinesen – wie mit der Wahrheit – mit Mein und Dein nicht so genau nehmen würde wie im Westen. Der Wahrheitsbegriff und das Eigentum würden in Europa und Asien eben unterschiedlich bewertet. Man lebe auf Bali immer als Teil einer großen Gemeinschaft, einer großen Familie. Ich solle den Vorfall nicht so ernst nehmen und ihr doch verzeihen, denn sie würde mich sehr vermissen.

Dass man es mit Mein und Dein auf Bali nicht so genau nimmt, musste ich auch bei einer anderen Gelegenheit erfahren. Ich hatte Besuch von einer gebildeten balinesischen Dame mit ihrem Mann. Bei Kaffee und Kuchen unterhielten wir uns angeregt über Gott und die Welt. Meine Tochter hatte mir bei ihrem letzten Besuch eine Schachtel Pralinen aus Australien mitgebracht. Höflich, wie ich nun mal bin, bot ich den beiden aus der noch vollen Schachtel eine Praline an. Als während unseres Gesprächs der Blick der Dame immer wieder zu den Pralinen ging, bot ich ihr an, doch noch eine zweite zu nehmen. Dieses Angebot nahm sie gerne an. Ich wollte meine Praline erst am Abend genießen.

Als wir uns verabschiedeten, steckte die Dame wie selbstverständlich die ganze Pralinenpackung, in der nur die vier von den beiden Besuchern verspeisten Pralinen fehlten, in ihre Tasche. Ich war so baff, dass ich nicht mal protestieren konnte. Die beiden verabschiedeten sich freundlich, aber ein Dankeschön kam nicht über ihre Lippen. Am Abend musste ich auf eine Praline – auf die ich mich schon seit dem merkwürdigen Nachmittagskaffee gefreut hatte – verzichten. Es war eine Dreistigkeit, die man eigentlich nur von kleinen Kindern kennt. Beim nächsten Besuch der beiden bin ich vorsichtiger.

Am Tag nach ihrem Gespräch mit meinem balinesischen Freund kam Ayu ganz verschüchtert und mit verweinten Augen bei mir an und entschuldigte sich. Sie würde nie mehr an meine Sachen gehen und sie wolle mich nicht verlieren. Wir weinten beide und versöhnten uns wieder. Ayu hat große geheimnisvolle Augen in einem intensiven Braunton. Sie können Zärtlichkeit und Verführung spiegeln, aber auch Traurigkeit und Zorn, sie können kindlich fröhlich sein, wenn wir zum Beispiel im Pool plantschen, aber auch voller Tränen, so wie an diesem Tag. Sie sind mir unvergesslich, da ich in ihnen das mystische Bali sehe. Ayu blieb über Nacht bei mir. Es war eine sehr schöne Nacht! Eine Versöhnung kann wunderbar sein!

Aber nun ist Ayu in das andere Extrem verfallen. Will sie in mein Schlafzimmer oder ins Badezimmer, fragt sie mich jedes Mal um Erlaubnis, ob sie das dürfe. Wer versteht schon die Gedankengänge einer Balinesin!

Leider kann Ayu nur in wenigen Ausnahmefällen bei mir übernachten. Ihr getrenntlebender Ehemann und ihre Schwiegereltern dürfen keinen Verdacht schöpfen. Aber ich genieße die Abende, wenn der sanfte und warme Wind durch meine offenen Zimmer zieht, auch alleine. Am Abend lausche ich den kleinen Geräuschen, dem Gamelan in der Ferne, dem summenden Singen der Insekten und dem häuslichen Geräusch der *Tjijaks* und des *Tokeks*, der Geckoarten, die in allen balinesischen Häusern leben und durch das Vertilgen von Insekten sehr nützlich sind. Von meinem kleinen Garten aus habe ich schon manchen Vollmond betrachtet. Jeden Vollmond, das hinduistische Fest *Upacara Purnama*, verbringt Ayu bei stundenlangen Gebeten in ihrem Dorftempel.

Die Regenzeit genieße ich ganz besonders auf Bali. Im Gegensatz zum deutschen Nieselregen regnet es in den Tropen wie aus Eimern, manchmal Stunde um Stunde. Meist ist ein Regenguss jedoch in einer halben Stunde vorbei. Das niederprasselnde Wasser bildet einen Regenvorhang, durch den man oft keine zwei Meter weit sehen kann. Meist fällt der Regen in den Abendstunden. Das Geräusch des Regens ist für mich wie Musik. Oft lausche ich im Halbschlaf den langgezogenen Akkorden des niederströmenden Wassers, einmal lauter, denn wieder heller und höher, bis ich in einen tiefen Schlaf versinke. Zuhause in Deutschland klagt man über den Regen oder die Kälte, so wie man vorher über die Hitze oder die Trockenheit geklagt hat. Auf Bali nimmt man das gelassener, das Wetter ist so, wie es eben ist! Niemand redet darüber.

Nach einem reinigenden nächtlichen Regenguss wölbt sich der Himmel schon am frühen Morgen wie ein blauer Baldachin über dem intensiven, vom Regen gewaschenen Grün. Das Blau des Himmels wird geschmückt von kleinen dahinsegelnden weißen Wolken. Die auf Bali schon üppige Vegetation explodiert durch das regelmäßige Zusammenspiel von kräftigen Regenfällen und heißem Sonnenschein förmlich. Nach einer kühlen Nacht tankt mein kleiner Haus-Salamander Sonne auf einem Stein. Er ist so zahm geworden, dass ich ihn jeden Morgen mit etwas Rührei und Weißbrot aus meiner Hand füttern kann.

Der Morgen nach einem nächtlichen Regenguss ist die Zeit, in der ich durch die Reisfelder gehe oder über den *Bukit Cinta* wandere, den Hügel der Liebe, der zwischen zwei Flüssen liegt. Wie oft bin ich hier schon mit Annette gewandert. Oder wir saßen hier im Gras und genossen die unvergessliche Morgenstimmung der Tropen. Dabei habe ich jedes Mal das Gefühl, Teil einer neugeborenen Welt zu sein.

*Abb. 2.4-1: Mein Haus-Salamander ‚Boby'*

Auf dem Weg zur Arbeit kommt Ayu oft unangemeldet zum Frühstück bei mir vorbei. Ihr Chef, der Notar, ist oft geschäftlich in Jakarta, da kann sie etwas später ins Büro gehen. Am frühen Morgen, schon vor acht Uhr, ist die Türe zu meiner Villa immer geöffnet, da mein Hausboy zu dieser Zeit mein Frühstück zubereitet und das Haus und das Schwimmbad säubert. Ayu schreitet dann in ihrer Motorradkleidung und mit dem fröhlichen Gruß auf Deutsch: ‚Guten Morgen, Henry! Wie geht es Dir heute?' durch die Eingangstür. Sie will mir immer wieder ihre Deutschkenntnisse zeigen. Ich will dagegen mit meinen balinesischen glänzen und antwortete: *‚Rahajang semang, becik becik Ayu! Ragane punapi getrane jani?'*[54] Kaum ihrer Motoradkleidung entschlüpft, schlingt sie, ohne Rücksicht auf den Hausboy zu nehmen, ihre Arme um mich und will mich nicht mehr loslassen. Der Hausboy Wayan ist in Bangli zu Hause, eine gute Stunde mit dem Motorrad von Ubud entfernt. Daher hat Ayu keine Bedenken, dass er irgendeine Person aus ihrem Umfeld kennen könnte.

Es ist schön, schon am frühen Morgen Gesellschaft zu haben und Ayu genießt es, zur Abwechslung keinen Reis, sondern ein Frühstück mit Brot, Eiern, Marmelade und Honig zu bekommen. Nach dem Morgengruß in

---

54  Guten Morgen, gut, Ayu! Und wie geht es dir heute?

Deutsch und Balinesisch läuft unsere Unterhaltung über Gott und die Welt flüssig in Bahasa Indonesia weiter. Es ist ein wunderschönes Gefühl und ein großes Geschenk, wenn man sich mit einer exotischen Frau in einer gemeinsamen Sprache gut unterhalten kann.

Zum Austausch von intimen Zärtlichkeiten kommt es bei diesen Morgentreffen natürlich nie. Ayu muss zur Arbeit ins Büro und mein Hausboy schwirrt ja auch immer noch durchs Haus. Aber sie kommt dann regelmäßig nach der Arbeit gegen 17:30 Uhr nochmals bei mir vorbei. Da sind wir dann alleine und ich bin im siebenten Himmel, wenn sie ihren jungen nackten Körper an mich schmiegt. Es ist himmlisch, in ihren bronzefarbenen Kurven zu versinken.

Wenn sich Ayu bei mir für den Abend angemeldet hat, öffne ich bereits die Türe zu meiner Villa, damit sie nicht laut an die Türe klopfen muss. Sie will nicht die Aufmerksamkeit der Nachbarn auf sich lenken. Wenn sie dann kurz danach grazil wie ein Reh durch meine Türe schreitet und diese hinter sich fest verriegelt, hat sie meist eine gelbe oder weiße Kambodschablüte in ihr glänzendes tiefschwarzes Haar gebunden. Dies lässt sie besonders reizvoll erscheinen. Ich habe bei der liebevollen Umarmung immer ein Gefühl, wie es vor rund 130 Jahren der Kunstmaler Paul Gauguin gehabt haben muss, als er zum ersten Mal die Südsee erreichte.

Kaum ist Ayu im Haus, entledigt sie sich ihrer Kleider und steigt zur Abkühlung in den Pool. Nach der Arbeit ist dies ihre Entspannung. Auch für mich ist es – nachdem ich den ganzen Tag mit meinen Manuskripten am Computer gesessen habe – eine herrliche Abwechslung. Wir plantschen nun mit großer Freude im Wasser und lachen schallend. Ayu hat ihre Angst vor dem Wasser mit meiner Hilfe endlich überwunden.

Besonders schön und anmutig finde ich, wenn Ayu anschließend topless – nur mit einem bunten Sarong bekleidet – durchs Haus schreitet. In traditioneller Kleidung, einem Sarong, sehen die Balinesinnen immer noch viel hübscher aus als in den heute als modern geltenden einheitlichen Jeans. Besonders liebt sie es, durch meinen kleinen Garten zu schreiten, um die blühenden Orchideen zu bewundern oder hier und dort ein verwelktes Blatt zu entfernen. Wenn Ayu ausgelassen ist, singt sie dabei leise vor sich hin. In meinen Ohren klingen ihre Lieder etwas ‚schräg‘. Ja, die Nachtigall in ihrer Brust ist klein – aber sie wohnt herrlich!

Wenn Ayu bei mir zu Hause ganz in sich gekehrt im Garten versonnen die Blüten und Blätter betrachtet, scheint sie ganz mit sich und ihrem Leben zufrieden und glücklich zu sein. Ist es die allgemeine Gleichgültigkeit gegenüber dem Tod, die das Leben auf Bali trotz des westlichen Einflusses relativ friedlich macht? Ist es die mythische asiatische Gleichgültigkeit gegen persönliche Schicksalsschläge, die einen gewissen Seelenfrieden schafft? Alles was geschieht, ist der Wunsch der Götter. Und das muss man akzeptieren.

Wie alle Balinesen hat Ayu ein stark gestörtes Verhältnis zur Zeit. Pünktlichkeit kennt sie nicht. Wenn sie sich an Sonntagen zu einer bestimmten Zeit angemeldet hat, ist es für sie ganz normal, eine oder zwei Stunden früher oder später zu erscheinen, meistens später. Eine Notlüge hat sie, ohne ein schlechtes Gewissen zu bekommen, immer parat. Ich habe ja Verständnis dafür, dass sie zunächst für ihre Kinder etwas einkaufen, kochen oder zum Arzt gehen muss. Aber vergeblich versuche ich ihr beizubringen, mir wenigstens per WhatsApp eine Nachricht zukommen zu lassen, wenn sie sich verspätet.

Meinem Fahrer Murah konnte ich in den vergangenen beiden Jahrzehnten allerdings Pünktlichkeit und Disziplin beibringen. Er versucht nun immer pünktlich zu sein, oder mir eine Nachricht über eine Verspätung zu schicken. Ob mir das bei Ayu jemals gelingen wird? Bei Ni Mang war bisher alle Mühe vergeblich.

Haben Ayu und ich einen Termin für den nächsten Tag oder den Abend ausgemacht, kann es sein, dass sie gar nicht kommt, oder sie kommt unangemeldet am selbigen Tag zu einer ganz anderen Zeit. In dieser Beziehung wird meine Geduld oft überstrapaziert. Mehrmals habe ich ihr angedroht, eine andere Freundin zu suchen, die pünktlich ist. Jedes Mal ist sie danach tief beleidigt, aber gebessert hat sie sich nicht. Ich habe den Eindruck, sie will mich ab und zu unangemeldet überraschen, um zu sehen, ob ich anderen Damenbesuch habe. In ihrer Eifersucht vermutet sie immer eine Nebenbuhlerin. Die einzige Zeit, zu der sie pünktlich erscheint, ist, wenn sie nach Büroschluss zu mir kommt. Sie verlässt jeden Tag, von Montag bis Samstag, pünktlich um 17:00 Uhr das Büro und ist dann eine halbe Stunde später bei mir.

Ayu wünscht oft, dass ich für sie etwas zum Essen vorbereite. Wenn ich etwas gekocht hätte, würde es ihr immer am besten schmecken, behauptet sie. Sie probiert alles, auch deutsches Essen. Zum Beispiel machte ich ihr gefüllte Paprikaschoten, eine Linsensuppe, Spätzle oder Röstkartoffeln. Sie mochte alles und wunderte sich, was es außer Reis noch alles zu Essen gibt. Bisher hatte sie nur Reis mit etwas Gemüse und ab und zu etwas Hühnchen oder Fisch gegessen, was ziemlich eintönig war. Das bei Balinesen so beliebte Schweinefleisch lehnt sie ab. Umso mehr liebt sie Spinat oder anderes Gemüse in Kokosnusssoße. Aber für jedes Essen wünscht sie sich wenig Salz.

Dazu isst sie jedoch immer jede Menge *Lomboks*, ganz besonders scharfe kleine Chilischoten. Ich bin scharfes Essen gewohnt, aber so scharf wie Ayu kann ich nichts essen.

Ayu isst gerne bei mir, denn sie ist – im Gegensatz zu Ni Mang – keine gute Köchin. Zum Beispiel wollte ich sehen, wie man ein *Bumbu Bali*[55] macht, und bat sie, alle Zutaten dafür vom Markt mitzubringen. Sie brachte eine fertige Mischung vom Markt mit. Auch bei anderen Gelegenheiten stellte ich fest, dass sie wenig Ahnung vom Kochen hat. Ja, auch das gibt es auf Bali. Es gibt aber nur wenige Balinesinnen, die nicht gut kochen können. Ich fragte Ayu, wie es dazu kam. Sie erzählte, dass ihre Mutter früh gestorben ist und sie noch zu klein war, um von ihr Kochen zu lernen. Nach dem Tod ihrer Mutter wurde sie von ihrer Großmutter aufgezogen. Die hätte nie selbst gekocht. Sie hätte *Nasi Bunkus*[56] gekauft, oder sich ein Gericht von einem nahen indonesischen Restaurant kommen lassen. Kein Wunder! Dafür hat Ayu andere Vorzüge!

Vor meiner Villa werden täglich Opfergaben für die Götter abgelegt. Es sind *Canangs*, kunstvoll aus Palmblättern geflochtene Körbchen, in denen sich etwas Reis und Obst, sowie neben Blüten und Gewürzen ein Biskuit befindet. An jedem Morgen wird bei einem Gebet meiner weiblichen Nachbarn ein Räucherstäbchen angezündet, dessen Duft mir bereits am frühen Morgen, wenn ich wach werde, in die Nase steigt. Das Gebet ist ein wunderschönes Ritual! Jede Bewegung der Augen, des Mundes oder der angespannten Arme enthält eine Bedeutung, die wir westlichen Menschen selbst durch langes Studium kaum erkennen können. Die Gesten der Hände, der vibrierenden Finger und des Körpers ersetzen das gesprochene Wort. Es ist die Harmonie von Körper und Geist, eine Sprache der Bewegungen mit tausend Variationen. Ich genieße es, durch den aromatischen Duft der Räucherstäbchen, der eine reinigende Wirkung haben soll, den Morgen zu erleben. Durch diese tägliche Zeremonie sollen Geister und Unglück von mir und meiner Behausung ferngehalten werden.

Wenn Ayu zu mir kommt, legt sie meist ein weiteres *Canang* vor der Eingangstüre meiner Villa ab. Dabei verteilt sie Weihwasser mit graziösen Handbewegungen und gespreizten Fingern. Als ich ihr anfangs sagte: ‚Ich habe doch schon ein *Canang*!', antwortete sie: ‚Aber dieses hier ist wirkungsvoller, es ist direkt von mir. Weil ich möchte, dass es dir immer gut geht!' Ayu hat eine friedliche und gutartige Kindlichkeit.

---

55 Eine balinesische Gewürzmischung, die besonders gut zu Fischgerichten passt.
56 Ein in ein Bananenblatt eingewickeltes billiges Reisgericht mit etwas Hühnerfleisch und Gemüse.

Stundenlang kann Ayu auf dem Fußboden sitzen, um die Körbchen für die täglichen Opfergaben an die Götter aus Palmblättern zu flechten, und sie hat keinerlei Zweifel an der Sinnhaftigkeit ihres Tuns. Sie benötigt diese Körbchen für zu Hause, fürs Büro oder für den Tempel. Sie gestaltet diese besonders kunstvoll und füllt sie mit Betelnüssen, Tabak, etwas Reis und Zitronenblättern. Oft ist auch ein Stückchen Obst dabei. Die Götter sollen es guthaben! Dekoriert wird das Ganze mit Blumenblüten. Je nach der Farbe der Blüten muss das *Canang* ausgerichtet werden. Weiße Blüten müssen nach Osten schauen, rote nach Süden, gelbe nach Westen und blaue nach Norden. Ein Räucherstäbchen ist immer dabei. Ayu konnte mir stundenlang die Besonderheiten des balinesischen Hinduismus erklären. Was muss da nicht alles beachtet werden! Für einen Außenstehenden ist das kaum zu begreifen.

Wie mir scheint, wird Ayu durch ihren Glauben in eine Zwangsjacke gepresst. Selbst bei mir flicht sie noch filigrane Körbchen aus Palmblättern für die Opfergaben an die Götter. Stundenlang ist Ayu mit religiösen Ritualen beschäftigt. Viele Arbeitstage fallen aus. Was bleibt da zum Leben? Wie kann man da für unvorhergesehene Ausgaben eine finanzielle Rücklage aufbauen? Unmöglich!

*Abb. 2.4-2: Canang*[57]
*Abb. 2.4-3: Canang*[58]

57  Creative Commons (CC) License
58  Photo credit by: http://blog.icbali.com, https://travelblog.astadala.com/ the-bali-experience/ the-history-of-balinese-offerings-canang-sari/

Meiner westlichen Ansicht nach ist die Gläubigkeit von Ayu schon extrem, ja fast schon bigott. Ihr Lebensstil wird der übertriebenen Ausübung ihres Glaubenseifers untergeordnet. Aber gemäß ihrer hinduistischen Religion ohne Anfang und Ende, durch den Zyklus der Wiedergeburt, müssen die Götter milde gestimmt werden, damit auch ein zukünftiges Leben lebenswert gestaltet werden kann. Und dafür ist keine Tätigkeit zu viel und kein Gang zum Tempel zu weit. Man ist dann mit sich selbst im Reinen!

Mehrmals versuchte ich, Ayu lateinamerikanische Tänze beizubringen. Erfolglos! Bei diesen Rhythmen bewegt sie sich tollpatschig und ungelenk. Sie hat einfach kein Gespür für diese, ihr fremde, Musik. Wenn sie mir hingegen einen balinesischen Tanz vorführt, ist sie ein ganz anderer Mensch. Zu den sanften, dann wieder wilder werdenden Rhythmen der Gamelanmusik aus ihrem Smartphone tanzt und bewegt sie sich mit weichen und eleganten Drehungen, dann wieder wie eine wildgewordene Schlange. Da kann ich ihr stundenlang zuschauen.

Ayus Blick wird beim *Legong* abwesend, als würde sie in eine andere Welt eintauchen. Und sie ist in einer anderen Welt! Wenn ich sie so sehe, kann ich mir kaum vorstellen, dass sie später in ihren Tagesklamotten wieder auf ihr Motorrad steigt und durch den heftigen Straßenverkehr nach Hause düst. Man sieht, dass sie den balinesischen Tanz professionell gelernt hat und auch immer wieder mit einer Frauengruppe im Tempel tanzt.

Als ich sie eines Abends bat, mir einen *Legong* nackt vorzutanzen, lehnte sie dies entrüstet zurück. Das könne sie nicht machen. Das würde die Götter sehr erzürnen. Dieses Risiko wollte auch ich nicht eingehen!

Wenn Ayu nach einigen Stunden bei mir wieder nach Hause muss, fällt ihr der Abschied schwer. Bei mir ist es immer schön und entspannend. Ich habe ein Schwimmbad, eine Klimaanlage und viele andere luxuriöse Annehmlichkeiten. Dann muss sie wieder nach Hause, in die – wie sie sagt – ärmliche Hölle mit ihren Schwiegereltern, die anscheinend nur im Sinn haben, sie zu drangsalieren. Und ihr Ehemann bläst – wenn er ab und zu kurz nach Hause zu seinen Eltern kommt – ins gleiche Horn! Andererseits zieht es sie aber auch nach Hause zu ihren Kindern, um die sie sich liebevoll kümmert.

## 2.5. Sexualität auf Bali

Balinesinnen haben eine unbefangene und freie Einstellung zur irdischen Liebe, wenn man erstmal ihr Herz gewonnen hat. Zum Glück ist mir das gelungen! Balinesinnen lieben es zu flirten, auf Bahasa Indonesia oder Balinesisch, aber nicht auf Englisch. Man kann offen zweideutig mit ihnen reden und lachen. Selbst durch derbe Scherze bringt man sie nicht in Verlegenheit, aber weiter gehen sie nicht. Diese Freiheit und Ungezwungenheit der balinesischen Frauen wird oft von frustrierten westlichen Geschlechtsgenossinnen, die dazu nicht fähig sind, beneidet und sogar verurteilt. Neben diesen farbenfrohen und anmutigen, oft bezaubernd schönen, balinesischen Frauen haben es die westlichen Ehefrauen der Urlauber nicht immer leicht, sich optisch zu behaupten.

Die Freuden der Liebe sind auf Bali nicht mit einem Fluch belastet wie im Christentum. Man kennt keine Erbsünde und somit hat man auch keine Ängste und Hemmungen. Man genießt und hat aneinander Freude. Diese Unbefangenheit gegenüber Erotik und Sexualität führt aber nicht dazu, die ‚käufliche Liebe' zu fördern. Ganz im Gegenteil. Noch vor 20 oder 30 Jahren war es praktisch unmöglich, einer Balinesin nahe zu kommen. Sie waren einfach zu stolz und selbstbewusst. Für das ‚älteste Gewerbe' der Welt waren die Muslimas aus Java zuständig und davon gab es reichlich. Auch heute noch sind es fast ausschließlich die Muslimas, die sich den Männern für ein Schäferstündchen anbieten. Aber aus finanzieller Not gibt es nun auch einige wenige Fälle von Balinesinnen, die auf die Straße gehen. Aber der Fairness halber muss man sagen, dass beide, Muslimas und hinduistische Balinesinnen, es mit Takt, ihrer Geschicklichkeit und ihrer Sensibilität verstehen, dass Männer in Gegenwart dieser reizenden Geschöpfe den Kummer dieser Welt vergessen.

Sind Balinesinnen mit einem Balinesen liiert, muss die Frau meist den Mann mitversorgen. Bei einem westlichen Mann erwartet die Balinesin, dass sie von dem Ausländer finanziell unterstützt wird. Es gibt natürlich Ausnahmen. Bei Ni Mang oder meiner balinesischen Freundin habe ich Forderungen nach Geld bis jetzt noch nicht gehört.

Eine Freundin fürs Bett zu bekommen ist für mich auf Bali kein Problem, auf Java noch weniger, aber wenn ich dann höre: *,I want you to care for me!'*, breche ich die Verbindung sofort wieder ab. Wenn die Forderung auch noch in Englisch ausgesprochen wird, weiß man sofort, dass der Grund für eine Beziehung nur das Geld ist. Und wenn dann noch die Familie ins Spiel kommt, kennen die Forderungen keine Grenzen mehr. Mehr Geld muss fließen. Immer noch mehr. Von aufrichtiger Liebe keine Spur! Manchmal erinnert mich die Mentalität der Balinesinnen an die von Kindern. Balinesinnen sind genauso treu wie devot, können aber auch fordernd und unverschämt sein.

Kürzlich machte mir eine junge balinesische Dame, die ich schon seit einigen Jahren kenne, ein Angebot. Sie wollte meinen Haushalt machen und sie wollte mich versorgen, wenn ich alt wäre und nicht mehr alles selbst machen könne. In Bali oder in Deutschland. Tanzen könnte sie auch, und ich könnte mit ihr alles machen, was ich wolle. Sie wäre zu ALLEM bereit. Aber ich müsste für sie und ihr Kind sorgen. Was für ein dreistes und unverblümtes Angebot! Haben die Frauen nun auch in Bali ihre Achtung verloren? Es war das erste Mal, dass ich so etwas von einer Balinesin hörte.

Von jungen Muslimas aus Java gibt es solche Angebote des Öfteren. Diese suchen einen ‚Sugar-Daddy‘, einen älteren Herrn, den sie bis zu seinem Lebensende versorgen und dann seine Pension kassieren. In Bali habe ich gehört, dass die Javanerinnen diese Herrn ‚MCH[59]-Daddy‘ nennen.

Die zuvor genannte Dame, die sagte, sie wisse nicht mehr, was Sex sei, kam Monate später weinend zu mir, um mir ihr Leid zu klagen. Sie war nun geschieden und lernte anscheinend einen netten Mann mit einem großen Auto kennen. Bereits nach drei Tagen ging sie mit ihm ins Bett und wurde gleich schwanger. Er wollte sie heiraten, und damit der Dame klar wurde, wie ernst es ihm mit einer baldigen Hochzeit sei, besuchte er ihre Eltern, ohne sie zuvor darüber unterrichtet zu haben. Erst jetzt erfuhr sie, dass er bereits zwei Frauen hatte, sie sollte seine dritte werden. Das wollte sie natürlich nicht. Der Typ war jedoch aufdringlich und stellte ihr nach. Nun ließ sie die Schwangerschaft unterbrechen. Vor wenigen Monaten sagte mir die Dame, sie wisse nicht mehr was Sex sei, nun war sie von einem Mann, den sie nur drei Tage kannte, schwanger. Was soll man da noch glauben?

Wenn jemand, wie der oben genannte Typ, zwei Frauen hat, ist das auf Bali nicht unüblich. Es gibt aber auch Auswüchse. Ni Mang erzählte mir, dass einer ihrer Nachbarn im Dorf sechs Frauen und zwölf Kinder hätte. Die sechste Frau wäre natürlich auch die jüngste. Alle sechs Frauen und die Kinder seien in seinem Haus untergebracht. Jede Frau hätte ihr eigenes Zimmer. Alle würden ihr eigenes Geld verdienen, manche wären sogar selbständig und wären erfolgreiche Geschäftsfrauen. Der Ehemann hätte ein gemütliches Leben. Er säße den ganzen Tag herum, mal zu Hause, mal im Warung,

59 Motorbike, Cash and Handphone

tränke Kaffee und würde rauchen. Jede seiner Frauen würde getrennt kochen. So ginge er mal zu dieser, mal zu jener. Und bei Nacht wäre es genauso, denn ein eigenes Schlafzimmer hätte er nicht. Mal schliefe er bei dieser, mal bei jener. Bali ist vielleicht doch ein Paradies, aber nur für Männer!

Das gilt allerdings wohl nur für heterosexuelle Männer, wir mir folgendes Erlebnis zeigte: Nachdem Ni Mangs Freundin ihren Sohn Ida Bagus auf die Welt gebracht hatte, machten Ni Mang und ich bei ihr zuhause einen Besuch. Bevor man das Zimmer mit Mutter und Baby betreten durfte, muss man sich einen kurzen Augenblick in der Küche des Hauses aufhalten. Damit soll verhindert werden, dass eine schlechte Aura auf das Baby übergehen. Diese schlechten Einflüsse sollen in der Küche zurückbleiben.

Von meiner Tochter Regina hatte ich aus Australien neben vielen andern Sachen ein Plüschtier, mit der ihre Jungs als Baby gespielt hatten, mitgebracht. Es war eine Stoffpuppe in Form eines Elefanten. Ich dachte, das ist das richtige Geschenk für das Baby, denn die balinesische Gottheit Ganesha, meist als menschliches Wesen mit Elefantenkopf dargestellt, ist die Gottheit von unendlicher Weisheit und großem Einfallsreichtum.

Aber meine westlichen Gedankengänge liefen in die falsche Richtung! Wie mir Ni Mang erklärte, darf man Jungs niemals eine Puppe schenken, sie kann aussehen wie sie will, denn mit einer Puppe wird der Spieltrieb eines Babys gefördert. Dieser muss bei männlichen Babys unterdrückt werden, um keine homosexuelle Neigung zu fördern. Einen Homosexuellen oder Transvestiten in der Familie zu haben, wäre für jede balinesische Familie eine große Schande.

Frauen reden sehr offen und häufig über das Thema Sex, wenn sie unter sich sind. Nicht nur die hinduistischen Balinesinnen, auch Muslimas. Schon Anfang der 1960er Jahre war ich überrascht, wie offen ich auf Java von Ehefrauen meiner Geschäftspartner und Kunden über Empfängnisverhütung und Sexpraktiken angesprochen wurde.

Oft wurde ich in den 1960er Jahren von den Ehefrauen meiner Kunden ohne Hemmungen gefragt, was wir in Deutschland machen würden, damit wir so wenige Kinder bekommen würden. Alle Indonesierinnen wollten etwas über Geburtenkontrolle erfahren. Und wenn ich damals von einem Deutschlandurlaub nach Indonesien zurückkam, wünschten sich die Männer eine Kuckucksuhr oder eine Flasche Wein und deren Ehefrauen Seidenstrümpfe, Reizwäsche und Büstenhalter. Meistens wurden Büstenhalter mit Körbchen A und Push-Ups gewünscht. Heutzutage gibt es diese Sachen – mit Ausnahme der Kuckucksuhren – natürlich auch in Indonesien zu kaufen.

Mein damaliger Fahrer Sudjono aus den 1960er Jahren hatte mehrere Frauen und schon sieben Kinder. Auch er wollte nicht noch mehr Kinder haben, das sei ihm zu teuer. Er fragte mich immer wieder, wie wir Europäer das machen würden, dass wir so wenige Kinder hätten. Ich erklärte ihm, dass es für diesen Fall doch die Anti-Baby-Pille geben würde. Noch kurz vor einer Reise kam er zu mir und erzählte freudestrahlend, nun sei alles geregelt. Er hätte auf dem Markt eine Anti-Baby-Pille gekauft und schon geschluckt. Ich musste mich sehr zusammennehmen, um nicht laut aufzulachen, versprach ihm aber, ihn nach der Reise nochmals ausführlicher aufzuklären.

Von Seiten der Regierung gab es gegen Ende der Regierungszeit von Präsident Sukarno eine Offensive gegen den hohen Geburtenüberschuss mit der entsprechenden Aufklärung. Auf Plakaten wurde eine Mutter mit einem Jungen und einem Mädchen an jeder Hand gezeigt, und im Radio und Fernsehen hieß es überall ,Dua Anak cukup'! Zwei Kinder sind genug! Kondome und die Anti-Baby-Pille wurden probehalber kostenlos in den Dörfern verteilt. Aber anfangs gab es Probleme mit der Nachlieferung der Pillen und zudem auch große Missverständnisse in der einfachen dörflichen Bevölkerung. Es gab Frauen, die nahmen den gesamten Wochenbedarf auf einmal ein, andere nahmen die Pille nur nach oder vor dem Verkehr. Trotzdem sank das Bevölkerungswachstum in Indonesien von rund 6 Prozent in der 1950er Jahren bis zum Jahr 2000 auf rund 2 Prozent. Es war weltweit eines der erfolgreichsten Programme zur Familienplanung, obwohl es in Indonesien Tradition ist, zur Altersversorgung möglichst viele Kinder zu haben. Zur Senkung der Geburtenrate hat allerdings auch die Einführung des Fernsehens beigetragen. Es war eine andere Abendunterhaltung, nach der man müde zu Bett ging. In späteren Jahren wurde die Familienplanung vorwiegend durch das Einsetzen von Spiralen weitergeführt. In den vergangenen Jahren ist leider wieder eine starke Zunahme der Geburtenzahlen zu verzeichnen, da von den Muslimen wieder Großfamilien mit vielen Kindern gefordert werden.

Selbst Anfang der 1990er Jahre war der richtige Gebrauch der Pille oft noch ein Problem bei der Landbevölkerung. So wurde meine Lebensgefährtin Annette bei dem Besuch eines Langhauses auf Kalimantan 1992 von der Frau des Hauses eingehend über die Wirksamkeit der Pille befragt. Die Pille in Indonesien sei nicht wirksam, denn obgleich sie sie nach jedem Geschlechtsverkehr einnehme, habe sie schon zehn Kinder!

Erst nachdem unter Sukarno die Regierung 1964 den Befehl erließ, dass der *Kepala Kampung*, der Dorfälteste, jeden Abend um 18 Uhr den *Kul Kul*, die Dorftrommel, in einem bestimmten Rhythmus schlagen müsse, als Zeichen, dass nun die verheirateten Frauen eine einzige Pille zu nehmen hätten, kam Klarheit und System in die Empfängnisverhütung. Da das Thema

Empfängnisverhütung überall offen und ohne Tabus diskutiert wurde, waren schon bald auch erste Erfolge zu verzeichnen. Daran hatten die *Dalangs*, die einflussreichen Meister der Schatten- und Puppenspiele, einen ganz entscheidenden Anteil. Zur allgemeinen Erheiterung des dörflichen Publikums wurde dieses Thema mit vielen intimen Einzelheiten immer wieder mehr oder weniger ausführlich erörtert.

Für uns Männer ist der Anblick eines Busens – wenigstens für mich – immer ein besonderes Erlebnis. Daher möchte ich dem schönsten und ästhetischsten Teil des menschlichen Körpers hier noch einige Seiten widmen.

Viele Frauen auf dem Lande waren Anfang der 1960er Jahre, als ich zum ersten Mal nach Bali kam, immer noch barbusig unterwegs, entlang der Straße, auf den Pfaden zwischen den Dörfern, auf den Märkten und bei der Arbeit auf den Reisfeldern. Schon die Kolonialherren hatten zwar aus moralischen Gründen verordnet, dass die Brüste der Frauen bedeckt sein müssten, damit die überall präsenten holländischen Soldaten nicht in Versuchung geführt werden sollten. Andererseits warben die Niederländer aber in den 1930er Jahren widersinniger Weise gerade mit den sparsamen Bekleidungsgewohnheiten der Balinesinnen als touristische Attraktion. Zu Zeiten der Kolonialherrschaft bis ungefähr zum Ende des Ersten Weltkrieges kleideten sich die holländischen Frauen der Kolonialbeamten, trotz tropischer Temperaturen, nach europäischer Mode, also noch puritanisch, hochgeschlossen mit Korsett und langen Röcken – eine absurde Vorstellung von sogenannter schicklicher Bekleidung mitten in den heißen und feuchten Tropen. Auf Java und in vielen anderen Regionen Indonesiens waren die Kolonialherren mit ihrer Kleider-Verordnung erfolgreich gewesen. Dort trugen die Frauen normalerweise *Kain* und *Kebaja*, also *Sarong* und Bluse.

Auf Bali versuchten die Kolonialherren schon Ende des 19. Jahrhunderts eine Verordnung durchzusetzen, dass auch die Balinesinnen ihre Brüste bedecken sollten. Im viktorianischen Zeitalter galt nackte Haut als unanständig und verführerisch. Die Tradition war aber in Bali, besonders im Norden der Insel, dass sich nur unanständige Frauen und leichte Mädchen ganz verhüllten. Ein bedeckter Busen galt als Zeichen der Prostitution. Daher waren die Holländer mit ihrer Verordnung auf Bali nicht besonders erfolgreich.

Präsident Sukarno, der bestimmt kein Kostverächter war, hat dennoch Ende der 1950er Jahre erlassen, dass auch auf der Insel Bali die Brüste der Frauen bedeckt sein sollten, da seiner Meinung nach ausländische Touristen nur auf die Brüste der hübschen Balinesinnen starrten und dabei die Schönheit der Landschaft und die auf der Welt einmaligen Gebräuche der Insel selbst übersahen.

*Abb. 2.5-1: Filmplakat[60] von 1932/1933 (Film ‚Insel der Dämonen‘ von Viktor von Plessen)*

---

60  Foto von Filmplakat im ARMA Museum in Ubud, Bali

Wenn Sukarno in seinem Palast in Tampaksiring war, stand er jeden Morgen um 6 Uhr in der Mitte der Brücke zwischen seinem Privatpalast ‚Wisma Merdeka‘ und dem Gästehaus ‚Wisma Negara‘, um die Prozession der Männer und Frauen vom Dorf zum Badeplatz unter der Brücke hindurch und das Baden der halbnackten Balinesinnen im nahegelegenen Badebecken zu beobachten.

Bis weit in die 1960er Jahre hinein waren entlang der Straßen auf Bali Plakate aufgestellt, die eine züchtig bekleidete Balinesin zeigten, mit dem Hinweis, dass wegen der ausländischen Besucher aus moralischen Gründen die Brüste bedeckt werden sollten. Aber nur wenige Frauen hielten sich zunächst daran. Ein Phänomen war, dass, nachdem die Frauen ihren Oberkörper verhüllten, Erkrankungen mit Tuberkulose sprunghaft anstiegen.

Immer wieder erlebte ich Anfang der 1960er Jahre, dass eine Frau, die ihre Brüste mit einem Tuch bedeckt hatte, dieses Tuch wegnahm und sich damit Kopf und Augen verhüllte, wenn sie Fremde entdeckte, sozusagen nach dem Motto: ‚Sehe ich Dich nicht, siehst Du mich auch nicht‘. Viele ältere Frauen sind aber in den Dörfern und auf dem Felde bis heute immer noch mit unverhülltem Busen unterwegs. Wenn sie in der Familie, in ihren von hohen Mauern umgebenen Häusern sind, fühlen sich auch junge Balinesinnen selbst heute noch mit nacktem Oberkörper am wohlsten, auch Ayu!

Der Reiseschriftsteller Louis Couperus schrieb Mitte der 1920er Jahre: ‚Hier auf Bali hat der Künstler Gelegenheit, die wunderbaren, durch keine unnatürliche Lebensart entstellten Formen fast unverhüllt zu sehen, denn die Frau auf Bali lässt den ganzen Oberkörper unbekleidet. Eine Schar Frauen auf Bali, den Unterkörper in die leuchtenden Farben der kunstvoll gebatikten Sarongs gekleidet, wirkt wie eine Schar wandernder Bronzefiguren, Figuren, an denen jeder Ästhet einen Genuss finden wird!‘[61]

Auch ich finde es bis heute wunderschön, wenn bei Beginn der Abenddämmerung unzählige Frauen mit Blumen im Haar, die kunstvoll mit Obst und Blumen hoch aufgeschichteten Opfergaben auf dem Kopf, stolz und anmutig zum nächsten Tempel wandeln, in heutiger Zeit – wie gesagt – allerdings mit Oberbekleidung: Die *Kebayas* in allen Farben des Regenbogens, die lächelnden bronzefarbenen Gesichter, das glatte schwarze Haar mit einer koketten Locke. Unendlich viele Motive für einen Künstler. Dass die Balinesinnen kaum Schuhe mit Absätzen tragen und gewohnt sind, die Lasten auf dem Kopf zu tragen, ist das Geheimnis ihres aufrechten graziösen und leichten Gangs. Und am Straßenrand sitzen die halbnackten Männer und drücken ihre geliebten Kampfhähne an die Brust.

---

61 *Unter Javas Tropensonne*, Berlin 1926, S. 23

Balinesen haben normalerweise ein ungestörtes und natürliches Verhältnis zur Nacktheit. Auf den Dörfern außerhalb der Städte baden Männlein und Weiblein bis heute mit halber Blöße in den kühlen Flüssen. In den 1920 und 1930er Jahren war Bali der Inbegriff exotischer Schönheiten und freizügiger Sexualität. Exotische Schönheiten, ja, besonders bei den oberen ‚Zehntausend' aus New York, Paris und Berlin! Natürlichkeit, ja! Aber freizügige Sexualität? Mit Fremden? Keinesfalls!

Vor einigen Jahren ist mir in dem Dorf Mas in der Nähe von Ubud eine nette Geschichte passiert. Ich hatte eine wunderschöne Holzschnitzerei einer barbusigen balinesischen Tänzerin entdeckt und wollte diese unbedingt kaufen. Ich trat mit dem Künstler wegen des Preises in Verhandlung, und da ich nach irgendeinem Grund zum Handeln suchte, bemängelte ich den Ansatz und die Proportionen des Busens. Irgendetwas würde hier nicht ganz stimmen, sagte ich.

Die hübsche Frau des Schnitzers hatte im Hintergrund unser Gespräch mitgehört. Sie kam nun auf mich zu, knöpfte ihre Bluse auf und entblößte ihren strammen Busen. Was daran falsch sein sollte, fragte sie empört. Sie war nicht nur die Ehefrau des Künstlers, sie war auch sein Modell. Er hatte seine Frau originalgetreu nachgebildet. Ich gab mich beschämt geschlagen und entrichtete den gefragten Preis ohne weitere Diskussion.

In Deutschland hatte ich mich einige Zeit mit dem Modellieren von Busen beschäftigt. Unter den Studentinnen der Universität in Tübingen gab es viele, die ihren Busen, solange er noch jung, fest und schön anzusehen war, verewigt haben wollten. Ich machte zunächst Abdrücke aus Silikon oder Gips, aus denen später die Originale hergestellt wurden. Die Originale wurden bemalt oder mit Blattgold belegt und meist als eine Collage in einem Bilderrahmen mit Modeschmuck drapiert. Manche Frauen wünschten sich eine exklusive Kopie ihres Busens in Holz. Die ließ ich dann von geschickten Holzschnitzern auf Bali nach den Gipsabdrücken anfertigen.

Warum hatten viele Frauen den Wunsch, ihren Busen in jungen Jahren zu verewigen? Meist hörte ich das Argument: ‚Ich habe einen schön geformten Busen. Aber ich kann mich doch nicht ausziehen und ihn meinen Freunden zeigen. Wenn er aber als Kunstwerk an der Wand hängt, kann ihn jedermann bewundern'. Bei der einschlägigen Damenwelt war ich schon bald als der ‚Herr der Möpse', aber auch als ‚Herr der lebenden Berge' bekannt. Es war ein reiches und schönes Betätigungsfeld, denn beim Anblick eines Busens ist es mir noch nie langweilig geworden.

Auf einer meiner damaligen Reisen machte ich auf dem Weg zurück von Bali nach Deutschland in Perth in West-Australien eine Unterbrechung. Ich wollte auf dem Weg zurück nach Deutschland noch einige Tage bei meiner Tochter in Perth verbringen. Mein Koffer war gefüllt mit einer ganzen Anzahl von aus Holz geschnitzten Busen, die ich in Bali in Auftrag gegeben hatte. Es waren Busen der unterschiedlichsten Formen, große und kleine, runde und spitze, aus den unterschiedlichsten Holzarten, je nach Bestellung. Bekanntlich ist die australische Zollbehörde bei der Einfuhr von hölzernen Gegenständen sehr streng. Aber ich dachte nicht, dass es Probleme geben würde, denn ich war ja praktisch nur im Transit.

Aber ich hatte mich getäuscht! Ich musste meinen Koffer öffnen. Der Zollbeamte entnahm meinem Koffer einen Busen nach dem anderen, legte jeden demonstrativ auf den Tresen und fragte jedes Mal: ‚What ist that?‘ Mir blieb nichts anderes übrig, als immer wieder zu sagen: ‚a breast‘, oder ‚a bossom‘ oder ‚tits‘. Alle Busen lagen nun nebeneinander aufgereiht auf dem Tisch des Zollbeamten und hinter mir staute sich die Menschenmenge die durch den Zoll wollte, immer weiter. Die meisten Männer hinter mir schmunzelten, aber viele der Frauen wurden unwirsch und schauten mich an, als wäre ich ein Sexmonster.

Die Situation spitzte sich weiter zu, als der Zollbeamte für alle laut hörbar ‚Quarantine Officer please!‘ durch das Ankunftsgebäude des Flughafens rief. Die Menschenmenge hinter mir staute sich weiter. So langsam wurde mir die Sache peinlich! Aus der Menge hörte ich Stimmen wie ‚Busenfetischist‘, ‚Porno‘ und andere, die ich hier nicht wiedergeben möchte. Als der Quarantäne Offizier schließlich eintraf, ging die Fragerei wieder von vorne los. Ich wurde ins Büro der Zollbehörde gerufen und immer wieder gefragt weshalb ich so viele Busen aus Holz bei mir hätte, was ich damit machen wolle und so weiter. Die Wahrheit konnte ich nicht sagen, die hätte man mir nicht geglaubt. So blieb mir nur übrig, zu behaupten, ich hätte in Bali einen Kurs in der Kunst der Holzschnitzerei gemacht und wir hätten nur an Busen geübt. Die Exemplare, die mir besonders gelungen seien, wären diese hier. Ich wollte sie als Andenken nach Deutschland mitnehmen. Schließlich wurden die Busen eingezogen und mit Gas behandelt, damit ja kein Ungeziefer nach Australien eingeschleppt werden würde.

Bei meinem Abflug wurden mir die wertvollen Stücke wieder zurückgegeben. Zuvor musste ich jedoch eine Rechnung von 120 Australischen Dollars für Begasung und Aufbewahrung begleichen. Trotz dieser kleinen Unannehmlichkeit wurden die Busen von meinen Kundinnen in Deutschland begeistert in Empfang genommen.

Immer wieder gibt es durch Vulkanausbrüche und Erdbeben Schreckensjahre mit vielen Toten auf dieser Insel, die wir die ‚Glückliche‘ nennen. Wir in Europa hörten bisher nur wenig von diesen Naturkatastrophen, da die Balinesen über das von den Göttern verhängte Leid nie klagen. Da auf Bali viele ältere Menschen bis heute nicht wissen wie alt sie sind, wird der Ausbruch des Gunung Agung von 1963 als Zeitmesser benützt. Es heißt dann einfach: ‚Ich wurde kurz nach oder vor dem Ausbruch geboren‘ oder ‚Damals war ich so groß‘, indem die Höhe mit der Hand angezeigt wird, oder ‚Ich war damals bereits in der Schule, in der Klasse X oder Y‘. Während der holländischen Kolonialzeit wurden Geburts- und Sterbedaten von der einfachen Bevölkerung nicht registriert. Das nahm man damals nicht so genau! Das hat sich heute natürlich geändert!

Kürzlich besuchte ich von Bali aus die kleine Nachbarinsel Lembongan. Da müssen anscheinend die Brüste der Frau als Zeitmesser dienen. Als ich im Hafen von Lembongan eine ältere Frau ansprach, die Schwerstarbeit beim Beladen der Schiffe leistete, fragte ich sie, wie alt sie wäre. Sie konnte meine Frage nicht beantworten, sie wusste es einfach nicht. Sie sah – gezeichnet durch die schwere Arbeit – aus wie 70, aber sie war – wie ich schätzte – mit Sicherheit nicht älter als 50. Ich fragte weiter, ob sie Kinder hätte. Ja, antwortete sie, drei Töchter. Ich wollte wissen, wie alt die wären. Ihre Antwort war, das wisse sie auch nicht, aber die Brüste ihrer Töchter würden schon hängen.

Wie kommt es, dass so viele, selbst noch ältere Balinesinnen, oft nach wie vor schön geformte und stramme Brüste haben? Ein balinesischer Arzt gab mir die Antwort. Viele Balinesinnen arbeiten in ihrer Jugend auf dem Reisfeld oder im Baugewerbe. Schwere Lasten werden immer auf dem Kopf transportiert. Diese Lasten, oft Steine oder Sand für den Hausbau, werden von Hand mit Muskelkraft über den Kopf gehoben. Bei Ni Mang ist mir dies auch in Deutschland aufgefallen. Wir räumten meine Garage auf und wenn ein schwerer Karton wegzubringen war, wurde der von Ni Mang auf dem Kopf getragen. Dies stärke besonders die Brustmuskulatur, sagte der Arzt, was zu strammen und meist nicht hängenden Brüsten führt. Bis ins hohe Alter werden die oft 30 bis 40 Kilogramm schweren Opfergaben bei jedem Tempelfest auf dem Kopf zum Dorftempel getragen, sodass die starke Brustmuskulatur auch im Alter erhalten bleibt.

Wie überall auf der Welt haben natürlich junge Mädchen noch kleine feste Brüste. Dann sagt man auf Bali: ‚*Sudah ada batu di dalam susu*‘, übersetzt heißt das: ‚Die hat schon einen Stein in der Brust‘.

# 2.6 Sommer 2018

Im Sommer 2018 kam ich erneut nach Bali. Ich musste einfach wieder auf meine geliebte Insel reisen. Ich glaube, wenn ich einmal nicht mehr reisen kann, wäre das für mich so, als würde man mir das Sauerstoffzelt des Lebens entziehen. Ein anderer Grund, weshalb ich diesmal im europäischen Sommer reiste, war mein 85. Geburtstag, den ich im August mit meiner australischen Familie und Freunden in Ubud feiern wollte. Und dann natürlich Ayu. Ich wollte sie so bald wie möglich wiedersehen.

Als ich nach einem langen Flug am Nachmittag wieder meine mir vertraute Umgebung betrat, begrüßte mich mein Hausboy Wayan mit einem fröhlichen ‚Om Swastiastu!‘ Ich war wieder zu Hause angelangt! Es ist so gut, wieder in Bali zu sein. Hier fühle ich, dass ich tiefe Wurzeln in die asiatische Erde geschlagen habe – vielleicht meine tiefsten.

Ich wurde wieder von meinem Haus-Gecko mit dem neunmaligen Ruf ‚Tokeh‘, ‚Tokeh‘ empfangen. Das kann nur Glück verheißen! Das hat mir schon vor über 50 Jahren der erste Präsident Indonesiens, Sukarno, bekundet. Alles muss auf Bali ungerade sein, vom Ruf des Geckos bis zum Hausbau und der Zahl der Zimmer. Hier werden selbst die verwendeten Bambusstangen und Backsteine gezählt, damit ja keine gerade Zahl entsteht.

Eine ungerade Zahl nennt man auf Bali ‚keramat‘, was auch ‚heilig‘ oder ‚magisch‘ bedeutet oder auch ‚ganjil‘, was ‚merkwürdig‘ heißt. Je nach Region und Tradition werden unterschiedliche ungerade Zahlen favorisiert. In Bali erfreut man sich zum Beispiel besonders an den Zahlen sieben und neun.

Wie sehr wünsche ich mir, mit meiner lieben Annette nochmals Bali erleben zu dürfen. Oft finde ich den vergangenen Zauber geliebter Orte nicht wieder. Jetzt sind es nur Trugbilder, ein billiger Abklatsch des damals Erlebten. Aber Bali? Vieles hat sich zum Schlechten verändert. Und doch bin ich immer wieder aufs Neue begeistert und verliebt in diese andere, geheimnisvolle, doch mir so vertraute Welt mit ihren freundlichen Menschen. Die glücklichen und unbeschwerten Jahre mit Annette rücken, wenn ich auf Bali bin, immer wieder in meine Erinnerung.

Diesmal war es im Juni, als ich auf Bali ankam. Hier, in meiner gewohnten Umgebung, fächern die Palmen das Licht. Ich habe das Gefühl, wenn ich einmal in den Himmel komme, dann wird es ein Tag sein wie heute. Ich bin wieder in meinem Paradies. Und ich werde mir diesmal etwas Ungeheuerliches gönnen – Muse. Ich genieße das erfrischend kühle Wasser in meinem Pool. Hier, auf der südlichen Halbkugel, steht die Sonne im europäischen Sommer, der balinesischen Trockenzeit, im Norden. Dadurch bekommt mein Pool weniger Sonne ab und ist wesentlich kühler als in der Regenzeit.

Ausnahmsweise wohne ich diesmal in der Villa Kembali, die etwas kleiner ist als meine gewohnte Villa Susanta. Mein Hausboy Wayan ist 22 Jahre alt. Wenn er am Vormittag mein Frühstück zubereitet und die Haus- und Gartenarbeit erledigt, höre ich immerzu *Terima kasih, Kakek*, ‚danke schön‘ oder meist auf Balinesisch *Suk semo, Kakek*, oder *Najang dumun, Kakek*, ‚einen guten Appetit‘. Er ist ausgesprochen höflich und er hat große Achtung vor meinem Alter.

Den ganzen Tag nennt er mich *Kakek*. Einhundert Mal am Tag. *Kakek* am Morgen, *Kakek* am Abend, *Kakek* vorne, *Kakek* hinten, *Kakek permisi* und so weiter. Und was heißt nun *Kakek*? Es heißt ‚Großvater‘!! Beim Frühstück fängt es an. Jede Scheibe Brot, jede Tasse Tee, jedes Spiegelei serviert er mir mit einem *Permisi Kakek*, ‚Mit deiner Erlaubnis, Großvater‘. Wayans Höflichkeit ist umwerfend, aber kann ich mich bei so viel ‚Großvater‘ noch jugendlich fühlen? So langsam werde ich doch alt! Wenn ich am Morgen nach dem Aufstehen bei der Morgentoilette in den Spiegel schaue, sehe ich, dass ich alt geworden bin und denke manchmal: ‚Ich kenne dich nicht, aber ich wasche dich trotzdem!‘

Die balinesische Höflichkeit treibt aber ab und zu auch seltsame Blüten. Schon am ersten Tag nach meiner Ankunft aus Deutschland kam Ayu zu mir. Sie hatte große Sehnsucht nach mir. Wir fuhren zusammen mit ihrem Motorrad nach Ubud. Ich suchte einen Laden für Elektroartikel in einer Straße, die wir nicht kannten. Im Verkehrsstau standen wir neben einem anderen Motorradfahrer und ich fragte diesen, ob er zufällig diese Straße kenne. Dieser schaute mich nur groß an und gab keine Auskunft.

Wieder zu Hause sagte ich zu Ayu, dass dieser Motorradfahrer aber unhöflich gewesen sei. ‚Nein, du warst unhöflich‘, antwortete sie, ‚man darf nicht fragen, solange man auf dem Motorrad sitzt, man muss absteigen. Ich habe mich für dich geschämt‘. Dasselbe gilt, wenn man in einem Auto sitzt. Bei Fragen aus dem Autofenster bekommt man keine Antwort. Man muss aussteigen, um zu fragen. Das gebietet die balinesische Höflichkeit! Man kann in Südostasien so viele Fehler machen!

Mein Alter wurde mir kürzlich, als ich in das Lokal Made's Warung in Seminyak zum Tanzen ging, deutlich in Erinnerung gebracht. Hier gibt es gutes Essen, es gibt eine große Tanzfläche, aber das Beste ist, dass dort

Freitagabends die Band Buena Tierra mit Dewi als Sängerin aufspielt. Ich war etwas früher dran als üblich, da ich vor dem Tanz noch gemütlich ein Thunfischsteak essen wollte. Dewi und ich tanzen immer noch viel zusammen. Als Annette noch lebte, wurde ich von ihr *Papa* gerufen. Nach Annettes Tod war ich auch bei ihr plötzlich *Kakek*, Großvater! An diesem Abend erzählte mir Dewi, dass sie – als sie mit der Band im Lokal ankam – vom Türsteher mit den Worten *Kadek sudah ada!*, ‚Der Großvater ist auch schon da!' empfangen wurde.

Großvater, Großvater, Großvater, selbst meine Enkelkinder nennen mich nicht so. Sie nennen mich *Papa*. Von ihnen bekam ich ein T-Shirt geschenkt, auf dem sie den folgenden Text aufdrucken ließen:

‚I'm called PAPA

because I'm way too cool

to be called GRANDFATHER'.

Dafür kann ich nur DANKE sagen! Zum Glück nennt mich Ayu noch nicht Großvater. Nach meiner Rückkehr sagte sie mir, dass sie mich, wenn ich in Deutschland wäre, sehr vermissen würde und dass sie mich sehr lieb hätte. Meine Gefühle für sie sind anders. Ich bin glücklich mit ihr. Aber Liebe, nein! Ich antwortete ihr: ‚Das kann doch nicht wahr sein. Im Vergleich zu dir bin ich doch ein alter Mann, viel zu alt für dich'. Sie erwiderte: ‚Für mich bist du noch sehr jugendlich, du liebst Spaß und du bist so anders als balinesische Männer. Du verstehst mich, Du sprichst meine Sprache und du bist einfach lieb. Das schätze ich sehr an dir! Und wenn ich mich an dich schmiege, fühle ich mich sehr geborgen, ein Gefühl, das ich bisher nicht kannte'.

Dass wir keine gemeinsame Zukunft haben, weiß Ayu genauso gut wie ich. Die kulturellen Unterschiede sind viel zu groß. Selbst sie erwähnte schon des Öfteren, dass sie – im Gegensatz zu vielen anderen Indonesierinnen – nicht nach Deutschland wolle. In Bali wäre ihr Zuhause, hier wäre ihre Familie und sie wolle ihre Insel nicht verlassen. Nicht mal für einen vorübergehenden Aufenthalt bei mir. Ohne ihre beiden Kinder wäre das auch undenkbar. Sie ist tief verwurzelt in ihrer balinesischen und hinduistischen Welt. Würde sie da herausgerissen, wäre sie mit Sicherheit unglücklich.

‚Lass uns einfach die Zeit genießen, die wir zusammen sein können. Es ist so schön und ich werde dich nie vergessen', sagte sie. Ayu war wirklich verständig. ‚Komm, lass uns nicht mehr darüber diskutieren', sagte sie, zog ihre Bluse aus und schmiegte sich mit ihrem nackten Busen an mich. Ayu ist so natürlich und direkt. Ein Naturkind! Da kann man einfach nicht widerstehen!

Meine balinesischen Freunde hatten sich als Mitbringsel aus Deutschland wieder deutsche Salami und kräftigen Käse, wie Romadur oder Backsteinkäse, gewünscht. Gleich in den ersten Tagen gab es ein fröhliches Wiedersehen mit diesen Köstlichkeiten. Komisch, dass die Balinesen stark riechenden Käse besonders lieben, je mehr er stinkt, desto besser! Diesen Käse genießen sie mit Marmelade, mit Schokolade oder mit Chilischoten. Dazu gab es den süßen deutschen Apfelschnaps. Die mitgebrachte Flasche war rasch leer und die Stimmung bestens. Ayu war natürlich aus den geschilderten Gründen nicht dabei. Mit ihr verbrachte ich tags darauf einen gemütlichen Abend mit den Köstlichkeiten. Käse liebt sie nicht so sehr wie meine anderen Freunde, der wäre zu fett, und Alkohol trinkt sie grundsätzlich nicht.

Neulich verbrachte ich einen ganz lustigen Tanzabend im Restaurant IN-DUS. Ich gehe normalerweise alleine zum Tanzen. Es gibt immer genügend Damen, die gerne tanzen möchten. Ayu tanzt keine westlichen Tänze. Ich habe es mit ihr versucht, aber sie hat kein Gefühl für lateinamerikanische Rhythmen. Sie liebt nur traditionelle balinesische Tänze und Gamelanmusik.

Mein balinesischer Freund Dewa, der eine Druckerei besitzt, rief mich an und sagte, er habe gerade eine deutsche Kundin, eine Geschäftsfrau, in seinem Büro. Der hätte er erzählt, dass ich am Abend im Restaurant INDUS Salsa tanzen würde. Sie fragte, wo das wäre und ob sie mich dort zum Tanzen treffen könnte. Ich schloss mich mit ihr am Telefon kurz. Sie hieß Monika. Meine ihr genannten Erkennungszeichen waren: ‚Weiße Hose, buntes Hemd und Glatze‘. Als ihre Erkennungszeichen nannte sie mir: ‚Groß und blondes offenes Haar‘.

Als ich am Abend ins Restaurant INDUS kam, erreichte fast gleichzeitig mit mir eine hübsche und attraktive große Dame das Lokal. Ihr Alter war etwa 35 Jahre und sie hatte blondes offenes Haar. Selbstbewusst und forsch trat ich auf sie zu und fragte: ‚Bist du Monika?‘ Schlagfertig antwortete sie lachend: ‚Nein, aber du kannst ruhig Monika zu mir sagen!‘

Das Eis war gebrochen und es war der Anfang von einem mehr als vergnüglichen Abend. Wir unterhielten uns prächtig. Sie war Schweizerin aus Zürich und tanzte hervorragend. Die falsche Monika war im Gegensatz zu meinen bisherigen Tanzpartnerinnen groß und stattlich. Aber es klappte hervorragend und ich hatte mich an ihre eindrucksvolle Erscheinung schnell gewöhnt. Ihre weiche Hüfte fühlte sich gut an und mit ihren wohlgeformten Beinen schwebte sie leicht über den Tanzboden. Leider reiste sie einige Tage später schon wieder zurück in die Schweiz.

Die richtige Monika, eine Unternehmerin in Sachen Damenmode, habe ich dann auch noch getroffen. Sie hatte mich natürlich gleich erkannt, so wie ich auch sie. Da jedoch meine ‚falsche Monika‘ optisch die bessere Wahl war, gab ich mich zunächst nicht zu erkennen. Und sie kontaktierte mich auch nicht, da sie dachte, wir seien aufgrund unserer angeregten Unterhaltung und unseres Gelächters ein altes Paar! Die richtige Monika und ich haben uns dann für einen anderen Abend verabredet. Das Leben ist aufregend auf Bali!

Der Vulkan Gunung Agung, der heilige Berg Balis, ist 2018 erneut aktiv geworden. Ayu betete viel, ging mehrmals pro Tag zum Tempel. Sie machte sich Sorgen um ihre Familie, die in der Nähe des Vulkans lebt. Es wurde eine Sicherheitszone rund um den Berg eingerichtet. Einmal pro Woche fuhr sie mit ihrem Motorrad zu ihrer Familie, um im Haustempel zu beten. Sie wolle Schaden abwenden, sagte sie. Eine Wand des Hauses hätte durch mehrere starke Erdbeben schon tiefe Risse bekommen.

Ni Mang wollte plötzlich wieder, dass ich ihr Salsa und Bachata beibringe. Woher kam dieser Sinneswandel? Ist ihr Freund Kalli nicht mehr eifersüchtig? Oder hat er keine Zeit mehr für sie, seit er eine Enkeltochter hat? Ich fragte sie, und sie meinte, Salsa sei doch ein schöner Sport, viel schöner als Aerobic. Nun übten wir fast täglich eine Stunde und im Gegensatz zu Ayu hat Ni Mang für lateinamerikanische Tänze ein großes Talent.

Ayu darf dies allerdings nicht erfahren, andernfalls würde sie mir eine große Eifersuchtsszene machen. Ni Mang sagte, mit ihrem Freund Kalli wäre es genau dasselbe. Schon nach einer Woche war Ni Mang so weit, dass ich sie in die Tanzlokale zum Üben mitnehmen konnte. Nun gehen wir montags ins INDUS, mittwochs ins Laughing Buddha und donnerstags ins CUPIT. Manchmal waren wir an Freitagen noch zusätzlich im Made's Warung in Seminyak. Es klappt schon ganz ausgezeichnet. Sie hat aber immer noch Hemmungen, mit anderen Männern zu tanzen. Da würde sie nicht verstehen, welche Drehung oder Figur die machen wollten.

Heute ist Samstag. Ayu wollte das Wochenende mit mir verbringen. Ich fühle mich nicht besonders. Wenn ich zu mir ehrlich bin, fühle ich mich heute wie ein alter Mann, wie ein Großvater! Selbst mein Lieblingsvögelchen verschmähte heute die dargebotenen Körner und flog beleidigt vom Baum – ab zum Nachbarn. Ich muss starke Pillen nehmen. Um mich dreht sich alles, Vertigo! Es sind Nebenwirkungen einer Hormontherapie, die ich derzeit durchführen muss. Ayu habe ich abgesagt. Sie war etwas traurig,

*Abb. 2.6-1: Der Vulkan Gunung Agung 2018*
*Abb. 2.6-2: Der Wald auf dem Vulkan hat sich entzündet*

aber andererseits kam es ihr auch gelegen, da sie gerade wieder eine Erkältung auskuriert. Es ist unglaublich, wie oft die Balinesen eine Erkältung mit laufender Nase und Niesreiz haben. Und DAS in den warmen Tropen! Ich denke, es kommt davon, weil die Menschen auch im Regen mit nassen Kleidern Motorrad fahren. Oder dass sie, wenn es mehrere Tage geregnet hatte, feuchte Sachen anziehen müssen, da die Kleidung zu Hause nicht mehr richtig trocken wird. Und dort haben sie auch nur kaltes Wasser für die tägliche Körperpflege. Gehen sie in ein Lokal oder in ein Büro, ist es da durch eine Klimaanlage oft viel zu kalt. Da hat man schnell eine Erkältung.

Ich legte mich auf die Liege neben dem Pool in den Schatten und schlief auch bald tief ein. Ich hatte lange geschlafen. Als ich die Augen langsam öffnete, fühlte ich, dass Ayu neben mir saß und meine Hand hielt. Sie sagte: ‚Mit meiner Erkältung kann ich dich heute nicht küssen. Schade! Ich wollte nur sehen, wie es dir geht und ob du etwas brauchst, vom Supermarkt oder von der Apotheke‘. Es war lieb und aufmerksam von ihr und es tat mir gut! Sie nahm einen Weg von gut 30 Minuten von ihrem Haus zu mir mit dem Motorrad in Kauf, um nach mir zu schauen. So sind die Asiatinnen, immer aufmerksam und hilfsbereit.

An mehreren Stellen des Buches erwähnte ich bereits, wie schwer das Leben einer Frau auf Bali ist. Bei einer Trennung oder beim Erben sind sie immer die Verliererinnen. Sie sind auch immer die Schuldigen. Ayu sagte mir, dass es nicht nur ihre Hilfsbereitschaft war, die sie zu mir führte. Sie hatte wieder großen Ärger mit ihrer Schwiegermutter und wollte einfach für ein paar Stunden Ruhe haben. Die von ihrem Ehemann getrennt lebende Ayu muss ja, um ihre Kinder nicht zu verlieren, weiterhin bei ihren Schwiegereltern wohnen. Besonders ihre Schwiegermutter sei sehr boshaft und mache ihr das Leben schwer. Wenn Ayu etwas für sich und die Kinder kocht, nimmt sie immer wieder die Töpfe vom Feuer oder stellt das Gas ab. Ist sie im Badezimmer, um sich und ihre Kinder zu duschen, schaltet sie das Licht aus. Regelmäßig verwendet die Schwiegermutter Ayus Waschpulver und versteckt es in ihrem eigenen Kleiderschrank. Das Essen, das Ayu für die Schwiegereltern kocht, ist nie gut genug und so weiter. Den ganzen Tag über wird genörgelt. Nun machen ihr die Schwiegereltern auch noch Vorwürfe, dass ihr Sohn – Ayus getrennt lebender Ehemann – eine Freundin in Denpasar hat, zu der er nun schon vor Jahren gezogen ist. Ayu wäre als Ehefrau nicht gut zu ihm gewesen. Sie hätte vermutlich beim Sex versagt, denn ohne Grund hätte er nicht schon seit Jahren andere Liebhaberinnen. Beim Sex versagt? Ayu hat doch zwei Kinder von ihm! Und auch hier machte ihr ihre Schwiegermutter Vorwürfe. Es wären ja ‚nur' Mädchen. Sie hätte sich Söhne gewünscht. Wie ich selbst feststellen konnte, ist Ayu eine wunderbare Frau. Aber in Bali ist das Recht immer auf der Seite des Mannes!

Auch Ni Mang hat große Probleme mit den Schwiegereltern. Bei ihr ist ja – wie in vielen balinesischen Haushalten – dieselbe Situation, allerdings lebt ihr Ehemann immer noch zu Hause, aber in einem Anbau im Wohnbereich seiner Eltern. Auch er hat immer wieder wechselnde Freundinnen. Wie im ersten Teil des Buches bereits geschildert, ist Ni Mangs Ehemann ein fauler und arbeitsscheuer Genosse. Er schnorrt und leiht sich Geld, wo er nur kann. Er sitzt schon am Morgen im nahegelegenen Warung, trinkt Bier und raucht. Das Geld kommt von Ni Mang, das sie durch ihre Massagen hart verdient hat.

Aber wie ich erfuhr, bekommt er auch ab und zu Geld von Ni Mangs Liebhaber Kalli zugesteckt. Ni Mangs Ehemann weiß natürlich von dem Verhältnis der beiden. Um sein Einverständnis zu erhalten und ihn ruhig zu stimmen, wird er von Kalli bezahlt. Was für Zustände! Ein Ehemann verkauft seine Frau für Sex, um selbst ein schönes Leben zu haben.

Wenn Ni Mangs Ehemann nicht im Warung sitzt, dann schläft er zu Hause. Wenn Ni Mang ihm nahelegt, doch etwas zu arbeiten, damit er etwas zum Unterhalt seiner Familie beitragen könne, tut er so, als ob er schwer krank wäre und heischt um Mitleid. Mitleid zu erbitten ist eine typisch balinesische Eigenheit. Beim leichtesten Unwohlsein wird das immer und immer wieder den Mitmenschen mitgeteilt, und zwar so, als wenn man schon mit einem Bein im Grab stehen würde.

Auch Ayu ist sehr wehleidig. Hat sie ihre monatlichen Tage, klagt sie ununterbrochen über Bauchschmerzen. Das glaube ich ihr auch, aber was soll ich tun? Und wenn sie mir das zwanzigmal am Tag schreibt und dann noch laufend Fotos schickt, wie sie leidend im Bett liegt, wird es auch nicht besser.

Bei der leichtesten Erkältung rennt sie zum Arzt und schickt mir Fotos von der Praxis und ihrem Gesicht mit leidender Miene. Wenn es ihr nicht gut geht, heischt sie ununterbrochen um Mitleid. Wenn ich ihr aber helfen möchte und ihr ein Medikament aus meinem Bestand anbiete, lehnt sie ab. Das könne sie nicht nehmen, das wäre zu stark! Sie möchte nur Naturmedizin. ‚Ja, wenn das so ist', sage ich, ‚dann musst du halt weiter leiden!'

Um an Geld zu kommen, greift Ni Mangs Ehemann auch zu drastischeren Methoden. Dass er den Goldschmuck, den Ni Mang von ihren Eltern bekam, gestohlen hat, habe ich bereits erwähnt. Aber nun hat er die Sparschweine seiner Kinder geplündert. Als diese sich vor wenigen Tagen mit dem seit Jahren angesparten Geld einen Wunsch erfüllen wollten, waren die Sparschweine leer. Ni Mangs Sohn hatte seinen Vater erwischt, wie dieser in dem Sparschwein nach weiteren Scheinen suchte. Die Kinder waren natürlich auf ihren Vater böse und weinten. Sie forderten von ihm das Geld zurück, das er natürlich schon längst für Spielschulden, Bier und Zigaretten ausgegeben hatte. Ni Mangs Schwiegereltern schlugen sich auf die Seite ihres Sohnes und machten Ni Mang Vorwürfe, sie würde nicht genügend zum Unterhalt ihres Ehemannes beitragen. Eigentlich eine Unverschämtheit, denn Ni Mang ist seit Jahren die einzige, die für den Unterhalt der ganzen Familie sorgt, und die Ausbildung der Kinder, alle Arztkosten und vieles mehr bezahlt. Und nun soll sogar noch Diebstahl toleriert werden? Unmöglich!

Ich riet Ni Mang, dass zunächst ihre beiden Kinder, die beide schon berufstätig sind, von zu Hause ausziehen und sich in der Nähe ihrer Arbeitsstätte ein Zimmer mieten sollen. Ni Mang war bisher einfach zu gut und zu großmütig gegenüber ihrem Ehemann und den Schweigereltern. Ni Mang sagte: ,Ich will doch meine Kinder behalten. Und dann will ich meine Ruhe haben.' Ni Mang hat keine andere Wahl! Ich riet ihr, die Familie für einige Zeit zu verlassen, sodass ihr Ehemann gezwungen werden würde, für den Unterhalt seiner Eltern selbst zu sorgen. Aber das wird sich Ni Mang sicherlich nicht trauen.


Mit meiner Familie aus Australien verbrachte ich einen wunderschönen Geburtstag. Auch Freunde aus Deutschland, Australien und verschiedenen Teilen Indonesiens sind angereist. Wir waren 25 Personen. Am Tag vor meinem Geburtstag feierten wir im ARMA Museum meines Freundes Agung Gede Rai mit balinesischen Tänzen und Gamelan-Musik. Der Water-Garden-Pavillon bot hierzu die geeignete eindrucksvolle Kulisse. Die Musiker, Tänzerinnen und Tänzer waren alles Kinder, deren Ausbildung ich zum Erhalt der balinesischen Kultur schon seit längerer Zeit unterstütze.

Am zweiten Abend, meinem Geburtstag, feierten wir mit der lateinamerikanischen Band Buena Tierra im Restaurant INDUS. Es wurde viel gegessen, getrunken und getanzt. Auch dieser Abend war ein voller Erfolg.

An beiden Abenden konnte Ayu aus den bekannten Gründen nicht teilnehmen. Wir feierten einige Tage später alleine bei mir in der Villa meinen Geburtstag nach, mit Thunfischsteaks und balinesischem Gemüse. Wie alt ich wurde, wollte sie nicht wissen!

*Abb. 2.6-3: Die balinesischen Mädchen und Jungen, die für mich tanzten*
*Abb. 2.6-4: Großvater tanzt mit seiner Enkelin*[62]

---

62  Siehe auch https://www.youtube.com/watch?v=-Mc75CzUHU8&t=74s und
     https://www.youtube.com/watch?v=vfLEYpCOK64

*Abb. 2.6-5: Ein wunderschöner Geburtstag!*

# 2.7 Frühjahr 2019

Eigentlich kam ich bereits im Dezember 2018 nach Indonesien zurück, aber nach meiner Ankunft in Bali reiste ich gleich über Makassar und Ambon zu den historisch hochinteressanten Banda-Inseln, um Recherchen für ein neues Buch durchzuführen. In der ersten Januarhälfte kam ich zurück nach Bali.

Ich war ja nur wenige Wochen in Deutschland, sodass sich auch auf Bali zwischenzeitlich nicht viel verändert hat. Ayu hat schon sehnlichst auf mich gewartet und Ni Mang hat auch noch ihren Freund Kalli. Was mir aber schon im Sommer letzten Jahres und jetzt verstärkt aufgefallen ist, ist dass Ayu wie auch Dewi zugenommen haben. Dass die gertenschlanken Figuren der Balinesinnen der Vergangenheit angehören, habe ich ja bereits berichtet. Aber dass die Gewichtszunahme nach nur wenigen Monaten sichtbar ist, hätte ich nicht gedacht. Dewi hat nach eigenen Angaben innerhalb eines Jahres mehrere Kilogramm zugenommen. Ich sagte ihr, sie müsse mehr Sex haben und weniger essen. Aber anscheinend hat sie mit Mitte 30 bereits jegliches Interesse an Sex verloren. Nun isst sie eben zum Ausgleich, und ihr Gewicht nimmt weiter zu. Auch Ayu ist eindeutig fülliger geworden. Auch sie isst mehr als vor einem Jahr, und auch nicht mehr so gesund. Auch Aerobic, das sie dreimal pro Woche ganz intensiv durchführte, hat sie reduziert auf nur einen Tag. Auf was ist dieser Wandel zurückzuführen? Ist es bei Ayu der Mangel an Sex, wenn ich nicht da bin? Oder werden die Balinesinnen schneller nachlässig, wenn sie älter werden und einen festen Partner haben, so wie Ayu jetzt mit mir? Auf jeden Fall hat mir Ayu früher, als sie noch schlank und rank war, besser gefallen. Das sagte ich ihr auch! Mal sehen, ob sie ihre Essgewohnheiten wieder ändert.

Auch Ni Mang ist etwas fülliger geworden. Aber bei ihr hält sich das noch in Grenzen. Sie ist ja auch ununterbrochen beschäftigt, und sie hat auch noch ihren verheirateten Freund, mit dem sie nach wie vor ins Bett geht. Aber auch sie liebt das Essen und sie freut sich immer, wenn ich ihr etwas Deutsches koche. Ich hatte in Deutschland sogar eine Spätzlepresse für sie in meinen Koffer gepackt, aber aus Gewichtsgründen musste ich sie wieder herausnehmen.

Es gibt aber auch Balinesinnen, die im Laufe der Jahre schlanker wurden. Kürzlich wurde ich auf dem Pasar in Ubud freudig von einer Dame begrüßt. Ich musste zweimal schauen, um sie wiederzuerkennen. Es war Rini[63], zu der ich seit mindestens sechs Jahren den Kontakt verloren hatte.

---

63 Name geändert

Sie war die Besitzerin eines gut gehenden Restaurants in der Jalan Kajeng in Ubud. Annette und ich aßen regelmäßig dort. Berühmt war ihre Reistafel[64], die wir dort immer mit Gästen aus Deutschland genossen. Im Laufe der Jahre hatten sich Annette und ich mit Rini angefreundet. Ab und zu kochte sie auch bei uns zu Hause in der Villa.

Durch die Krankheit von Annette hatte ich den Kontakt zu Rini verloren, da Annette bis zu ihrem Tode nur noch wenige Sachen essen konnte. Ich stellte schon vor zwei Jahren fest, dass ihr Restaurant nicht mehr an dem alten Platz in der Jalan Kajeng war. Niemand konnte mir sagen, wohin sie verzogen ist. Rini war früher vollschlank, hatte eine füllige Figur. Vermutlich hatte sie in ihrem Restaurant die eigenen Gerichte zu sehr geliebt. Nun stand Rini plötzlich wieder vor mir, schlank und rank! Das war der Grund, weshalb ich zweimal schauen musste, um sie wiederzuerkennen.

Rini hatte und hat noch ein schweres Leben. Sie war mit einem Chinesen verheiratet und hat zwei Kinder, zwei Mädchen. Nach der Scheidung der Ehe durfte sie ihre beiden Kinder behalten, da ihr Mann Chinese war. Sie arbeitete jahrelang auf dem Bau, schleppte Steine, um ihren Kindern eine gute Ausbildung zu ermöglichen. Schließlich konnte sie sogar die Pacht für ein Restaurant aufbringen, das sie mehrere Jahre äußerst erfolgreich betrieb. So war der Stand der Dinge, als Annette und ich sie das letzte Mal sahen.

Nun verkauft Rini Textilien auf dem Markt in Ubud, Sarongs, T-Shirts, Hemden und anderen Kram. Sie erzählte, dass ihre ältere Tochter in der Zwischenzeit verheiratet sei und ihre zweite Tochter an Epilepsie leiden würde. Beide Ereignisse hätte alle ihre Ersparnisse aufgezehrt und sie hätte daraufhin auch das Restaurant aufgeben müssen. Besonders teuer wären die Medikamente für ihre Tochter. Nun lebt sie von den geringen Einnahmen aus ihren Verkäufen. Das ist sicherlich nicht viel, aber anscheinend reicht es zum Überleben. Rini ist nun 50 Jahre alt. Ja, das ist die andere Seite des sogenannten Paradieses. Wir haben vereinbart, dass wir uns demnächst treffen wollen, um uns gegenseitig im Detail zu erzählen, was in den vergangenen Jahren alles passiert ist.

Am 19. Januar 2019 wurde die Walter-Spies-Büste im ARMA Museum in Ubud eingeweiht, die aufgrund der Initiative des Eigentümers des Museums, Agung Gede Rai, und mir geschaffen wurde. Es war uns eine Ehre, diesem deutschen Künstler, Maler, Musiker, Choreograph, der von 1926 bis 1941 auf Bali wirkte, ein gebührendes und würdevolles Andenken zu vermitteln. Walter Spies hat die Entwicklung der Kunst in Bali entscheidend beeinflusst.

---

64  Ein Querschnitt durch die indonesische Küche mit mindestens 10 bis 15 Gängen

*Abb. 2.7-1: Alle lächeln, auch Walter Spies*
*Abb. 2.7-2: Ni Mang und ich mit der Walter-Spies-Büste*

*Abb. 2.7-3: Dank an den Hohepriester nach der Einweihung*

*Abb. 2.7-4: Agung Gede Rai und ich nach der erfolgreichen Einweihung*

Ni Mang war bei diesem Projekt involviert. Sie hat den Kontakt zu dem Künstler und Bildhauer Ida Bagus Munik hergestellt und hat die Arbeiten an der Büste, solange ich in Deutschland weilte, verfolgt. Dem Bildhauer ist es gelungen, die Gesichtszüge von Walter Spies anhand von fünf großformatigen Fotografien hervorragend in Stein zu realisieren.

Wie bei jedem meiner Bali-Aufenthalte besuchte mich auch meine Tochter aus Perth in Australien wieder in Ubud. Es ist immer eine große Freude, wenn wir uns wiedersehen und wir genießen jede Minute zusammen. Sie traf nun Ayu zum zweiten Mal und brachte ihr wieder einen ganzen Koffer voll Kleidung für sie und ihre Kinder mit. Die Freude und Dankbarkeit von Ayu kannte keine Grenzen. Zum Glück spricht meine Tochter auch Bahasa Indonesia, sodass auch sie sich unterhalten können, ohne mich als Dolmetscher.

Ich bin froh und dankbar, dass sie Ayu als meine Freundin akzeptiert. Es ist nicht selbstverständlich, dass die Tochter eine Freundschaft ihres Vaters billigt, wenn die Freundin zehn Jahre jünger ist als die Tochter. Dafür bin ich ihr sehr dankbar. Sie sagt: ‚Papi, wenn du glücklich bist, bin ich es auch!'

# 3.0 Ausklang

Es ist ein sonniger Tag, einer der letzten Tage im April 2019. Ich hatte auf Bali im August des vergangenen Jahres mit meiner Familie und Freunden meinen 85. Geburtstag gefeiert. Es war vor 55 Jahren, dass ich zum erst Mal balinesischen Boden betrat, und ich hatte mich bereits damals in diese tropische Insel verliebte. Zwanzig Jahre lebte ich permanent in Indonesien, und danach besuchte ich jährlich die indonesische Inselwelt, die sich wie eine Perlenkette rund um den Äquator windet. Unter den 17.000 Inseln Indonesiens war und blieb Bali meine Lieblingsinsel. Es ist ein Paradies mit einer hinduistischen Kultur, die einmalig auf dieser Welt ist. Auf dieser bisher letzten Reise habe ich von Dezember 2018 bis Januar 2019 zunächst die Banda-Inseln besucht. Das war nicht einfach, aber es war ein tolles Erlebnis.

Es war eine äußerst interessante Reise zu den ‚vergessenen Inseln‘, den kleinen und ganz einsamen Banda-Inseln in der Mitte der Bandasee, mit bis zu 7.400 Metern Wassertiefe. Die Bandasee gehört zu den tiefsten Meeren der Welt. Aber wer kennt heute noch die Banda-Inseln, die Gewürzinseln, so winzig, dass sie auf fast keiner Landkarte zu finden sind? Dabei haben sie vor über 300 Jahren Weltgeschichte geschrieben. Wer weiß schon, dass sie lange Zeit der einzige Platz dieser Erde waren, auf dem die Muskatnuss gedieh, dass damals die Muskatnuss in Europa teurer war als Gold, dass hier nur noch die Nachkommen der von den Holländern auf die Inseln gebrachten Sklaven leben, dass hier aus reiner Geldgier die holländischen Kolonialherrn den ersten Genozid der neueren Geschichte verübten, dass eine der Inseln, Pulau Run, einst gegen Manhattan getauscht wurde und so weiter. Auf diesen Inseln ging es wegen des wertvollen Gewürzes selten gewaltlos zu. Der Boden der Banda-Inseln ist getränkt mit Blut! Und das Blut klebt an den Händen der niederländischen Kolonialmacht. Auch hierüber ist nur wenig bekannt. Die Niederländer haben hervorragend verstanden, ihre Gräueltaten der Vergangenheit unter den Teppich zu kehren. Mein Aufenthalt hier diente den Recherchen für ein neues Buch. Daher will ich an dieser Stelle nicht zu viel verraten.

Ich sitze nun bereits im Flugzeug auf dem Weg zurück nach Deutschland und schaue aus dem Fenster. Neben mir türmen sich weiße Wolkenberge auf, unter mir strahlt das azurfarbene Meer. Der Abschied von Bali fällt mir immer schwer, aber diesmal besonders. Als ich den Vulkan Gunung Agung langsam entschwinden sehe, kommen mir die Tränen. Verschämt trockne ich meine Augen. Ich will mit meinen Gedanken alleine sein. Werde ich nochmals eine Chance bekommen, zurückzukehren? Ich denke schon! Meine Krankheit ist unter Kontrolle. Ich habe die Zeit auf Bali in vollen Zügen genossen! Wenn man noch – so wie ich – regelmäßig zweieinhalb Stunden lang ununterbrochen Salsa tanzen kann, muss man sich keine Sorgen machen. Ich will lieber im Regen tanzen, als auf die Sonne warten!

Medikamente für eine neue Therapie hatten mir die Ärzte in Deutschland mitgegeben und die taten mir gut. Ich fühlte mich die ganzen viereinhalb Monate fit. Ich wollte das Leben hier bei meinen lieben Freunden und mit Ayu noch in vollen Zügen genießen. Es ist nie sicher, ob es einem die Götter Balis noch einmal gönnen werden!

Ni Mang überraschte mich mit dem Vorschlag, doch ganz nach Bali zu ziehen und meinen Wohnsitz in Deutschland aufzugeben. Ganz in der Nähe von ihrem Haus in Lodtunduh wäre ein schönes Grundstück. Da könnte ich doch ein kleines Haus hinstellen. Sie könnte jeden Tag mehrmals nach mir schauen, und falls ich ein Pflegefall werden würde, könnte sie die Pflege übernehmen. Sie hätte schon Erfahrung durch die Pflege ihrer Schwiegereltern gesammelt. Pflegefall? Was für ein Wort! Daran will ich gar nicht denken! Dazu fühle ich mich noch zu jung und zu fit! Aber das ist doch besonders lieb von Ni Mang und ein bestechender Vorschlag, zumal dann die langen Flüge zwischen Deutschland und Bali wegfallen würden. Aber will ich das? Das muss man sich gründlich überlegen, zumal die ärztliche Versorgung auf Bali natürlich nicht annähernd so gut ist wie in Deutschland. Dazu kommt, dass Medikamente hier ausgesprochen teuer sind und von einer privaten Krankenversicherung nicht übernommen werden. Durch die bisherige Miete einer Villa bin ich sorgenfrei. Mit Steuer, Stromkosten, Personal, Schwimmbadpflege und so weiter habe ich nichts zu tun. Das wird alles vom Vermieter geregelt.

Auch die politische Situation ist momentan nicht überschaubar. Die Fundamental-Islamisten werden in der Regierung immer stärker. Auf der anderen Seite wächst der Druck auf die gemäßigten und toleranten Hindus auf Bali.

Ich bin nun über 85 Jahre alt und meine Gedanken wandern weiter. Ayu werde ich sehr vermissen. Es war eine Gottesgabe, in meinem Alter noch von dieser bronzefarbenen balinesischen jungen Schönheit geliebt zu werden. Wohin wird sie das Schicksal treiben, wenn ich einmal nicht mehr kommen kann?

Um Ayus Anonymität zu wahren, habe ich in diesem Buch ihren wirklichen Namen verschwiegen. Für alle meine Freunde war sie – wenn ich von ihr erzählte – auch Ayu. Niemand von meinen Freunden lernte sie persönlich kennen. Nur mein balinesisches Hauspersonal traf sie ab und zu, wenn sie zu mir zum Frühstück kam. Aber um Ayus Anonymität zu wahren, haben wir dem Hauspersonal neben dem falschen Namen auch einen anderen Wohnort und einen anderen Arbeitsort und Arbeitgeber vorgegaukelt, denn vor dem Hauspersonal bleibt nichts geheim! In Bali schon gar nicht! In Bali gibt es kein Geheimnis. Hier wird viel geschwatzt. Unter dem Siegel der Verschwiegenheit werden vertrauliche Nachrichten gestreut, und nach kurzer Zeit weiß die ganze Insel Bescheid.

Als wir uns verabschiedeten, kullerten kleine Tränen aus Ayus Augen. Sie sah plötzlich so zerbrechlich aus. Nach einer nicht enden wollenden Umarmung riss sie sich von mir los und setzte sich auf ihr Motorrad. Sie warf mir noch einen Handkuss zu, dann brauste sie davon und war verschwunden. Ich stand noch lange da und starrte in die Ferne. Eine große Leere machte sich in mir breit. War es Heimweh? Nach Ayu, nach Bali? Nach dem Leben? Oder nach Allem? Aber ich durfte mich auch glücklich schätzen, dass ich all dies noch erleben durfte. Und ich werde auch alles versuchen, um wiederzukommen.

Auf Bali fühle ich mich einfach zu Hause, wie auch in Bonn. Aber in Bali habe ich immer Lebensfreude pur! Bali hat außer dem guten Klima, den freundlichen Menschen und der einzigartigen Religion noch etwas ganz Besonderes, die Geräusche. Am Abend, wenn ich zu Bett gehe, zähle ich die Rufe des Geckos und lausche den leisen Klängen eines Gamelan-Orchesters, das immer irgendwo in der Ferne spielt. Dabei schlummere ich immer ein.

Am Morgen werde ich vom Gezirpe unzähliger Vögel geweckt, deren Namen ich nicht kenne. Aber hervor sticht immer das auf- und abschwellende rhythmische Singen eines Vogels, das mich an ein Glockenspiel erinnert. Er war mein Glockenvogel!

Eine Stunde später, wenn die wärmenden Sonnenstrahlen die Bäume durchdrungen haben, werden die Singzikaden zum Leben erweckt. Erst vereinzelt, dann unisono beginnen sie zu Tausenden wie auf ein Kommando zu zirpen, ein auf- und abschwellendes Konzert, das alles Andere übertönt. So spontan wie das Konzert begonnen hat, so abrupt hörte es nach rund 30 Minuten wieder auf. Vermutlich hat jetzt jedes Männchen sein Revier abgegrenzt und ein Weibchen angelockt.

Wenn ich in Bali am Morgen nach einer erholsamen Nacht meine Augen öffne, geht mein erster Blick durch die weit geöffnete Schiebetüre meines

Schlafzimmers in den Garten. Hier sehe ich nur Grün, die riesige Schmarotzerpflanze mit ihren schlanken aufstrebenden Blättern wie Schwerter an dem Kambodschabaum mit den gelb-weißen Blüten. Die Sonne spiegelt sich in dem sich leicht kräuselnden Wasser des Pools und wirft wunderbare Lichtspiele an die Decke über mir. Es ist eine Stimmung, die ich hätte ewig genießen können. Aber wenn mein Hausboy sachte an die Türe klopft, um das Frühstück anzukündigen, ist es für mich höchste Zeit zum Aufstehen. All dies sind wunderschöne Momente, die es nur hier in Bali gibt. Ich werde die Gedanken nach Deutschland mitnehmen, und ich bin mir sicher, dass ich sie nicht so schnell vergessen werde.

Ich ließ Ayu alleine zurück in ihrem Dorf, in ihrer Armut mit ihren Kindern und den nörgelnden Schwiegereltern. Stolz bin ich darauf nicht, denn sie liebt mich und ich hatte im Innern immer das Gefühl, ihre Liebe zu mir auszunützen. Ich konnte sie natürlich nicht mehr so lieben, wie ich Annette liebte. Es wird niemals wieder so sein, wie es mit Annette war. Aber trotzdem, Ayu ist eine liebenswerte exotische Frau, die ich liebgewonnen habe. Nach dem Tod von Annette gab mir Ayu wieder Freude am Leben. Es waren erfüllte Stunden, die ich in ihren Armen verbringen durfte. Ja, es waren leider fast immer nur Stunden. Denn über Nacht musste sie nach Hause, wo ihre Schwiegereltern mit Argusaugen über sie wachten. Es waren nur wenige ganze Nächte, die wir – falls sie eine plausible Erklärung finden konnte – gemeinsam verbringen konnten.

Ich schaue immer noch aus dem Flugzeugfenster und träume. Wo sind wir? Auf dem Weg nach Singapur, oder Doha? Oder Bangkok? Ich weiß es nicht. Aber eines spüre ich jetzt schon, die Sehnsucht nach Bali und Ayu. Es war das außergewöhnlichste Ereignis, das ich am späten Abend meines ereignisreichen Lebens mit ihr erfahren durfte. Was dies alles Wirklichkeit? Oder war es das ersehnte Abenteuer in der Phantasie eines alten Mannes?

Ich sehe noch die Palmenwälder am Strand von Nusa Dua. Nach einem letzten Blick auf den heiligen Berg Balis macht die Maschine der Thai Airline eine scharfe Kurve in Richtung Nordwesten. Der heilige Berg Gunung Agung, der mich immer wie magnetisch angezogen hat, entschwindet nun endgültig meinen Blicken.

Ich habe immer mehr das Gefühl, dass Bali einer ungewissen Zukunft entgegengeht, die nichts Gutes verspricht. Die Spaltung auf religiöser und kultureller Ebene wird immer ausgeprägter, wobei der Islam in ganz Indonesien immer fanatischer und beherrschender um sich greift. Der Islam kommt nicht nach Bali um zu bereichern, nein, er will erobern. In den vergangenen Jahren beobachte ich eine islamische Invasion auf friedlichem Wege. Die bisher hinduistisch geprägte Insel Bali wird durch langsames Verdrängen vom Islam in Besitz genommen. Kann Bali, ungeachtet der zunehmenden Islamisierung Indonesiens, seine hinduistische Seele behalten? Ich hoffe das natürlich sehr, denn Bali hat auch die Hunderte Jahre dauernde grauenvolle und ausbeuterische Kolonialzeit der Niederländer unbeschadet überlebt. Aber ich habe auch meine Zweifel! Von balinesischen Freunden und Geschäftsleuten höre ich vermehrt, dass sich das hinduistische Bali möglichst bald massiv gegen den Einfluss der Moslems wehren müsse. Sind dies die ersten Anzeichen eines zukünftigen Bürgerkrieges? Bali ist nach Auffassung des Westens eine Insel der Glückseligkeit, und DAS inmitten der übermächtigen islamischen Mehrheit Indonesiens. Die Balinesen leben bis heute noch in Harmonie mit Menschen, Göttern und Natur. Aber wie lange noch ist ihnen diese Freiheit gegönnt?

Man hat den Eindruck, dass auch in Indonesien die Schere zwischen Arm und Reich immer weiter auseinandergeht. Gleichzeitig werden die Stimmen des Islams lauter und immer mehr Sexarbeiterinnen in Bali verstecken ihre Haare unter dem Jilbab, dem von den Männern vorgeschriebenen Kopftuch.

Als ich mit Ni Mang während ihres Deutschlandaufenthaltes in Bad Godesberg unterwegs war, wunderte sie sich immer wieder über die vielen kopftuchtragenden und verschleiertem Muslimas in schwarzen Burkas. Sie fragte mich, ob ich mich nicht im eigenen Land fremd fühlen würde? Ihr würde es seit einiger Zeit in Bali so gehen! Der Einfluss der Moslems würde im hinduistischen Bali durch die Hilfe Saudi-Arabiens überhandnehmen. Durch strenggläubige Moslems in der indonesischen Regierung sind Bestrebungen im Gange, Alkohol oder Bikinis auf der Insel zu verbieten. Mit Sicherheit würde dann der Touristenstrom schlagartig versiegen.

Über Jahrhunderte war die indonesische Tradition von der Anerkennung Andersgläubiger geprägt. Diese Toleranz wird durch die Politisierung des Islam, der in letzter Zeit verstärkt zur Gewaltbereitschaft neigt, langsam aber sicher verdrängt.

Es ist nicht nur der Islam, der immer mehr Einfluss gewinnt, nein, es kommen noch viele weitere Faktoren dazu. Zum Beispiel stößt der Autoverkehr immer mehr an seine Grenzen. Die Straßen sind schmal und können wegen der vielen Anwohner, die bis zur Fahrbahn ihre Verkaufsstände haben, kaum verbreitert werden. Die Autos werden immer mehr und die Touristenbusse immer größer. Die Folge sind tägliche Staus, die immer länger werden und immer länger dauern. Mit einem Motorrad kann man sich da noch notdürftig durchschlängeln, um etwas schneller voranzukommen.

Durch das erhöhte Verkehrsaufkommen ist die Umweltverschmutzung durch die vielen Motorräder und den stehenden Verkehr untragbar geworden. Besonders in den Touristenzentren wie Kuta, Seminyak oder Ubud ist in den Hauptverkehrszeiten kein Durchkommen mehr möglich. Es reiht sich Fahrzeug an Fahrzeug. Zum Glück bläst immer ein leichter Wind über die Insel, der den Dunst der Auspuffgase etwas verteilt. In Indonesien gibt es keinen TÜV[65], der die Abgase kontrolliert. Und in diesem benzinhaltigen Dampf tummeln sich noch sportbegeisterte westliche Radfahrer und Fußgänger. Aber wie lange nehmen die Touristen diesen Gestank noch in Kauf? Mein geliebtes Bali! Wie hast du dich verändert!

Es ist ein Wunder, dass Ubud bei den Massen von Touristen, die aus der Küstenregion für einen Tagesausflug nach Ubud kommen, nicht kollabiert und immer noch seine Anmut und Schönheit behalten hat. Die vielen Tempel sind nicht für die Touristen da, nein, sie sind für die Balinesen, damit sie ihrem Glauben nachgehen können. In diesem Jahr hielt sich der Besucherstrom – zum Leidwesen der balinesischen Restaurant- und Ladenbesitzer – allerdings in Grenzen. Auch Ni Mang spürt den Rückgang in ihrem Massagesalon, den sie ohnehin bald ganz schließen wird. Es ist Regenzeit, aber auch Unruhen auf den internationalen Finanzmärkten werfen ihre Schatten voraus. Das Geld sitzt bei ausländischen Besuchern nicht mehr so locker.

An den täglichen Verkehrsstaus merkt man, dass das Straßennetz nicht mit dem Wachstum Schritt halten kann. Jedes Jahr stelle ich fest, dass der Verkehr und die Staus noch schlimmer geworden sind, auch weil es so gut wie keine öffentlichen Verkehrsmittel gibt. Dauerstaus sind an der Tagesordnung. In der Mittagszeit und am späten Nachmittag gleicht Ubud einem Hexenkessel. Meiner Ansicht nach stehen die Zentren Balis kurz vor dem Kollaps.

Statt den Zustand der Straßenverhältnisse durch zusätzliche Straßen zu verbessern, werden Unsummen von Geld für unnütze Projekte ausgegeben. Zum Beispiel soll durch Landgewinnung[66], trotz heftigen Widerstands der Bevölkerung, beim Hafen von Benoa ein großes Casino für Glückspiele eröffnet werden. Im weitaus größeren islamischen Teil Indonesiens ist dies durch den Koran verboten. Aber im hinduistischen Bali sollen dann auch die Moslems wetten dürfen!

---

65 Technischer Überwachungs-Verein
66 Reklamasi

Dann wird im Norden Balis ein neuer internationaler Flughafen geplant. Noch ein Flughafen? Und noch mehr Touristen? Noch mehr Staus auf den Straßen? Das kann nicht gut gehen!

Geld für eine durchgreifende Verbesserung der Verkehrsverhältnisse auf Bali ist nicht vorhanden, aber der Bau des Monuments Garuda Wisnu Kencana, der Unsummen von Geld verschlingt, geht ungehindert weiter. Der Vogel Garuda ist das nationale Symbol Indonesiens. Das Monument, das dem hinduistischen Gott Wisnu gewidmet ist, wird derzeit in Nusa Dua, im Süden Balis, errichtet. Es soll das größte Monument der Welt werden. Mit einer Höhe von 120 Metern und einer Spannweite von 64 Metern übertrifft es bei Weitem die Maße der Freiheitsstatue von New York.

Durch eine konsequente Steuerpolitik könnte auch mehr Geld für den Straßenbau eingetrieben werden. Bisher werden nur große Firmen und selbstständige Ausländer zur Einkommensteuer herangezogen. Balinesische Kleinunternehmer, wie Taxifahrer, Betreiber von Massagesalons etc. sind steuerfrei. Meine balinesischen Freunde haben noch nie Einkommenssteuer abgeführt oder eine Steuererklärung abgegeben. Sie verstehen gar nicht, für was das gut sein soll! Glückliches Bali! Der indonesische Staat schöpft seine Einnahmen aus dem Export von Bodenschätzen, besonders aus Rohöl und Erdgas, oder aus der Steuer auf Alkohol.

Zusätzlich droht Bali eine Bevölkerungsexplosion. Beim Anhalten des derzeitigen Geburtenüberschusses wird sich die Bevölkerung Balis in zwei Jahrzehnten verdoppelt haben. Wohin mit den Menschen? Die Städte werden sich vergrößern und die wunderbare Natur, das Grün, wird weniger werden. Das sind keine schönen Aussichten!

Im Nordwesten Balis liegt das große Naturschutzgebiet ‚Taman Nasional Bali Barat‘. In den Wäldern mit den riesigen Lianen und stacheligen Bäumen tummeln sich immer noch viel Rotwild, Banteng-Rinder und Affen. Aber im Meer sieht es leider nicht so gut aus. Bei der vorgelagerten Insel Pulau Menjangan, wo früher eine Vielfalt von Korallen in allen Farben zu sehen war, breitet sich die Korallenbleiche immer weiter aus. Auch im nahegelegenen Badeort Pemuteran ist das am Ortsrand beginnende Riff schon zum größten Teil zerstört. Wie kommt es zur Zerstörung dieser beliebten Touristenattraktionen? Ist es der wachsende Tourismus? Die Umweltverschmutzung? Der überhandnehmende Plastikmüll, oder der Klimawandel? Bei Pemuteran hat die Global Coral Reef Alliance mit der Restaurierung des Riffs und dem Bau eines künstlichen Riffs begonnen, um der Korallenbleiche entgegen zu wirken. An Drahtgestellen, durch die ein schwacher elektrischer Strom fließt, sollen die Korallen schneller wachsen. Der Mensch versucht immer mehr Macht über die Natur zu gewinnen und zerstört sich dadurch selbst. Er wird immer tiefer ins Chaos hineingezogen. Bali ist dadurch leider dabei, seine Attraktivität für den Tourismus langsam zu verlieren.

Früher war es nur der Traum der Javanerinnen, einen europäischen Partner zu finden und mit ihm in das weit entfernte gelobte Land im Westen zu gehen. Nun ist auch für viele Balinesinnen und Balinesen das Vereinte Europa das Land der Sehnsucht geworden. Selbst bei den einfachsten Menschen ist ein europäischer Partner nicht selten der Traum. Noch vor 30 Jahren waren diese Vorstellungen auf der durch seine uralten hinduistischen Traditionen so reichen Insel undenkbar. Es gibt aber auch noch viele Balinesinnen und Balinesen, die ihre geliebte Insel keinesfalls verlassen wollen, so wie auch Ayu.

Nun sitze ich wieder in Bonn und schaue über den wunderschönen Rhein auf das Siebengebirge. Auch hier scheint die Sonne. Es ist Frühling und es blüht überall prachtvoll. Ich träume von meinem geliebten Indonesien mit seinen lieben und natürlichen Frauen. Ich träume vom Tanzen, das hier so nicht möglich ist. Zum Glück bleiben mir die Erinnerungen!

Ich hatte viele wirklich lebenswerte und interessante Momente im Leben. Jeder für sich wäre eine Geschichte wert. Zum Glück kann uns die Erinnerung niemand nehmen! Trotzdem habe ich immer noch Ziele, denn meiner Ansicht nach sind Ziele wichtiger als Erinnerungen. Dabei muss man nicht immer auf die höchsten Berge steigen, besonders in meinem Alter. Auch unterwegs gibt es schöne Aussichten. Zum Beispiel plane ich – wenn mein nächstes Buch über die Banda-Inseln fertig ist –, diese kleine abgelegene Inselgruppe, die vergessenen Gewürzinseln, nochmals zu besuchen. Das Leben hält für mich immer noch Interessantes bereit!

So wie jedes Pflänzchen Wasser zum Leben braucht, braucht der Mensch Liebe, oder wenigstens Zuneigung. Ohne Liebe ist das Dasein kein Leben. Ich bin daher Ayu dankbar für ein zauberhaftes einmaliges Erlebnis. Sehe ich Ayu nochmals wieder? Ich denke schon! Ich bin mir sogar sicher, dass wir uns im nächsten europäischen Winter wiedersehen werden. Oder war alles nur ein Traum?

# Weitere Bücher des Autors in Deutsch

Horst H. Geerken
*Der Ruf des Geckos. 18 erlebnisreiche Jahre in Indonesien*
436 Seiten, Paperback, Norderstedt 2009, € 24,90

Horst H. Geerken
*Missbrauchte Kindheit. Geboren im Jahr von Hitlers Machtergreifung*
240 Seiten, Seiten, Norderstedt 2011, € 16,90

Horst H. Geerken
*Hitlers Griff nach Asien, Band 1*
380 Seiten, Paperback, Norderstedt 2015, € 27,95

Horst H. Geerken
*Hitlers Griff nach Asien, Band 2*
432 Seiten, Paperback, Norderstedt 2015, € 27,95

Horst H. Geerken
*Erinnerung an Annette. Der letzte Weg einer außergewöhnlichen und tapferen Frau*
148 Seiten, Paperback, Norderstedt 2015, € 14,99

Horst H. Geerken
*Annettes letzte Reise. Die ungewöhnliche Reise einer außergewöhnlichen Frau*
80 Seiten, Paperback, Norderstedt 2016, € 9,95

Horst H. Geerken
*Die Ahnen. Eine Familiengeschichte in Wort und Bild. Geerken/Gerken – Thiel – Mannhardt – Schenk*
516 Seiten, Hardcover, Norderstedt 2018, € 98,99

Annette Bräker, Horst H. Geerken
*Indonesien Gestern und Heute. Reiseberichte der anderen Art*
316 Seiten, Paperback, Norderstedt 2016, € 19,95

Annette Bräker, Horst H. Geerken
*Der Karakorum-Highway und das Hunzatal, 1998: Geschichte, Kultur und Erlebnisse*
244 Seiten, Paperback, Norderstedt 2016, € 19,95

Piet Jonasson (Hrsg. Horst H. Geerken)
*Die Tote am Blutturm. Schatten über dem Schützenfest*
192 Seiten, Paperback, Norderstedt 2010, € 11,90

Piet Jonasson (Hrsg. Horst H. Geerken)
*Glaube? Sitte? Heimat? Pecunia non olet!*
256 Seiten, Paperback, Norderstedt 2013

# Weitere Bücher des Autors in Englisch

Horst H. Geerken
*A Gecko for Luck. 18 years in Indonesia*
392 Seiten, Paperback, Norderstedt 2010, € 24,95

Horst H. Geerken
*A Magic Gecko. CIA's Role Behind the Fall of Soekarno*
360 Seiten, Paperback, Jakarta 2011, ISBN 978-979-709-554-3, IRP 150.000,00

Horst H. Geerken
*Hitler's Asian Adventure*
572 Seiten, Paperback, Norderstedt 2015, € 27,95

Annette Bräker, Horst H Geerken
*The Karakoram Highway and the Hunza Valley, 1998: History, Culture, Experiences*
232 Seiten, Paperback, Norderstedt 2017, € 19,95

Horst H. Geerken, Annette Bräker
*Indonesia Then and Now. A Different Kind of Travel Book*
300 Seiten, Paperback, Norderstedt 2018, € 19,95

# Weitere Bücher des Autors in Bahasa Indonesia

Horst H. Geerken
*A Magic Gecko. Peran CIA di Balik Jatuhnya Soekarno*
498 Seiten, Paperback, Jakarta 2011, ISBN 978-979-709-555-0, IRP 85 000,00

Horst H. Geerken
*Jejak Hitler di Indonesia*
402 Seiten, Paperback, Jakarta 2017, ISBN 978-602-412-175-4, IRP 119 000,00

Sämtliche Bücher sind auch als E-Book/Kindle Edition erhältlich.

Die deutsch- und englischsprachigen Bücher können im Buchhandel oder über mehr als 1000 Online-Shops wie www.amazon.de oder www.amazon.com bezogen werden.

In Indonesien verlegte Bücher erhält man nur dort in allen GRAMEDIA Buchhandlungen oder beim Verlag über www.buku.kompas.com oder www.gramedia.com

BukitCinta Books